Fay Weldon:
Sterndame
Roman

Deutsch von Isabella Nadolny

Deutscher
Taschenbuch
Verlag

dtv

Von Fay Weldon
sind im Deutschen Taschenbuch Verlag erschienen:
Die Teufelin (11132)
Herzenswünsche (11197)
Du wirst noch an mich denken (11225)
Kleine Schwestern (11305)
Frau im Speck (11378)

Deutsche Erstausgabe
August 1991
Deutscher Taschenbuch Verlag GmbH & Co. KG,
München

Titel der englischen Originalausgabe:
›Leader of the Band‹ (Hodder & Stoughton,
London)
Originaltitel und Erstveröffentlichung der
Erzählungen im Anhang: ›Come on, everyone!‹
(1987), ›GUP – of falling in love in Helsinki‹
(1987), ›A libation of blood‹ (1988)

Umschlaggestaltung: Celestino Piatti
Umschlagbild: Rotraut Susanne Berner
Gesamtherstellung: C. H. Beck'sche Buchdruckerei,
Nördlingen
Printed in Germany · ISBN 3-423-11426-6

Das Buch

So was hört man gelegentlich: Eine Frau geht mit ihrem Ehemann auf eine Party und verläßt dieselbe mit einem anderen. Das Pikante am vorliegenden Fall: Die Dame ist eine prominente Fernseh-Astronomin, der Gatte ein bekannter Anwalt und der »Neue« Boß einer Jazz-Band, übrigens ebenfalls verheiratet. Wie ist Sandras skandalöse Flucht zu erklären? Während sie Jack und seine Truppe auf einer Tournee nach Frankreich begleitet und die Freuden dieser stürmischen Affäre in vollen Zügen genießt, hat sie Zeit, darüber nachzudenken. Die Vergangenheit holt sie ein, nicht nur in Telefonaten mit den in England zurückgebliebenen und leicht verbitterten Freudinnen. Wie sagte Fay Weldon einmal: »Das wahrhaft vermaledeite Kreuz der Frauen ist ihre Sucht, gut sein zu wollen.« An diesem Kreuz hat Sandra nach ihrem Abtauchen nicht mehr zu tragen, jedenfalls nach der Überzeugung vieler Leute, die sie kennen. Für das Neu-Groupie selbst spielen ganz andere Gefühle eine Rolle. Man darf sich von der Perspektive einer Autorin überraschen lassen, die für eine der »fähigsten Analytikerinnen weiblicher Angelegenheiten« (Cosmopolitan) gehalten wird.

Die Autorin

Fay Weldon wurde am 22. September 1933 in Alvechurch (Worcestershire) geboren. Sie verbrachte ihre Kindheit in Neuseeland, kehrte mit der Mutter nach London zurück, bekam mit 20 ihr erstes Kind (sie hat vier), verdiente sich ihren Lebensunterhalt als Werbetexterin, studierte Psychologie und Ökonomie und veröffentlichte mit 30 das erste Buch. Weitere in deutscher Sprache erschienene Werke: ›Die Decke des Glücks‹ (1983), ›Das Haus auf dem Lande‹ (1984), ›Briefe an Alice‹, ›Das Kind des Präsidenten‹ (1987), ›Herzenswünsche‹, ›Lebensregeln‹ (1988), ›Kein Wunder, daß Harry sündigte‹ (1989), ›Die Klone der Joanna May‹ (1990), ›Trio in Twinsets‹ (1991). Ihr Roman ›Die Teufelin‹ (1987) wurde mit Meryl Streep in einer der Hauptrollen verfilmt.

She was a good girl
And I can never understand
Why did she fall for the
Leader of the Band?

1 Auf der Reise nach Süden

Ich, Sterndame Sandra, berufsmäßige Wahrheitssucherin, Verächterin des Phantastischen, ich, die ich ewige Gesetze in eine alphabetische Reihenfolge bringe und kosmische Ereignisse und Phänomene von fast nichtexistierender Existenz zu etwas verquirle, das man einem Fernsehpublikum nicht nur anbieten, sondern sogar verständlich machen kann, war auf der Flucht vor meinem Leben, meiner Vergangenheit und der Rache meiner Freunde.

Ich fuhr mit der Band nach Süden, der Sonne, den Veranstaltungen und Volksfesten des sommerlichen Frankreich entgegen, schwankend und schwitzend und wann immer es ging, gegen den tollen Jack gepreßt, das eine Bein taub vor Anstrengung, mich auf dem Sitz zu halten, während der Kleinbus schlingerte, ruckelte, anfuhr und anhielt, das andere Bein gegen das seine gepreßt, Fleisch von seinem Fleisch, Bein von seinem Bein, über alle Glücksträume hinaus glücklich, irre vor Liebe, betäubt und um den Verstand gebracht vom Sex.

Natürlich sind viele auf der Flucht, geben geistiges Fersengeld mittels Alkohol und Drogen, kehren manchmal zurück und manchmal auch nicht, ich aber war nicht nur geistig, sondern auch körperlich unterwegs. Fort, nur fort, rief ich mir zu, und fort, nur fort wollte ich von meinem Heim, meinem Mann, meiner Arbeit, die ich verlassen hatte. Mitten im Satz, mitten in der Sendung, mitten im Programm, ohne ordentliche Kündigung oder Vorwarnung hatte ich rücksichtslos alle Leute sitzen lassen. Ich war verliebt. Und die ich verließ, zählten nicht, überhaupt nicht, waren lächerlich in ihrer Bedeutungslosigkeit; selbst die Würgemale an meinem Hals, wo mein Mann mich zu erdrosseln versucht hatte, schienen mir nur noch wie Stigmata, die ich mir selbst beigebracht hatte. Aber natürlich erkannten in Wahrheit die von mir Gekränkten ihre Bedeutungslosigkeit nicht, blieben Mittelpunkt ihres jeweiligen Lebens und verfolgten mich mit mörderischer Wut.

Die mich verfolgten, waren:
mein Ehemann,
die Frau meines Liebhabers,
die Skandalblätter und die Regenbogenpresse,
die Produzentin der Serie ›Sandras Himmel‹, zugleich meine Freundin Jude, Hauptfigur einer Geschichte, die ich nie hätte schreiben dürfen,
wie auch
meine frühere Freundin Alison,
*Hexen,
*Furien,
*die Geschichte, persönliche, politische und nationale,

Vor den drei mit Sternchen versehenen Phänomenen gibt es selbstverständlich für keinen von uns ein Entrinnen, wir tragen sie wie eine Wolke um die Köpfe, diese Produkte unserer Schuld, diesen Schicksalsmüll. Wofür wir nichts können, was wir gekonnt hätten – und wie sie uns zusetzen, krächzend, mit ihren gräßlichen Klauen und flatternden Flügeln, ganz gleich, wie schnell wir laufen oder wie tief wir den Kopf in unaussprechliche Teile der Anatomie anderer vergraben. Ich habe es versucht, um unser aller willen habe ich es versucht, und dieser autobiographische Roman ist der Bericht darüber, wie ich es versucht habe, geschrieben ein Jahr nach den geschilderten Ereignissen. Ich sage autobiographisch, weil ich meine, ich hätte nichts dazu erfunden, aber wie kann ich sicher sein und meine eigene Überzeugung hinterfragen? Denn je tiefer ich in die Vergangenheit zurückgehe, desto mehr trübt Wunschdenken mein Gedächtnis, desto schwieriger ist es, meinen Weg durch den Nebel zu ertasten, auf dem ich an Stolpersteine der Erinnerung stoße, die mein Ego im Interesse meiner Selbstachtung mir in den Weg gelegt hat.

Ich fuhr mit der Band nach Süden in einem Renault-Kleinbus, der sechs Personen bequem, umgerüstet aber zehn unbequem faßte. So war es billiger. Folgendes und Folgende enthielt der Kleinbus:

Rhythm section:	Pedro (33), Gitarre
	Sandy (47), Kontrabaß
	Hughie (26), Drummer

Vorderste Reihe:	Stevie (56), Posaune
	Karl (72), Klarinette
	Jack (44), Trompete.
	O Jack, verrückter Jack, Bandleader!
Die Groupies:	Frances (15), Jacks Tochter
	Jennifer (40), Sandys Frau
	Bente (23), Hughies Freundin

und mich, Sandra Harris, Sandra Sorenson, Sterndame Sandra, Astronomin Sandra. Sämtliche Bezeichnungen treffen zu. Die Band kannte mich als Sandra Harris, Sekretärin, und hie und da schaute mich der eine oder andere nachdenklich an und fragte: »Hab ich dich nicht schon irgendwo gesehen?«, und ich schaute geistesabwesend und sagte: »Oh, ich bin schon eine ganze Weile in der Jazz-Szene.« Sandra, Sterndame, Lügnerin.

Sandys Kontrabaß nahm einen der Sitze ein und die rückwärtige Tür des Kleinbusses war von Hughies Drums verstellt, um die Karl eine Art Holzrahmen konstruiert hatte, in den sich die anderen Instrumente, Ausrüstungsgegenstände, verschiedenartigen Ständer und Verstärker einhängen ließen und dessen Standfestigkeit Hughie während der Fahrt häufig laut und ausführlich anzweifelte, womit er den alten Karl sehr kränkte. Im Mittelgang standen Weinkisten und die Koffer und Taschen derjenigen, die nicht riskieren wollten, daß ihr Gepäck naß wurde, denn Gewitter jagten über Frankreichs Kornfelder, durch die wir schaukelten und schlidderten, die Plane über dem Dachträger klatschte und flatterte und bot dem oben untergebrachten Gepäck so gut wie keinen Schutz – und die Seitentür war blockiert durch Jennifers Kühlboxen und Kehrichtschaufeln und Sanitätskästen, und der restliche Boden war bedeckt mit schmuddeligen Kleidungsstücken, die man nach dem Gewitter, als es wieder heiß wurde, ausgezogen hatte. Weiß der Himmel, was passiert wäre, wenn wir in einen Unfall verwickelt worden wären. Stevie, ein ordentlicher Mensch, wies immer wieder darauf hin, worauf Hughie schallend lachte und die Kurven noch gefährlicher schnitt. Man weiß ja, wie junge Männer sind. Eine Klimaanlage gab es selbstverständlich nicht, nur eine Art Ventilator. Wenn der Fahrer den anschaltete, schickte er einen Schwall heißer Luft unter den übereinandergestapelten Drums hervor, füllte das Fahrzeug mit Qualm und Rauch und war so laut, daß die flehentlichen Bitten der hinten Sitzenden, ihn auszuschalten, eine erstikkende Weile ungehört blieben, bis Hughie darauf kam, daß seine Drums leiden könnten und er so abrupt in einen Rastplatz einbog, daß die Frauen kreischten und die Männer brüllten. Ich aber war glücklich, eng an Jack gepreßt. So macht die Liebe uns zum Narren.

Der Kleinbus war das Beste, was die Band sich leisten konnte. Denn die Band war nicht reicher als die Summe ihrer Mitglieder. Wie denn auch? Ihr Sound war aufgewärmtes New Orleans mit ein bißchen Folk dabei, sie war nicht mehr *in*, nahm daher wenig ein und war oft genug froh, für ein Abendessen zu spielen und zu singen.

Der Name der Band lautete Citronella Jumpers. Giftgrüne Sticker und Plakate bedeckten die verbeulten Flanken des gelben Kleinbusses. »Werdet munter mit den Muntermachern«, baten sie, eine schon im heimischen England ziemlich rätselhafte Aufforderung, und hier in Frankreich total unverständlich.

Das Engagement war Karls Angelegenheit. Das will heißen, an ihn war man mit dem Vorschlag herangetreten, an dem Festival teilzunehmen, ihm hatte Monsieur le Directeur freies Quartier und freie Verpflegung zugesagt, als Gegenleistung dafür, daß er beim Folklorefestival von Blasimon-les-Ponts die Unterhalter unterhielt. Karls Schwester war die Tante von Monsieur le Directeur. Karl trug ein Hörgerät, er war Marxist und ehemaliger Eton-Schüler. Aber der musikalische Leiter war Jack, er war der Bandleader. Jack wählte die Nummern aus, schlug den Takt und sorgte für die musikalische Disziplin, aber das Drumherum war Karls Sache. Das heißt, die moralische Verantwortung dafür, daß wir in Frankreich waren, trug Karl und nur Karl. Wenn etwas schief ging, zuckte Jack die Achseln. Ich liebte ihn noch mehr wegen seiner Unbekümmertheit. Ich, die ich gewohnt war, zu organisieren, Verantwortung zu übernehmen, die ich wußte, daß man, um Geld einzunehmen, Geld ausgeben muß, hätte auf der Stelle einen neuen Kleinbus gekauft, neue Plakate drucken lassen und dafür gesorgt, daß Monsieur le Directeur sie bezahlte, hätte täglich einen Zeitplan aufgestellt und gratis im Festspielbüro fotokopieren lassen, damit sich die Band zur gleichen Zeit am gleichen Ort zusammenfand, hätte vor der Abreise die Autokarten studiert und uns so mindestens fünf Stunden Fahrzeit eingespart, hätte die

Bedingungen unseres Kontrakts jedem Mitglied der Band schriftlich gegeben und dafür gesorgt, daß alle sie begriffen hatten, ehe wir losfuhren, hätte mich vergewissert, daß unser Nachtquartier nicht in einem aufgelassenen Rathaus, zwanzig Kilometer vom Festivalzentrum entfernt, lag, hätte die zwei Mitglieder der Band zu Fahrern bestimmt, die am wenigsten tranken, und nicht die zwei, die am meisten tranken, aber ich tat nichts von alledem. Ich zuckte die Achseln, genau wie Jack, verflocht meine Glieder mit den seinen und dachte: Was soll's? Was hat Effizienz mit Musik zu tun? Kunst und Effizienz sind Gegensätze. Je schlechter die Band organisiert war, desto besser spielte sie. Das behauptete Jack. Jack verstand zu leben. Ich konnte das Leben seines Körpers in dem meinen spüren, wie also sollte ich daran zweifeln? Außerdem liebte ich ihn.

Jetzt wollen wir mit meiner Geschichte anfangen. Drei Tage lang fuhren wir. Vier Tage blieben wir in dem aufgelassenen Rathaus, dem Hotel de Ville im Dorfe Roc Fumel, zwanzig Kilometer von der Stadt Blasimon-les-Ponts, wo die Band tagsüber in den Cafés und auf dem Marktplatz spielte und nachts im »Cabaret« – das heißt, wenn sie es schaffte, zusammenzukommen. Und acht Nächte und sieben Tage stockte mein Geist, war gefangen, stand still wie ein Videofilm, bei dem die Pausentaste gedrückt worden ist. In der neunten Nacht fing er aus irgendeinem Grunde wieder an zu arbeiten, geschäftiger denn je.

Ich sage, aus irgendeinem Grunde, aber tief innerlich wußte ich, warum, obwohl ich mich dieser Erkenntnis widersetzte. Meine Maskerade war durchschaut. Jack wußte Bescheid. Sandra, die Sekretärin, war zur Sterndame Sandra geworden, die Liebe genügte nicht mehr: Wieder einmal mußte Sandra ihren ganzen Verstand beisammen haben.

3 Fangen wir also an – mit einem Ausbruch von Radioaktivität

Ich erläuterte Jack, dem verrückten Trompeter, meine Einsichten über Form, Stil und Inhalt, aber ich glaube, er hörte gar nicht zu. Er schlief. Es war ungefähr drei Uhr morgens, und er hatte eine anstrengende Nacht hinter sich. Die Gäste des »Cabaret« hätten lieber Rock als Jazz gehört und ließen die Band das merken. Die Musiker machten vorzeitig und deprimiert Schluß, wir kamen ausnahmsweise vor zwei Uhr heim, doch anstatt Liebe zu machen, schlief Jack ein oder tat wenigstens so. Wie sollte ich es unterscheiden können? Ich kannte ihn noch nicht lange. Männer sind so voller Überraschungen. Ich fuhr mit dem Zeigefinger an seinem behaarten Oberschenkel entlang, aber es kam keine Reaktion – jedenfalls nicht bei ihm. Sein Fleisch hatte sich irgendwie von mir abgewandt. War es meine Schuld oder die der ganzen Welt? Hier lag ein weites Feld für Vermutungen, doch davon wandte ich mich entschlossen ab und unterdrückte, so gut ich konnte, das Gefühl der Verstimmung und Kränkung, das in mir aufstieg. Das hatte meine Großmutter mir beigebracht, und die hatte es von ihrer Mutter – eine Lektion, die noch aus viktorianischer Zeit stammt. Zuviel Nachdenken, glaubte man, konnte das weibliche Gehirn überhitzen und beschädigen, zuviel Reagieren trieb es in die Hysterie, zuviel Spekulieren führte es in gefährliche erotische Bereiche. Für eine Frau war es viel besser, ihr Gehirn dazu anzuhalten, sich mit angenehmen Vorstellungen und Begriffen zu befassen, Innenschau und Selbsterforschung zu meiden, dem Erkennen ihrer Begierden auszuweichen, sonst würden die Stürme der Leidenschaft das arme zerbrechliche Geschöpf womöglich ganz und gar fortblasen. Nun, vielleicht hatten sie recht. Denn ich, die Astronomin, war ganz und gar fortgeblasen, lag auf einem Rollbett unter einer einzigen rauhen Decke, mit einem harten Polster unter dem Kopf, in einem hohen quadratischen Raum, einem bis auf vier Betten – davon zwei unbenutzt – und ein Kinderpult unmöblierten Raum, von dessen Wänden der Gips abblätterte, dessen Holzdielen faulten, in einem unbenutzten Rathaus in einem Dorf unweit Bordeaux, Frankreich. Weggeweht, weggefegt,

Sandra, die Astronomin, die an das komfortable Leben von London-Greenwich gewöhnt war, von wo die Mitteleuropäische Zeit stammt. Es war unerträglich, darüber nachzudenken.

Ich versuchte es wieder mit Jacks Oberschenkel. Nichts. Er hatte festes, angenehm muskulöses Fleisch – mein Geist, ganz zu schweigen vom Körper, schmolz erwartungsvoll. Na, macht nichts. Mit dem Nagen unerfüllter Begierden wird man leicht fertig, das hatte ich in den Jahren mit Matthew gelernt. Man muß so was behandeln wie Bauchweh, es als vorübergehende Unannehmlichkeit betrachten, dann vergeht es und schadet nichts, oder doch sehr wenig, nur sehr wenig. Mit anderen Worten: ich dachte an etwas anderes. Eigentlich hatte ich gehofft, daß ich das bei Jack nicht tun müßte. Und tatsächlich hatte ich es auch bis zu diesem Moment, in dem er seinen Körper als Instrument des Schmerzes und nicht der Lust benutzte, im großen und ganzen vermeiden können.

Aus dem Nebenzimmer hörte ich ein Schniefen. Das war Frances, Jacks Tochter, sie weinte. Wenn ich hören konnte, wie sie weinte, was konnte *sie* dann alles hören (in einer guten Nacht) von Jack und mir, wenn wir uns liebten? Ich tat mein Bestes, leise zu sein, und er versuchte es, oder versuchte es auch nicht – wie gesagt kannte ich ihn kaum genug, um das zu unterscheiden –, aber mein Bestes war nicht gut genug, wie meine Geschichtslehrerin Miss Martin von meinen Aufsätzen zu sagen pflegte, und seines ganz sicher nicht.

»Was meinst du damit, Sandra, mehr als dein Bestes kannst du nicht tun? Dein Bestes ist nicht genug. Die Wahrheit zeigen deine Noten, und diesmal ist es eine Eins minus. Gar nicht gut, Sandra. Du und Eins minus!«

Ich hatte Frances vorgeschlagen, im darüberliegenden Raum und nicht im Nebenzimmer zu schlafen – das französische Rathaus, dieses Hotel de Ville, beherbergte mühelos zweiunddreißig Personen – acht Räume zu je vier Betten, mit Matratzen und Decken ausgerüstet wie für eine Luftschutzübung –, und die Band samt Anhang benötigte nur fünf Räume und zehn Betten, also hätte Frances wählen können, aber sie behauptete, oben spuke es und außerdem sei die

Treppe morsch und was, wenn sie darauf mitten in der Nacht im Dunkeln stolperte – der einzige funktionierende Lichtschalter war unten neben der Haustür – und so weiter und so fort, und wählte das Zimmer neben Jack und mir. Sie mußte die Folgen tragen: Ich hatte mein Bestes getan. Das Mädel war fünfzehn, und überhaupt war ihr Vater für sie verantwortlich und nicht ich.

Das Geschniefe hörte auf. In dieser Nacht hatte Frances über nichts zu weinen. Nichts als Stille ging von Jacks und meinen aneinandergeschobenen Betten aus, nur daß mir jetzt, halb erwartet, halb verdrängt, wieder bewußt wurde, daß irgendwo zwischen Hören und Fühlen, für die Außenwelt unhörbar, das wilde Trippeln der Gedanken begann. Das war Jacks Schuld. Man muß das so sehen: Er hatte die Nadeln meiner Sinnlichkeit herausgezupft wie die Kontrollantennen aus einem Reaktor, und jetzt starteten die Gedankenvorgänge wieder – Elektronen und Neutronen schwirrten hierhin und dorthin, an Stellen, wo sie nichts zu suchen hatten, kaum noch kontrollierbar in ihrem Bemühen, wieder ins Gleichgewicht zu kommen.

Form, Stil und Inhalt – in der Reihenfolge ihrer Bedeutung. Der Kosmos setzt sich zusammen aus komplizierten Mustern, die enthalten den Schlüssel zu seinem Sinn. Das meine ich mit *Form.* Der Kosmos hat auch einen gewissen *Stil,* der erkenn- und kalkulierbar ist. Wir können, wenn wir den besonderen Stil unseres Milchstraßensystems beobachten, unsere Entdeckungen vorausprojizieren, das heißt, wir wissen, wonach wir suchen, ehe wir es finden. (Die benachbarten Milchstraßen haben einen anderen Stil, den wir noch nicht verstehen, aber demnächst verstehen werden). Der Inhalt – Sterne, Planeten, schwarze Löcher und so weiter – ist nur das Material des Universums, es sind hierhin und dorthin geschobene Schachfiguren, die Form und Stil demonstrieren. Substanz aber ist das A und O.

Dies alles und noch weit mehr erklärte ich dem tollen Jack, dem Trompeter. Aber, wie gesagt, hatte er wahrscheinlich nicht zugehört, weil er schlief. Und das war auch gut, wenn ich nicht wollte, daß mein Inkognito gelüftet wurde. Warum sollte eine Sekretärin eine solche Belehrung von sich geben, mitten in der Nacht, wenn sie auch als Angestellte am

Observatorium in Greenwich arbeitete, wie Jack und die Band es von mir annahmen. Jeder weiß doch, daß Astronomen verrückt sind, ihre Schreibkräfte aber gelten als geistig normal.

Natürlich war ich, Sandra Harris, in Wirklichkeit keine beliebige Angestellte, sondern vielmehr – bis vor acht Tagen, als ich abhaute – als nächste an der Reihe, königlicher Astronom zu werden. Ich war es, jetzt kann ich es ja gestehen, die vor fünf Jahren den Planeten Athena entdeckt hatte (auf den sich seitdem alle Astrologen der Welt stürzen als auf den Planeten, aus dem sich alles erklären läßt, was bisher unerklärlich war) und infolgedessen mit siebenunddreißig Jahren auch den Fluch des Erfolges, des Weltruhms und des hohen Einkommens. Man macht sich nämlich bei den Männern nicht beliebt mit so was. Ich sage Ihnen was, es ist gar nicht schwer, einen Planeten zu entdecken, wenn man mathematisch geschult ist, ein instinktives Verständnis für Form, Stil und Inhalt besitzt und durch ein Kribbeln in den Zehen spürt, wo genau die Lücke im Universum sein muß. Aber versuchen Sie mal, das einem möglichen Liebhaber zu erzählen!

Also ehrlich, Jack, es ist nur ein winziger Planet und seine Entdeckung eine Kleinigkeit im Vergleich zu meinen anderen astronomischen Leistungen. Einen Planeten entdecken heißt nicht, ihn erfinden, so wenig wie Columbus Amerika erfunden hat. Aber bei dem Getue hätte man fast auf den Gedanken kommen können. So ein Theater! Ich hätte ihn gern Harris genannt, weil doch der Planet Herschel nach Herrn Herschel heißt und es mir zustand, aber was ist das für ein Name für einen Planeten? Der Planet Harris? Ich hieß damals noch nicht Sorenson, was eventuell in Frage gekommen wäre. Athena, dachte ich, jemand Kinderloses wie ich, der irgendwie ein reines, hochmütiges Image ausstrahlt, so wie ich. Oder wie ich es versuche. À la Grazia Patrizia.

»Jack«, sagte ich zu meinem schlafenden Liebhaber, »Jack, wenn heute abend das Publikum nicht so mitging, dann vielleicht deswegen, weil du die Harmonie zwischen Form, Stil und Inhalt nicht beachtet hast. Wenn man so etwas beachtet, werden selbst Unbelehrbare zu Enthusiasten. Wer Rock liebt (für dich ein rotes Tuch, das du ebenso verabscheust wie Dixie), wird herumtanzen und sich amüsieren und deinen Abendauftritt ganz und gar befriedigend finden. Über Stil brauchen die Citronella Jumpers sich keine Gedanken zu machen, den habt ihr und damit basta. Den Inhalt allerdings habt ihr weniger unter Kontrolle, bei den wenigen Nummern die ihr gemeinsam beherrscht – aber die Form, ja, die Form! Wenn ihr, statt auf dem Podium zu stehen und zu spielen, was euch gerade einfällt, als Reaktion auf das, was ihr meint, daß das Publikum will – meiner Ansicht nach recht oft eine Fehlreaktion –, wenn ihr euch eine Art Rhythmus angewöhnen würdet: erst eine langsame Nummer, dann zwei schnelle, dann einen Blues, dann zwei schnelle Nummern, dann eine langsame – oder in der Art –, dann würden die Zuhörer sich dem Gestaltungsmuster anpassen, und ihr brauchtet nicht lange herumzusuchen, um ihre Anforderungen zu befriedigen. Kriegt erst mal die Form in den Griff – erst das Ganze, dann das Detail –, und es wird mehr herauskommen als die Summe der Teile und das«, sagte ich, »gilt ebenso für die Abendvorstellungen einer Jazzband auf Auslandstournee wie für ein Gemälde an der Wand einer Galerie oder, wie ich zufällig selber entdeckt habe, für eine Kurzgeschichte. Der *Inhalt* ist fast gar nichts, der *Stil* zählt, doch die Form ist alles; nur schade, daß sie noch der Bearbeitung bedarf. Gott, der große Schöpfer, verachtet das materielle Universum, er verachtet den Inhalt. Wie jedermann feststellen kann, ist es äußerst fehlerhaft. So wie du, Jack, ›Dr. Jazz‹ spielst oder ›When the saints come marching in‹ – Nummern, die die Leute heiß und innig lieben, und du spielst sie schlampig, ohne auf die Noten zu achten, versuchst gar nicht, sie richtig zu treffen. Alles zu seicht, zu vordergründig, zu primitiv, zu – um Himmels willen – populär! Du willst geliebt werden und erträgst es nicht, geliebt zu werden, in der Musik wie im Leben! Die Noten sind Werkzeuge für einen bestimmten Zweck, die besten, die dir zur Verfügung stehen, sie sind nicht das Ziel selbst. Das Ziel, nach dem du strebst, ist etwas Vages, etwas Hehres.«

So redete und redete ich, und Jack schlief weiter. Und das war gut so, denn kaum ein Mann mag es, wenn man ihm sagt, was gut für ihn ist. Das weiß sogar ich, die Grace Kelly unter den weiblichen Astronomen. Aber vielleicht hörte er mich doch, oder sein Unbewußtes hörte mich. Denn als der Morgen dämmerte, Balsam für meine schlaflosen Augen, hob Jack den schmalen Kopf von dem harten Kissen, blinzelte mit seinen braunen Augen in das Sonnenlicht, das durch einen zerbrochenen Laden in den staubigen Raum drang, und sagte:

»Es muß doch verflucht langweilig für dich sein, eine Musik anzuhören, die du nicht verstehst.«

»Langweilig nie«, sagte ich. »Sie gibt mir etwas, auf das sich meine Gedanken konzentrieren können. Methodisch bin ich ja, wenn schon sonst nichts.«

»Genau das meine ich«, sagte er. »Jazz ist ein Erlebnis, kein Brennpunkt für Gedanken. Also fühl dich nicht verpflichtet, mitzukommen. Bleib zu Hause, wenn du willst.«

Jack wacht ruckartig auf und ist sofort ganz da. Bei ihm gibt es kein Augenreiben, Stöhnen und Ächzen, wie bei anderen Männern. Der Schlaf kommt zu ihm wie eine unwillkommene Unterbrechung seiner Lebensarbeit, plötzlich herabstürzend und sich rasch wieder hebend wie eine zu straff gespannte Jalousie – wisss. Er ist sehr dünn. Lang, blond und dünn, mit glänzenden, lebhaften braunen Augen. Die Frauen lieben ihn. Ich sehe, wie sie ihm mit dem Blick folgen, und er schaut forschend zurück, nicht so sehr an ihren Körpern interessiert – so jedenfalls wirkt es erfreulicherweise – als vielmehr an ihren Seelen. Wenn ich daran dachte an diesem Morgen, an dieses großherzige Interesse, kam ich mir ganz abscheulich vor.

»Du meinst, ich habe dich aus dem Konzept gebracht?« fragte ich. »Und du hast deswegen gestern abend ein paar Noten ausgelassen?«

»Ich habe keine Noten ausgelassen«, sagte er.

»Ich habe Spaß gemacht«, sagte ich. Aber es war keiner. Selbst ich, ein weiblicher Astronom, Entdeckerin des Planeten Athena, des Planeten des Atomzeitalters (so der ›New Astrologer‹) merke es, ob ich eine Note höre oder aber nicht höre.

»Du bringst mich nicht aus dem Konzept«, sagte er. »Du turnst mich an, das ist alles. Ich kann es kaum erwarten, wieder mit dir ins Bett zu kommen. Wenn ich gelegentlich mal eine Note weglasse, dann deswegen. Und das heißt die Band im Stich lassen. Das muß aufhören.«

Glauben Sie, diese Rede hätte mir gefallen? Nein. Man muß einen Liebhaber, nein, jeden Menschen danach beurteilen, was er tut, nicht danach, was er sagt. Auf einen Mann darf man nicht hören: Worte sind trügerisch. Man muß auf die Körpersprache achten, wie er einem das Salz reicht oder nicht reicht. Sitzt er bei Ihnen am Feuer, oder ruft er an und sagt, er wünschte, er säße da? So etwas sagt mehr, weit mehr als Worte. Hüten Sie sich vor einem Mann, sage ich, der von seiner Begierde spricht, statt sie zu demonstrieren. Es war kein Zufall, daß Jack, der verrückte Trompeter, diese ersten Worte der Hingebung und Leidenschaft – »Ich kann es kaum erwarten, daß wir wieder ins Bett kommen« –, in der ersten Nacht unserer Bekanntschaft zu mir sagte, die wir nicht mindestens zum Teil mit dem Versuch verbracht hatten, einander näherzukommen, eins zu werden, wie das verlorene Elektron, das verirrte Elektron, ausgeworfen von seinem Atomkern, ewig kämpft und ringt, ein Heim zu finden, hierhin und dorthin schwirrt, sehr zum Schaden seiner Umgebung, besonders der organischen – mit dem Kopf in Zellen rennt, ein Pandämonium auslöst, Desorganisation, ja sogar den Tod. Was Jack wirklich meinte, war, daß er meine Identität herausgefunden hatte und davon so aufgewühlt war, daß er schlecht spielte, daß er es mir übelnahm, Impotenz fürchtete, kaum hatte schlafen können, sondern nur so tat als ob und jetzt vollständig durcheinander war. Aber sagte er von alledem etwas? Nein, zum Teufel!

In diesem wenig passenden Moment kam Frances herein. Ich versuche Frances zu verstehen und Nachsicht mit ihr zu haben. Ich sage mir, daß sie sicher das Gefühl hatte, von einem gewaltigen Ausstoß von Radioaktivität getroffen zu werden, wenn ihr Vater und ich auf unserer Seite der Wand uns aufeinander warfen. Die Symptome jedenfalls hatte sie alle: klagte über Übelkeit, Kopfschmerzen und so weiter, und der Nagel ihres kleinen Fingers wurde schwarz (sie hatte ihn nämlich in der Tür des Kleinbusses eingeklemmt). Ihr Vater schob alles auf die ungewohnte Kost, das fremde Wasser und die Anstrengungen der Reise, aber ich wußte sehr genau, was sie vergiftete. Es war mein und ihres Vaters Kampf, eins zu werden, so wie das Isotop eines Metalls darum kämpft, seine Überzähligkeit loszuwerden. Frances tat mir fast leid, aber warum blieb sie uns nur ständig auf den

Fersen! Na schön, sollte sie den Zeitungen Stories erzählen, mir war das egal.

»Sterndame Sandra aus Liebe durchgebrannt. Tochter des Liebhabers packt aus.« Sie kennen das ja. Nicht daß ich mir aus der Meinung der Welt etwas mache, es ist nur ihre Unfähigkeit, zwischen Astrologie und Astronomie zu unterscheiden, die mich wirklich ärgert. Nicht, wie sie sich aufführt, sondern daß sie so blöd ist.

»Alsdann«, sagte Jack, »Zeit zum Aufstehen.«

So endete meine Hoffnung auf irgendeine sexuelle Verständigung mit Jack, ehe der Tag begann. Ich werde gern morgens vom einem zustoßenden männlichen Glied geweckt, wenn das Hirn noch nicht arbeitet und die intimen Teile zwar außen geschwollen und hart, innen aber empfindsam und willig sind, so daß der Orgasmus plötzlich und unerwartet kommt und den Körper überrumpelt. Doch an diesem Morgen waren schon Worte gefallen, und dazu noch unerfreuliche. Das Hirn funktionierte nur zu gut, aus so was macht sich Gott Eros (dieser Meinung jedenfalls bin ich) nicht allzuviel, daher glaube ich nicht, daß Frances viel verdorben hat.

Stellen Sie sich die unerquickliche Szene vor: Ich und Jack sitzen aufrecht im Bett, nackt. Ich klein, blaß, mit klaren Linien und Formen und kurzem, blondem, (leider) unzerwühltem Schopf, und er groß, olivenhäutig, stark, muskulös, aber schmal, blonde Haare, glänzende Augen, Zähne sehr weiß und gleichmäßig. Ich mit zwei weichen runden Brüsten, rosa (Gott sei Dank nicht braunen) Brustwarzen, die zur Decke zeigen und nicht (Gott oder meinem Vater sei Dank, wie wir sehen werden) zur Tür oder auf den Fußboden. Bei ihm zeichnen sich die Rippen unter der Haut ab, sie wölben sich mächtig vom Brustbein weg, das Haar ist stumpf. Und dazu Frances, die uns ansieht und sich bemüht, uns nicht zu sehen. Sie ist ein großes Mädchen, früh entwikkelt, schön, breitschultrig, großbrüstig, schmalhüftig, langbeinig, mit einer Masse roter Haare und sehr weißer Haut und nur hier und da einem Pickel oder einer Sommerprosse, gerade genug, um sich darüber zu ärgern, und mit einem wilden, unordentlichen Aussehen, das so sehr von der korrekten, disziplinierten, robusten Art der jungen Französinnen absticht. Blicke folgen ihr, wie sie auch Jack folgen, aber mehr aus Neugier als aus Bewunderung. Sie spürt es. Ihr gefällt Frankreich nicht besonders, sie weiß aber nicht warum. (Natürlich abgesehen von meiner Anwesenheit in diesem Lande, in dem sie hoffte, ihren Vater für sich zu haben). Sie trug weiße Shorts und ein giftgrünes T-Shirt mit dem Aufdruck »Citronella Jumpers«, das sich fest und erfreulich über ihrer Brust spannte. Ihre langen Beine waren voller Quaddeln: Mückenstiche, vielleicht auch Wanzenbisse. Gewundert hätte es mich nicht. Sie hätte das obere Zimmer nehmen sollen. Eros verhängt seine eigenen Strafen und auf seine eigene Art und Weise.

»Wie heißen Flöhe auf Französisch?« fragt Frances. »Ich bin die ganze Nacht gebissen worden und habe keinen Moment geschlafen.«

»Puces«, sage ich. »Les puces. Gebissen? Da hast du Glück gehabt.« Glücklicherweise machen sich weder Frances noch ihr Vater die Mühe, meine letzten Worte verstehen zu wollen, sind auch infolge ihrer Begriffsstutzigkeit gar nicht fähig dazu. Ich bedecke nicht gleich meine Brüste mit dem Leintuch. Wenn Frances ohne Anklopfen hereinkommt, sieht sie eben, was zu sehen ist. Jack aber runzelt die Stirn. Er kennt den Wert der Scheinheiligkeit, nun, den kenne ich auch. Ich reagiere auf sein Stirnrunzeln. Ich tue, als sei ich nur aus medizinischen Gründen mit Jack im Bett, oder weil es für je zwei Betten nur ein Kopfkissen gibt, also ziehe ich die Decke hoch, um wieder ehrbar zu wirken. Ich spüre, wie Jack aufatmet.

Wie sonderbar ist es doch, daß ich die moralische Verantwortung für diese unsere Liebschaft trage, als sei der verrückte Jack nur wegen der Verführerin Sandra nicht ordentlich und brav daheim bei seiner Frau. Unfair! Aber das Leben ist, soweit man sieht, gräßlich unfair, und in Wirklichkeit verlangte ich gar nicht, daß es fair ist, seit damals, als ich Athena entdeckte und das Schicksal anfing, sich mir so unberechtigterweise geneigt zu zeigen: nicht nur hübsch war ich (auf damenhafte Art), intelligent (wenn mir beliebt, es zu zeigen), schlagzeilenwürdig (wenn ich will), nein, darüber hinaus noch zufällig die Aufreißerin von himmlischen Planeten. Warum sollte ausgerechnet ich wollen, daß es fair zugeht? Meine Beine waren doppelt so lang wie die der pummeligen Anne Stubbs, meine Augen doppelt so groß, meine Möse (wenn Sie mir den groben Ausdruck verzeihen) doppelt so eng, und ich habe es satt, so zu tun, als sei ich etwas, was ich nicht bin, nämlich ehrbar, tugendhaft und langweilig. Habe ich doppelt gesagt? Ich habe übertrieben. Sie wissen schon, was ich meine. Warum soll ich auf das alles verzichten? Es sind die Vorteile, mit denen ich geboren bin, die Sonderzulagen, die ich mir aus der allgemeinen, chaotischen Riesenschweinerei herausgepickt habe. Warum sie verweigern? Die Sonderzulagen, die ich mir verdient habe – die Hochachtung der Gleichgestellten, das Geld, das meine Position mir einbringt –, sie erweisen sich als total nutzlos für meine Beziehung zum verrückten Jack.

Wenn ich also ein solcher Ausbund an Schönheit, Intelligenz und gesundem Menschenverstand bin, muß ich mich fragen, was tue ich auf einer klumpigen Matratze im tiefsten Frankreich, ohne auch nur ein anständiges Laken, um meine Brüste zu bedecken, nur eine Art Jugendherbergsdecke, während mir dieser neue Liebhaber, der noch gestern versprochen hat, mein Ritter ohne Furcht und Tadel zu sein, und mit seinem Erscheinen allem einen Sinn geben und mich wahrhaft glücklich machen sollte, mir moralische Mißbilligung, körperliches Desinteresse und berufliches Mißtrauen entgegenbringt? Aber dann fällt mir ein, wie sein Fleisch sich in dem meinen anfühlt, und schon weiß ich, daß Entrüstung irrelevant ist und ich dem munteren Jack Stubbs bis ans Ende der Welt folgen werde. Ja, ich werde mich sogar der bewundernden Menge anschließen – ich sehe schon, daß ich das muß, die auf die simple, belebende Freude wartet, die entsteht, wenn dieser Mann sich auf die Ausübung von Liebe konzentriert. Wenn ich es fertigbringe, den Mund zu halten, werde ich vielleicht diejenige sein, die er für immer in seinem Bett behält. Feige, stimmt, aber so ist es eben. Meine Weiblichkeit verloren an seine Männlichkeit. Ich liebe ihn. Es ist hoffnunglos.

»Schaut bloß«, sagt Frances und zeigt auf ihre geschwollene, gerötete Wange. »Schaut bloß. Das ganze Haus wimmelt von *puces*. Widerlich!«

O Frances, Frances, was du sagen willst, ist, daß dein Vater und ich widerlich sind. Wenn du das nur wüßtest. Soll ich die Decke abwerfen und dir zeigen, was wirklich widerlich ist, deinen gewiß vagen Vorstellungen plastische Form geben? Was wir machen? Wie wir es machen? Seine Zunge hier und meine da? Selbstverständlich nicht. Wie kann ich an so etwas auch nur denken? Ach, wenn ich nur anders könnte. Frances erinnert mich an ein Mädchen namens Meryl Lee in meiner Schulzeit, die immer mitkam, auch wenn man sie gar nicht dabeihaben wollte. Wir sorgten dafür, daß sie den Großteil ihrer Schulzeit weinte. Am liebsten möchte ich mit Frances jetzt auch so verfahren, um ihr meine Leiden heimzuzahlen. Aber natürlich würde ihr Vater nie mehr mit mir sprechen, wenn ich etwas so Abscheuliches täte.

Ich nehme das wenigstens an. In den letzten paar Minuten bin ich zu dem Schluß gekommen, daß Frances in Jacks und meiner Geschichte eine weit größere Rolle spielt, als ich glauben möchte. Sie ist kein Kind mehr, aber noch keine Erwachsene, bereits mannbar, frisch und schön, mit ihrer weißen Wange und ihrem klaren, unschuldigen, wenn auch verdrießlichen Blick. Wie kann Jack sie anders als spekulativ betrachten, wie ein Mann ein Mädchen betrachtet, nicht wie ein Vater seine Tochter. Vielleicht hat er sich in mich verliebt – wenn man das so nennen kann – als Gegenmittel gegen sie? Er wußte, daß sie die Tournee mitmachen würde, und hat dafür gesorgt, daß ich auch mitkam. Das hätte jeder so gemacht. Die Flucht vor dem Inzest – meine Freundin Jude würde eine ganze Fernsehsendung daraus machen.

»Ich weiß, was ich tue«, sage ich so leichthin wie möglich zu Frances und lächle. Ich lächle viel – das heißt, ich entblöße die Zähne und ziehe die Mundwinkel hoch –, besonders, wenn ich mir überlege, was ich als nächstes sage, wie ich den Zorn entschärfen, meinen Groll verscheuchen soll und so weiter. »Ich fahre heute nicht mit nach Blasimon. Ich bleibe hier. Bleib doch auch da. Laß deinen Vater allein die Unterhalter unterhalten.«

Die Unterhalter unterhalten. Kann man so seriöse Gruppen wie uruguayanische Volkstanzgruppen, bretonische Dudelsackpfeifer und Stangenkletterer aus Gambia mit gefiederten Beinen als Unterhalter bezeichnen? Mich unterhalten sie jedenfalls nicht. Wie von sich überzeugt, wie ohne Lächeln nehmen sie ihren Nationalstolz, ihre Ersatz-Traditionen auf ihre ernsthaften Schultern! Ein Schritt, ein Schleifen hier, ein Kopfruck dort, »ringsherum-das-ist-nicht-schwer«, Männer und Frauen einander gegenüber, einander kreuzend, berühren sich, trennen sich, gähn, gähn, man könnte sterben an dieser Mischung aus Gereiztheit und Langeweile. Folklore! Vorsichtig, vorsichtig, nur den matten Abklatsch der Vergangenheit nicht zerstören, gemütvoll sein und selbstgefällig, als lauerten hinter dem Baum dort nicht die drei apokalyptischen Reiter, sondern eine einzelne Nachtigall. Nur die Peruaner, die in endlosem Kreis tanzen, hüpfen und flöten wie die Indianerkrieger ums Lagerfeuer, machen mich lächeln, und selbst das nicht allzu freundlich. Die Polen sind wenigstens nicht ganz so begeisterte Nachäffer der langvergessenen, zu Recht vergessenen ländlichen Bräuche wie die meisten, sie kleiden sich sogar in weißen Musselin mit roten Schärpen und tanzen ein, zwei Salon-Polonaisen. Alles Übrige ist Tapp-Tapp, Zwirbel-Wirbel, und die wilden Zigeuner fiedeln einem das vibrierende Wachs aus den Ohren, und man hat den ganzen Tag nichts zu tun als zuzuhören. Sandy weiß sich etwas Besseres als die Frauen der Band zwischen Blasimon und Roc Fumel hin- und herzukarren oder glaubt es wenigstens, daher sitzt man, wenn man erst einmal in Blasimon ist, dort bis zum nächsten Morgen fest, wenn die Springer drunten im »Cabaret« ihren letzten Hupfer tun, und die letzten Einheimischen nach Hause gehen. Wenn Jack will, daß ich im Hotel de Ville bleibe, so ist mir das recht. Aber Gesellschaft hätte ich schon gern, allein sein möchte ich nicht, nicht meinen Gedanken ausgeliefert sein. Acht köstliche Tage lang bin ich von ihnen verschont geblieben, wenigstens in zusammenhängender Form.

»Ich kann hier nicht bleiben«, sagt sie und schürzt die Lippen. Wenn sie spottet, sieht sie aus wie ihr Vater. »Was kann man hier schon anfangen?«

»Wir könnten Flöhe suchen«, sage ich, »oder Wanzen.«

»Wanzen?« kreischt sie, etwas nasal. Ihre Stimme gehört nicht zu ihren größten Vorzügen. »Aber das hier sind doch Mückenstiche. Müssen es sein.«

»Wenn du es sagst«, sage ich so kühl wie möglich und springe aus dem Bett, wodurch sie einen kurzen Blick auf meine Figur werfen kann, die so straff und gebändigt ist, wie ihre niemals sein wird, und nirgends die Spuren von Insektenbissen trägt, wohl aber nicht wenige von den Bissen ihres

Vaters, ehe ich Höschen, Jeans und das Citronella Jumpers T-Shirt anziehe, die kleinste Größe. Frances trägt Größe XL.

»Natürlich sind es Mückenstiche«, sagt Jack, der wie alle Männer gern glaubt, was er glauben möchte.

»Natürlich«, wiederholt Frances, die wie alle Frauen gern glaubt, was ein Mann sie glauben machen will.

»Natürlich«, bestätige ich. Wenn man nicht gewinnen kann – mitmachen! Ich bin bereits erleichtert, daß Frances mir nicht Gesellschaft leisten möchte. Sie findet nichts, was ich äußere, interessant und schon gar nicht witzig. Sie mag mich nicht und, was noch wichtiger ist, ich will gar nicht, daß sie mich mag.

»Aber man kann von einem weiblichen Kosmologen nicht verlangen, daß sie etwas von Insekten versteht«, sagt Jack, legt sich auf das Bett und dreht sich auf die Seite, nach meiner Erfahrung eine recht typische männliche Reaktion auf schlechte Nachrichten. Er weiß also Bescheid!

»Aha«, sagte ich. »Mein Geheimnis ist also entdeckt.« Aber darauf geht Jack nicht ein. O Jack, wilder Jack, bitte komm schnell darüber weg. Ich bin immer noch Sandra, Jacks Sandra, egal, welchen Beruf ich habe, oder was ich verdiene, oder wie berühmt ich bin.

»Was ist ein Kosmologe?« fragt Frances.

»Einfach ein Astronom«, sage ich.

»Ah ja, bist du das?« fragt sie und in ihren ausdruckslosen, aber hellen Augen leuchtet Interesse auf, rasche Auffassungsgabe macht Augen hell, ein purer Überschuß an Östrogen läßt sie leuchten. Dann sagt Frances: »Wie sind Löwen als Boyfriends?«

»Keine Astrologin«, sage ich, »eine Astronomin.« Ich bemühe mich, nett und geduldig zu sein, aber warum eigentlich können gewisse Leute so schwer unterscheiden zwischen denen, die auf alberne Art Geld damit machen, aus den Sternen zu prophezeien, und denen, die die Natur und das Schicksal der Sterne selbst studieren.

»Ist das nicht dasselbe?« fragt sie.

»Nein«, sage ich.«

»Schade«, sagt sie, »weil nämlich meine Freudin Ady einen Boyfriend namens Ken hat, und der ist Löwe, und jemand hat ihr gesagt, daß Löwen ihre Ehefrauen verprügeln, und jetzt will sie mit ihm Schluß machen.«

»Der gute Ken hat Glück«, sage ich. Jack bewegt sich auf dem Bett. Ich glaube, er lacht. Ich hoffe es. Jack hat eine gewisse Bildung, er hat seinerzeit auch mal ein Buch gelesen, aber an Frances verzweifle ich. Ihre Mutter bezeichnet eine Frauenzeitschrift als »Buch« und stammt aus einem Milieu, in dem Konversation bestenfalls ein Austausch von Informationen ist, schlimmstenfalls aber ein mürrisches Hin und Her von Grunztönen, Schmähungen und Beleidigungen. Kinder müssen früh mit abstrakten Begriffen konfrontiert werden, sonst kommen sie nie hinter die Dinge, finden nie das Konzept, durch das sie sich selbst und damit anderen interessant werden, und bemühen sich erst gar nicht, den Unterschied zwischen dem üblen Geschäft der Astrologen und dem edlen Beruf der Astronomen zu lernen.

»Was machen denn Astronomen?« fragt sie.

»Sie studieren die Sterne«, sage ich.

»Wie öde«, entgegnet sie. »Wir waren mal mit der Schule im Londoner Planetarium. Ich habe nicht begriffen, was es sollte. Ich hab nur einen steifen Hals gekriegt.«

»So darfst du nicht mit ihr reden«, sagt Jack und setzt sich im Bett auf, »sie ist eine Berühmtheit.«

»Wie hast du es herausbekommen?« frage ich.

»Alle wußten es«, zitiert er, »nur ich nicht, sagte der Ehemann zur Ehefrau.« Er lächelt, selbst für den munteren Jack Stubbs zu strahlend, zeigt all seine weißen, ebenmäßigen Zähne, und das Stoppelkinn, und die Adern und Muskeln an seinem mageren Hals treten hervor, und ich glaube, diesem Lächeln traue ich nicht. »Sie ist einmal die Woche im Fernsehen«, sagte er zu seiner Tochter. »Und hat es mir nicht mal gesagt.«

»Einmal im Monat«, verteidige ich mich. »Und in der Spätsendung.«

»Dann ist sie, wenn ich das sagen darf, gar nicht richtig berühmt«, sagt Frances. »Nach Mitternacht wird alles mögliche gesendet.«

Damit schlendert sie hinaus. Als Siegerin.

»So, jetzt hast du's«, sagte Jack, und ich weiß, daß ich recht hatte, seinem Lächeln zu mißtrauen. »Außerdem solltest du vor ihr nicht nackt herumlaufen. In deinem Medienmilieu mag das ja der letzte Schrei sein, aber nicht da, wo ich herkomme.«

Damit springt er aus dem Bett.

»Kein Medienmilieu«, sagte ich, »ein mathematisches und kosmologisches Milieu. Das Fernsehen ist nur die Spitze meines Eisbergs.«

»Daran zweifle ich nicht«, sagte er und steigt in die Unterhose (die von gestern). Ich komme mir vor wie ein Kind, dem man den Lutscher, oder genauer gesagt, wie ein Esel, dem man die Karotte weggenommen hat. Jack ist, wie man so sagt, gut behängt. Das ist, fürchte ich, genau die Karotte, der ich in den Süden gefolgt bin. Wo doch die Harpyien und Furien ihre Stöcke und vielschwänzigen Geißeln hinter mir schwangen, konnte ich da anders? Wo sie hinging, folgte ich.

»Ich habe dich nicht angelogen«, sage ich. »Ich habe nur nicht die ganze Wahrheit gesagt.«

»Oder wie ich es ausdrücken könnte: Ich habe nicht die Melodie verfehlt, nur ein paar Noten weggelassen.«

»Entschuldige«, sage ich, die nicht gewöhnt ist, um Verzeihung zu bitten. Feig!

»Ist schon gut«, sagte er, aber ich fürchte, es ist nicht gut. Wenn ein Mann mit einer gelangweilten Hausfrau durchgeht, erwartet er genau das und nicht, daß sie sich plötzlich als Astronomin entpuppt, die einige hundert Planetenstellungen im Kopf hat, wo er doch nicht einmal weiß, was eine Differentialgleichung ist. Womit er sie ruhig halten kann, ist, so muß er annehmen, sein guter Behang, und kann er sich auf den verlassen? Soll er es, wenn er ein Mann mit Menschenwürde und der rechten Selbstachtung ist? Wer will sich den Weg ins Paradies bumsen? Vielleicht nur den halben Weg und nicht den ganzen, die andere Hälfte muß doch aus Geselligkeit bestehen, bei der Geister und Herzen harmonisch zusammenklingen.

Ach, Jack, wilder Jack, Bandleader Jack! Ich lehnte mich eng an ihn und legte den Kopf an seine Schulter, wie ich es gern tat. Jack ist einsfünfundachtzig. Matthew war so groß wie ich, nämlich einsfünfundsechzig aber erheblich breiter. Wenn er die Arme um mich legte, so tat er es, denke ich, weniger aus Begeisterung als aus Pflichtgefühl.

»Hör mal«, sage ich, »laß es mich erklären.«

»Erklärungen sind langweilig«, sagte er. Und das sind sie auch, also gehe ich zum Badezimmer und stehe davor auf den nackten, zersplitterten Dielen und warte, bis Bente ihr skandinavisch-melodisches Gegurgel beendet hat. Das einzige Wasser im Hotel de Ville kommt aus dem kalten Hahn am Waschtisch in diesem Badezimmer, und der tröpfelt rostig. Jennifer, Sandys Frau, hat einen Plastikeimer unter den Waschtisch gestellt, damit man den Spülkasten der Toilette füllen kann, wenn nötig, und das ist es oft, denn Obst, Wein, Aufregung und Hitze beschleunigen die Verdauung der Band.

Ich stelle mir das Badezimmer zu Hause in Greenwich vor, in dem mein einstiger Ehemann Matthew wie gewöhnlich grunzend und nackt herumspaziert, vom Baden heiß und weich, und der stumpfe kleine Finger seines Pimmels ist irgendwo in den rosigen Falten seines Fleisches verlorengegangen. Der Boden ist mit geblümten Keramikfliesen belegt, die Hähne sind vergoldet, die Badezimmereinrichtung ist marineblau, und die Wanne ist von Jacuzzi.

Bente kommt aus dem Badezimmer.

»Du hast uns nicht gesagt, daß du berühmt bist«, sagt sie.

»Bin ich nicht«, sage ich.

»Karl sagt, du bist.« Das sieht Karl ähnlich. Zweiundsiebzig und immer intrigant. Schüttelt dabei die struppigen weißen Locken, und die wäßrigen Augen leuchten.

»Gerüchte, alles nur Gerüchte«, sage ich.

»Wie bitte? Ich versteh das Wort nicht.« Natürlich nicht.

»Ist ja egal«, sage ich.

»Jack wird es nicht egal sein«, sagt sie patzig. »Wir haben ein Problem mit der Toilette. Sie ist verstopft.« Damit verschwindet sie, um ihr Haar zu flechten und die Stützen der Drums ihres Freundes zu polieren oder seine Kopfschuppen einzeln von seinem Kopfkissen zu pflücken oder zwischen seinen Zehen herumzuputzen oder was sie als Entgelt für seine Liebe sonst noch an Diensten leistet.

Tatsächlich, die Toilette ist verstopft. Ekelhaftes Wasser steht bis fast zum Rand. Ich nehme den Griff der Klosettbürste (Jennifer hat sie besorgt), drücke sie mit geschlossenen Augen, mit der freien Hand die Nase zuhaltend, durch den Klumpen Zeitungspapier und Schlimmeres nach unten und werde belohnt durch Wasserrauschen, als die Masse sich auflöst, weggesaugt wird und sauberes (na ja, einigermaßen sauberes) Wasser hochquillt, drei Zentimeter unter dem Normalstand stehenbleibt und dadurch beweist, daß weiter unten alles in Ordnung ist.

Mein Stiefvater wäre stolz auf mich. Dann lasse ich das Waschbecken einlaufen und wasche, wasche, wasche mich, wer aber wäscht mich rein von meinen Sünden? Begangenen Sünden, Sünden der Begierde, der Lüsternheit, des Stolzes. Und auch Unterlassungssünden, zum Beispiel der, keine Nachsendeadresse hinterlassen zu haben.

4 Frühstück im Hotel de Ville

»Kommt schon, ihr alle«, rief Jennifer, und ihre Stimme hallte melancholisch durch die staubigen Korridore des Hotels de Ville. Sandy hatte Jennifer mit auf die Reise genommen, weil sie, wie er jedem erklärte, eine zwar törichte, aber brauchbare Person war. Sie war klein, hübsch und ängstlich. Außer mir hatten alle sie gern, und selbst ich nahm ihr nur Kleinigkeiten übel, etwa daß sie es als Kompliment auffaßte, wenn man sie als törichte Person und als das Beste, was ein richtiger Mann zur Frau haben konnte, bezeichnete.

»Kommt schon, ihr Faulpelze«, rief sie jetzt in die Stille.

»Kommt, fangt endlich an. Der Bus fährt um zehn, und wer nicht an Bord ist, muß hierbleiben.« (Ach, sie war wirklich eine törichte Person. Vielleicht hatte Sandy das ganz richtig gesehen.)

Jennifer war eben eine gute, freundliche Frau, und ich konnte verstehen, warum ihr Mann sie mitgenommen hatte, trotz seiner Meinung von ihr, die er ständig äußerte. Sie konnte Straßenkarten lesen, rasch packen und hielt es (wie sonst niemand) von Zeit zu Zeit für nötig, den Minibus sauberzumachen und frische, gebügelte, smaragdgrüne Hemden für die Band herbeizuschaffen, die diese bei offiziellen Gelegenheiten über den giftgrünen T-Shirts trug. Außerdem natürlich wegen der Freude aneinander in ihren gemeinsamen Nächten, einem Vergnügen, an dem ich nicht zweifelte. Er war ein großnasiger Typ (immer ein gutes Zeichen) mit tiefer Stimme und vermutlich einem tiefen, mächtigen Strich, wie er ihn auch auf seinem Instrument auszeichnete. Gewiß rief er einen angenehmen Klang in Jennifer hervor.

Daß wir uns recht verstehen: diese Musiker sind ziemlich scharfe Typen und in den Instrumenten, die sie sich ausgesucht haben, spiegelt sich die Art und Weise ihrer Liebestechnik und ihr zwanghaftes Zeugenwollens. Wenn ich beides so altmodisch zusammenfasse, so getraue ich mich das, weil ich mehr von meiner Großmutter als von meiner Mutter erzogen worden und daher von der Vorstellung einer Welt durchdrungen bin, in der es noch keine Verhütungsmittel frei zu kaufen gab und der Geschlechtstrieb als etwas angesehen wurde, das den Absichten der Natur und nicht denen des Menschen diente und das Entstehen von Babys sichern sollte. Die damit verbundenen Freuden und Erregungen sicherten die Fortdauer der menschlichen Rasse. Wer das wollte, bumste, und seine Gene überdauerten. Wer es nicht wollte, pflanzte sich nicht fort. Daraus ging eine Menschheit hervor, die Sex schätzte. Sexuelle Freuden waren sowohl das Stimulans als auch der Lohn für Fortplanzung: Es war der Wille Gottes (laut Urgroßmutter), der Lauf der Welt (laut Großmutter) und das System der Evolution (laut Mutter), dafür zu sorgen, daß wir bumsten und wieder und wieder bumsten, damit das Menschengeschlecht nicht ausstarb und in möglichst vielen Spielarten überdauerte. Ich habe ein besonderes Interesse an Evolution und Genetik, aus Gründen, über die ich später noch sprechen werde. Wann immer ich kann, beschäftige ich mich damit.

»Frühstück, ihr alle!« rief Jennifer. »Laßt den Kaffee nicht kalt werden.« Oben und unten auf den Korridoren knarrten Dielenbretter, es erhob sich Stimmengewirr, Türen öffneten sich. Jack kam mit großen Sätzen den Gang entlang zu mir (bei jedem Aufsprung stieg ein Staubwölkchen auf), wirbelte mich herum und küßte mich auf den Mund.

»Du Dummkopf, du«, sagte er, »Was willst du bloß mit jemand wie mir?«

»Nur dich«, sagte ich. »Ausgerechnet dich.«

»Aber das ist doch kein Leben«, sagte er, »mit einer Band verheiratet zu sein. Wenn ich bedenke, wie du es vorher hattest.«

»Du meinst, ich werde mal wie Jennifer?«

»Das wäre zu schön«, sagte er und verschwand im Bad. »Dieses Klo ist nicht verstopft«, rief er befriedigt. »Es hieß, es wäre verstopft und wir müßten an die Laternenpfähle, Hunde, die wir sind.«

Ich erhob keinen Anspruch auf Anerkennung dafür, daß ich die Verstopfung beseitigt hatte, aus Angst, meinen Partner mit meiner Tüchtigkeit zu überwältigen.

»Jack! Sandra!« rief Jennifer. »Wo seid ihr Turteltauben? Auch wenn Sandra ein Star ist, braucht sie deswegen doch ein Frühstück!«

»Geh runter und stell dich ihnen«, rief Jack hinter der geschlossenen Tür. »Ich komm in ungefähr einer Minute nach.«

Und das tat ich. Ich ging hinunter, trat meinem Publikum, meinen Kritikern entgegen in der hohen quadratischen Küche, in der die Spinnen ihre Netze woben, Käfer auf dem staubigen Boden krabbelten und Schnecken eine silberne Spur über die zerbrochenen Fliesen zogen oder schon gezogen hatten, als Jennifer ihrem Vergnügen ein Ende machte. Sie war am Abend unserer Ankunft lange aufgeblieben, schwindlig vor Erschöpfung, um aufzuräumen, wie sie es nannte. Damit wir morgens alle frisch anfangen könnten, wie sie sagte. Das taten wir dann auch, denn es war Jennifer, die im Haus herumrannte, Matratzen schleppte, Kissen suchte, die gräßlichen grauen Decken gerecht verteilte, während wir anderen nur auf der Treppe saßen, Steves rote Plastikflasche mit noch gräßlicherem Rotwein austranken und unwillig beiseite rückten, wenn Jennifer an uns vorbeischoß und uns damit stundenlange übellaunige Verhandlungen darüber ersparte, wer was und wo tun sollte und – noch schlimmer – warum. Es war leichter, kamen wir stillschweigend überein – wenn Jennifer einfach alles selber tat.

»Na, da bist du ja«, sagte Jennifer strahlend und füllte damit das betretene Schweigen aus, das sich auf die Tischrunde senkte, als ich eintrat. Sie hatten also über mich gesprochen.

»Also deswegen kamst du mir so bekannt vor. Ein Fernsehstar. Warum hast du das nicht gleich gesagt?«

»Wir hätten dir die Koffer getragen«, sagte Karl.

»Wir sind hoch geehrt«, sagte Hugh, kam herüber und wischte höchst realen Staub von einer Obstkiste, die mir als Stuhl dienen sollte. Er hatte ein viereckiges, pausbäckiges Gesicht, und obwohl er noch keine dreißig war, begann sein Haar sich schon zu lichten. Er war der beste Drummer im Lande, ein Ruhm, den er mit mindestens hundert anderen teilte. Er hatte hoffnungslos Wortfindungsschwierigkeiten und konnte sich nur mit seinen Drums verständlich machen. Mit Worten ging er sparsam um. Bente hielt ihn für ein Genie, weil er es ihr gesagt hatte, umflatterte ihn und ging auf jede seiner Launen ein. Warum auch nicht? Sie sah gut betrommelt aus. Ich setzte mich und lächelte geistesabwesend, wie ich gelernt hatte zu lächeln, wenn ich angegriffen werde. Jennifer setzte uns gutes, frisches Brot, gute Butter aus der Normandie, Aprikosenmarmelade mit noch unterscheidbaren kleinen (entsteinten) Aprikosen darin, schäumende heiße Milch und dünnen Kaffee voller Kaffeesatz vor (ich wußte, sie würde irgendwo versagen, und sie tat es beim Wichtigsten), und einige von uns (ich nicht) schrien: »Fabelhaft! Ein Wunder! Wie du das nur machst, Jennifer!« oder etwas in diesem Sinne, was sie erwartete. Sie blickte auf, bescheiden und triumphierend, und warf einen scheuen Blick auf Sandy, den sie anbetet, zweifellos wegen des Genusses seiner langsamen Grundstriche.

Und wir aßen, und ich dachte, nun ist es vorbei, sie haben mich bestimmt akzeptiert. Schließlich war ich ja dieselbe wie gestern: Jacks Mätresse, Anlaß zu der Peinlichkeit in Reading (Mrs. Stubbs war am Bahnhofsparkplatz in Reading aufgetaucht, wo sich die Band endgültig zusammenfand, und hatte entdeckt, daß ihr Ehemann mich im Schlepptau hatte), und wenn sie das nicht gestört hatte, warum denn dann dies? Und doch störte es sie.

»Geht durch, heißa, mit dem braunen Zigeuner«, bemerkte Pedro. Das sah ihm ähnlich, er kam von der Volksmusik. Die Band duldete ihn und seine *vibes*, ihr regulärer Gitarrist war er nicht. »Macht mit uns auf primitiv«, sagte Karl (er war ehemaliger Eton-Schüler und machte sein Leben lang auf primitiv) und zog aus der Tasche eine gefaltete Zeitung (ältere Männer falten immer alles ganz eng zusammen und fahren mit festem Finger jede nur mögliche Falte entlang, wahrscheinlich das einzig Feste, das ihnen geblieben ist, daher benutzen sie ihn, wann immer sie können). Eine Nummer der ›Sun‹ die ungeführ sechs Monate alt und nicht nur vergilbt, sondern schon ganz braun war, mit einem noch erkennbaren, unglückseligen Foto von mir, wie ich auf einer wüsten Party anscheinend oben ohne auf einem Tisch tanze, wenig passend zum nachfolgenden Bericht über eine offizielle Versammlung der Royal Astronomical Society. »Überraschender Einblick in Sandras Gesellschaftsleben.« Wenn sie so ein Foto erst mal bei den Akten haben, verwenden sie es immer wieder. Ich habe Matthew, meinen Ehemann und Anwalt, gebeten, gegen sie zu klagen, aber er meinte, so eine Geschichte müsse man sich totlaufen lassen.

»Dieses Foto«, sagte ich jetzt zurückhaltend, »ist irreführend. Ich stand auf einem Tisch, wollte die elektrische Birne auswechseln, und wie ich mich hochrecke, rutscht mir das Schlauchoberteil herunter. So was kann passieren.«

Alle lachten.

»Wenn du nackt auf Tischen tanzen willst«, sagte Steve, »so ist das deine Sache. Ich nehme an, die Presse ist jetzt hinter dir her und wartet darauf, was als nächstes kommt. Und das nächste sind wir.«

»Nein, das ist Jack«, sagte Karl und lachte. Neidischer alter Bock.

»Das habe ich alles hinter mir«, sagte ich. »Aus und vorbei. Jetzt beginnt ein neues Leben.«

»Wir müssen dir sehr langweilig und gewöhnlich vorkommen«, sagte Steve und funkelte mich durch seine dicken Brillengläser an.

»Keinen von euch finde ich auch nur im mindesten gewöhnlich«, sagte ich. »Wenn überhaupt etwas, seid ihr ausgesprochen ungewöhnlich.«

»Wie meinst du das?« fragte Sandy drohend. Offenbar konnte ich nichts richtig machen.

Jennifer, die Schlimmes ahnte, rutschte voller Unbehagen auf ihrem Stuhl herum und fragte: »Jemand noch Brot? Wer möchte noch mal von der Marmelade? Tut mir leid, daß es keine hausgemachte ist, aber besser als nichts.« Doch keiner nahm welche, statt dessen schauten alle mich an.

»Ich finde die Band großartig«, sagte ich. »Und die Musik ist super. Ich bin stolz darauf, das Citronella-T-Shirt zu tragen.« Damit hob ich den Kaffeebecher und trank ihnen allen zu. Das half. Einfache, unverhohlene Schmeichelei hat mir schon aus mancher Patsche geholfen. Wo aber war Jack? Er ging mir ab. Nicht nur mein Geist, auch mein Körper registrierte seine Abwesenheit. Dann hörte ich die Töne seiner Trompete draußen im Hof. Jack übte Tonleitern, noch vor dem Frühstück, wie gewöhnlich. Die Töne verbanden sich zur Melodie, wechselten die Tonart und wurden zu einer anderen Tonleiter und wieder zur Melodie. Es war nicht zu leugnen: Jack gab an.

»Schade, daß er nicht gestern abend so gespielt hat«, sagte Karl. »Er war total fertig.«

»Er kriegt nicht genügend Schlaf«, sagte Stevie der Enthaltsame mit der Posaune und schielte mich durch seine dikken Gläser lüstern an. Jennifer runzelte die Stirn und schnalzte mahnend.

Wir saßen stumm und hörten wohl oder übel zu. Die reinen Töne wirbelten die Staubwölkchen der Küchenregale auf und fielen tanzend im hereinströmenden Sonnenlicht zu Boden. Aber es war kein ungezwungenes Schweigen. Meine Anwesenheit verhinderte eine alltägliche Unterhaltung. Sandra die Sterndame, die Entdeckerin des Planeten Athena, vorübergehend eine Medienberühmtheit: und doch, um einen geläufigen Ausdruck zu gebrauchen, nur ein kleines Licht, das alle vier Wochen im Fernsehen aufleuchtete, eine Person, die von Interviewern gefragt wurde, welche Weihnachtsgeschenke sie machte, wie dick sie den Toast schnitt, wie lang sie die Röcke trug. Ihre nackten Titten waren in der ›Sun‹ abgedruckt worden – sie war hier unerwünscht. Sie fühlten sich betrogen, auf den Arm genommen – wie Jack. Schweigen war ihre Waffe. Sie verstummten, wie Lehrer, wenn der Direktor ins Lehrerzimmer tritt, wie der Müttervereín, wenn der Vikar sich nähert, wie der Speisesaal im Claridge, wenn Princess Margaret hereinkommt. Ganz gleich, ob der Herr Direktor Witzchen macht, der Vikar flucht wie ein Scheunendrescher oder Princess Margaret schon wieder eine verbotene Zigarette raucht, alles wird davon nur noch schlimmer. Wir sind ganz gewöhnliche Leute, schreien sie innerlich und sind noch stolz darauf. An uns ist nichts einzigartig, bestimmt nicht. Wir sind alltäglich, wir gehören zum Team, wir sind die Herde, deren ganzer Sinn darin besteht, daß sie nichts Besonderes ist. Schlimm für den, der herausragt, aus welchem Grund auch immer.

Dann sagte Frances:

»Ich versteh nicht, was der ganze Wirbel soll. Ich hab nie auch nur ihre Sendung gesehen«, und alle lachten und fühlten sich erleichtert, außer Frances selbst, die mich aus ihren schönen, feuchten Kuhaugen haßerfüllt ansah. Über der Iris sah man das Weiße, was, dachte ich mir, keine kosmetische Chirurgie korrigieren konnte.

»Sind alle satt?« fragte Jennifer und räumte das Papiertischtuch weg. Hatte sie das mitgebracht? Hatte sie damit gerechnet, daß wir so katastrophal untergebracht sein würden? Karl hatte uns vor der Abreise versichert, wir würden in ordentlichen französischen Zweisterne-Hotels wohnen.

Lag denn Jennifer jede Nacht wach und plante, für jemanden alles zu sein, für jeden etwas bereitzuhalten, für alle Eventualitäten gerüstet zu sein? Vielleicht hatte sie als Kind den ›Schweizerischen Robinson‹ gelesen, hatte sich einfangen lassen von seinem Zauber, war in der Vorstellung groß geworden, immer so etwas wie die bequemen Kisten aus dem Schiffswrack zur Hand zu haben, denen sich das Notwendigste entnehmen ließ – nicht nur ein Strick zum Anbinden der wilden Ziege, sondern noch besser, ein Messer, um Lianen zu kappen und sie zu einem Strick zu verzwirnen? Nun stand sie da, mit Bahnen über Bahnen von Papiertischtüchern, die sich zerschneiden ließen zu Klopapier (Braucht einer von euch Klopapier?), oder die man über eine schmutzige alte Tür breiten konnte, die, über aufgefundene Obstkisten gelegt, einen Tisch abgab, so daß das Frühstück (das sie ebenfalls den Eingeborenen irgendwie abgeluchst hatte) nicht nur gut schmeckte, sondern sogar nett aussah. Ah, diese Reise, dieser Trip der Band, diese ganze Katastrophe war Jennifers Stunde des Triumphs, man sah es an dem seligen kleinen Lächeln auf ihren Lippen. Der große Augenblick, in dem die Band sie brauchte. Nur ich störte dabei, ich, die den Duft nach verbotenem Sex mitbrachte, die eine ungute Mischung war aus berühmt und berüchtigt, und damit die volle Aufmerksamkeit von Jack, dem verrückten Trompeter, dem Bandleader, auf sich lenkte, den jede Frau haben wollte (auch Jennifer) und den ich gekriegt hatte.

Jack legte die Trompete weg und kam, um den restlichen Kaffee auszutrinken, und keiner sagte ihm ein böses Wort. »Jetzt wird's aber Zeit für euch«, sagte Jennifer, und die Band erhob sich gehorsam und traf Anstalten zum Aufbruch, und Jack nahm mich bei der Hand und führte mich die staubige Treppe mit dem zerbrochenen Geländer bis in den oberen Stock hinauf zu dem kleinen Giebelzimmer, in dem die Tauben gurrten und flatterten (das Dach mußte Löcher haben, Franzosen scheint so etwas nicht zu kümmern), stieß mich an die Wand oder doch eine der Wände, knöpfte meine Jeans auf, zerrte sie herunter und bumste mich derb und eilig, aber machtvoll, so daß der alte Gips hinter mir abblätterte und auf meine Absätze rieselte. Ich weiß noch, daß ich aufschrie und daß der Laut widerhallte. Ein unbedeutenderer Mann hätte »Pssst!« gesagt. Jack kümmerte es nicht. Es war ihm egal. Sollte die Band es doch wissen. Sie wußte ja ohnehin längst alles.

»Na, besser?« fragte er. Woher wußte er? Was verriet mein Gesicht? Hatte ich angedeutet, daß ich seine sexuelle Vernachlässigung auch nur bemerkt, geschweige denn übelgenommen hatte? Bestimmt nicht. Aber ich war ja wirklich ein von Jack besetztes Territorium. Er schickte seine Spione in meinen Kopf, in die übervollen Korridore meiner Gedanken, nahm zur Kenntnis, stellte den Aufruhr fest. Er demütigte mich wie der Eroberer den Eroberten, sorgte dafür, daß alles blieb, wie es war, und niemand auf dumme Gedanken kam.

»Besser als was?« fragte ich kühl, statt zu sagen, ja, o ja, und mein Trotz schien ihn erneut in Fahrt zu bringen, was mich freute.

»Ich muß weg«, sagte er. »Die werden schon warten. Wir wollen Jennifer nicht aufregen. Die hat bestimmt die Stoppuhr gezückt.« Und doch küßte er mich lang, fast romantisch, als bäte er um Verzeihung für die Schroffheit seines Benehmens, und auch das freute mich. Ich bezweifelte nicht, daß er mich liebte – wenn auch so, wie der Eroberer den Eroberten. Soll das Volk murren, sich krümmen, aufbegehren, das ist in Ordnung, das ist zu erwarten, das zeigt, daß es die Eroberung wert war, aber wenn die Spione Zeichen echter Auflehnung, organisierten Widerstandes melden, fällt die eiserne Hand herab, die Informanten werden zu Geheimpolizisten, die Spione zu Folterknechten, und überall herrscht Elend.

»Damit wirst du auskommen«, sagte der muntere Jack Stubbs, »bis ich heute abend wieder da bin.«

»Und was tust du den ganzen Tag?« fragte ich.

»Du warst doch diejenige, die hierbleiben wollte«, sagte er und blieb an der Tür stehen. Er war so hoch wie der Türstock, er würde sich bücken müssen, um den Raum zu verlassen, dieser lange Mensch, an dem alles lang war. Ich blieb, wo ich war, die Jeans züchtig wieder hochgezogen, obwohl ich anscheinend kein Hemd mehr anhatte – es lag, wie ich jetzt merkte, in einem zerknüllten Häufchen zu meinen Füßen, wie war denn das zugegangen –, noch immer an die Wand geheftet von der bloßen Erinnerung an das Ausmaß seiner Anwesenheit in meinem Inneren.

»Ach ja? Ich muß verrückt gewesen sein«, sagte ich.

»Es ist auch besser so«, sagte er. »Frances fängt an eifersüchtig zu werden. Laß ihr mal einen Tag mit mir allein, dann geht es ihr wieder prima.«

»Hab ein Auge auf sie«, sagte ich. »Sonst haut sie ab.«

»Dafür ist sie zu jung. Erst fünfzehn.«

»Sie wächst schnell«, sagte ich.«

»Wir beide müssen mal richtig reden, du und ich.«

»Worüber?«

»Über dies und das. Wohin wir von hier aus wollen. Wir können nicht für den Rest unseres Lebens herumzigeunern.«

»Warum nicht?«

»Weil du du bist«, sagte er. »Das ändert die Sache.«

»Wieso?« Ich konnte und wollte es nicht einsehen, so wie ich da stand, halb ausgezogen.

»Ein Mann hat seinen Stolz«, sagte Jack. Der verrückte Jack. Der Bandleader. Der stolze Jack, stolz wie jeder andere Mann. Aber die Liebe überwindet alles, oder?

»Die nehmen mich nie wieder. Ich habe alle Schiffe hinter mir verbrannt. Du hast ja keine Ahnung.«

Er sah mich von oben bis unten an mit seinen glänzenden, wissenden Augen, lächelte und kam wieder auf mich zu.

»Da ist ein großes Feuer nötig, damit Schiffe absaufen. Gib acht, sonst schleppen sie dich wieder in den Hafen.«

»Niemals«, sagte ich. »Nie, nie, nie.«

Aber Lear sagte siebenmal hintereinander »nein«, und es nützte ihm gar nichts. Und der Minibus hupte lange und laut, und Jack verließ mich und sagte: »Ich muß gehen«, und das wußte ich auch, aber ich nahm es für ein schlechtes Omen.

Ich berichte lieber, was geschah, nachdem Jack hinausgegangen und die Treppe hinuntergepoltert war, damit Jennifer zufrieden war, obwohl ich es besser nicht täte. Ich sah, wie sich der Staub seines Abgangs legte und sanft durch die Strahlen der – schon leicht herbstlichen – Augustsonne rieselte –, die durch die spinnwebverhangenen Fenster fielen. Ich war plötzlich und ganz irrational befreit – so wie sich die Tür einer Waschmaschine nach dem letzten Waschgang schließlich öffnen läßt – von dem Angeheftetsein an die Wand, trat ans Fenster und sah, was ich nicht sehen wollte. Den Renault, beladen mit dem Notwendigen für den Tag: Bass, Banjo, Gitarre, Klarinette, Drums. Posaune, Trompete, diverse Ständer, Verstärker, Mikrophone, Hemden, T-Shirts, Kassetten, Plakate, Abzeichen, die Band selbst, Sandy bereits am Steuer, und Jack, der eben hinten einstieg und erst Jennifer, dann Frances hinter sich hochzog. Die Türen schlossen sich, der Wagen fuhr ab, nichts blieb, nichts, nur der kahle französische Hof, die französische Morgensonne und eine Art öder, abgeschotteter Verlassenheit.

Ich konnte es nicht aushalten. Meine intimen Teile schwirrten und dröhnten noch. Was eben erfüllt und befriedigt gewesen war, hungerte und dürstete jetzt. Die Tauben flatterten und pickten vor meinen Füßen im pulverisierten Putz nach Spinnen und Käfern und was Jack und ich sonst noch aufgescheucht hatten. Die Vögel schienen seltsam zutraulich und nicht im mindesten beunruhigt durch das sonderbare Treiben der Menschen. Ich sah mich nach einer Möglichkeit der Befriedigung um. Sie würde nicht leicht zu finden sein. Die Türklinke, aus kaltem, schockierendem Metall schien ungefähr die richtige Höhe zu haben. Ich zog die Jeans aus, rieb mich an der Klinke und befriedigte mich daran unter Zuhilfenahme der Finger wieder und wieder, ich schrie hemmungslos auf, so daß die Tauben aufflogen und sich durch einen Spalt zwischen Gesims und Dach davonmachten, irgendwohin, wo es weniger heftig und aufgewühlt zuging. Danach war mir besser, als hätte ich nicht nur die organische, sondern auch die anorganische Welt ins Schema des sich wandelnden Universums hineingezogen. Sie zusammengezogen, sie vereint. Mein Fleisch und kaltes Metall hatten miteinander zu tun gehabt, und das schien ganz richtig. Danke, langer Jack. Danke, Messingtürklinke. Mögen die Elektronen fliegen, mögen die Zellen des Fleisches lernen, sie willig aufzunehmen und ihnen keinen Widerstand leisten.

Vielleicht bin ich verrückt.

Meine Mutter war verrückt. Ich meine nicht in dem Sinn, daß sie verblüffende Hüte aufsetzte, bunte Trikots anzog, wenn alle anderen farblose trugen, zu lebhaft und zu lange redete oder zuviel Geld in die Geschäfte trug, was alles eine Frau als verrückt, nämlich als beunruhigend erscheinen läßt – Tamara? ach, Tamara ist verrückt, an guten Tagen so amüsant, an schlechten so nervtötend – nein, klinisch definierbar verrückt, schizophren. Hin und wieder war sie in einer Anstalt für Geisteskranke, stapfte mit hängenden Strümpfen durch glänzende, blaßgrüne, übelriechende Korridore, hörte im Kopf Stimmen, die sie drängten, Feuer zu legen und zu morden, hatte Visionen von Teufeln in der Zimmerecke, die scheußliche Obszönitäten begingen, die sie dann *en crise* durch Nachahmung zunichte machen wollte.

So jedenfalls bemühte sich ein freundlicher Psychiater mal, mir die Stimmen und Visionen zu erklären und meine Verwirrung und Verzweiflung ein wenig zu lindern. Ich gehöre zu den Leuten, die Geisteskrankheit als chemische Gleichgewichtsstörung im Gehirn verstehen – wenn die Balance noch so gering abweicht, nimmt das Gehirn von sich selbst Informationen auf und verarbeitet sie im gleichen Ausmaß wie das, was richtig und in geordneter Weise von den Sinnen geliefert wird. Ist man geistig gesund, ist ein Hund ein Hund, gelb ist gelb, Brot riecht wie Brot. Ist man verrückt, ist ein Hund vielleicht der Anfang des Wortes Hundert, gelb ist etwas Unheilvolles, Brot riecht nach Scheiße und ist daher möglicherweise Scheiße. Und alles ist mehr, als es sein sollte. Die Irren sind nicht glücklich: Sie sind überlastet. Sie hassen.

Nun werden viele Menschen durch äußere Umstände gezwungen, in Irrenanstalten zu leben oder in der Obhut der sogenannten »Fürsorge« zuzulassen, daß ihre Strümpfe Falten werfen und ihre Jacken Flecken haben. Ihre Augen mögen stumpf und glasig sein, ihre Gesichtsmuskeln erstarren in Nachahmung des echten Irreseins, doch es sind nur Flüchtlinge aus dem Leben, das sie keine Minute länger aushalten. Es sind Simulanten, nicht die echten, tragischen, erschreckenden Irren.

Wissen Sie was? Wenn gute Menschen, deren es viele gibt, und zu denen ich mich nicht zähle, ein Asyl für geistig Verwirrte im Nachbarhaus eröffnen würden, ich würde wegziehen. Zwar würde ich mich nicht an einer Protestdemonstration beteiligen – WIR WOLLEN HIER KEINE IRREN – oder an der aufwallenden primitiven Hysterie des gemeinen Pöbels, der soziale Verbesserungen hintertreibt und die Verwirklichung von Utopia verhindert, nein, diesen Mut hätte ich nicht, damit würde ich meinem Image schaden. »Sterndame Sandra im Kampf gegen Irrenhäuser.« Ich würde einfach wegziehen und behaupten, die Wohnung sei zu feucht.

Es gab Zeiten in meinem Leben, da habe ich mir eingeredet, meine Mutter sei nur eine der Simulantinnen gewesen, eine der »verrückt Gewordenen«, keine »verrückt Geborene«. Verrückt gemacht durch meinen Vater. (Es gibt da noch eine andere Geschichte, die meiner Großmutter bestimmt besser gefällt.) Aber das konnte ich nie recht glauben. Der Mordimpuls war vorhanden in ihrem Hirn, das Glotzen des Teufels war in ihrem Auge, wenn sie mich, ihre Tochter, anstarrte. Und das häufige Herbeieilen von Anstaltspersonal mit einstichbereiten Spritzen und Zwangsjacken machte es schwer, die Illusion aufrechtzuerhalten. Nein, das war kein Simulieren von Irresein, das war echt. Tamara war verrückt geboren und verrückt geblieben. In meinen Adern kreist das Blut der Vergangenheit. Der Irrsinn meiner Mutter, der gesunde Sinn meines Vaters. Dieser Mann war wirklich bei Verstand: ganze Komitees vernünftiger Männer (keine Frau unter diesen Geschworenen) und einige davon höchst kultiviert, waren sich einig, er sei normal. Das war 1945 beim Nürnberger Prozeß. Dann führten sie ihn hinaus und erschossen ihn. Normal, normal. Aber das ist eine andere Geschichte. Ich stelle fest, daß ich sagte, »sie« hätten ihn erschossen, diese kultivierten, strengen, schockierten Leute, aber sie taten es selbstverständlich nicht eigenhändig, sie betrauten damit ein Exekutionskommando rauher Soldateska, die es für sie tat. Offiziere töten selten persönlich. Der Richter knipst nicht den Schalter am elektrischen Stuhl an und läßt schon gar nicht Gefängnistore ins Schloß fallen. Das tun kleine Leute, die nicht so feinfühlig sind. Nun, das wissen wir alle. Einstweilen hat mein Vater kein Grab, auf das wir Blumen legen könnten, wir, seine vielen, vielen Kinder.

Natürlich bin ich auf der Flucht vor der Vergangenheit. Wer ist das nicht? Es gibt vieles, dem man entrinnen möchte. Keiner von uns ist von normalen Eltern geboren, alle sind sie auf diese oder jene Weise verrückt, auf diese oder jene Weise grausam. Ich bin nur ein extremes Beispiel der menschlichen Rasse, kritzle mit meiner Feder, denke dies, schreibe das, erfinde eine Geschichte über Jennifer, auf einer Tür über zwei Kisten, die einen recht ordentlichen Tisch bildet, wenn ich mich nicht zu stark darauflehne (wenn ich es tue, kippt er), rücke von Zeit zu Zeit meinen Stuhl mit dem einen fast abgebrochenen Bein aus der Sonne, wenn dieses strahlende Gestirn langsam über die Hofdächer herauf- und herübersteigt und das weiße Licht auf dem Papier zu unangenehm blendet, fühle immer noch die Lust zwischen meinen Beinen nachklingen und hoffe zuversichtlich, daß sie sich in absehbarer Zeit erneuert, mit einem Taubenpaar – vielleicht demselben, wer kann das sagen? Tauben, für mich sehen die alle gleich aus. Eine ist wie die andere – zur Gesellschaft, die picken und gurren. Sogar ich kann glücklich sein, bei der Mutter, die ich habe, und bei dem Vater, den ich hatte.

Ja, ich war sogar so glücklich, daß ich die Feder hinlegte und ein bißchen im Hof herumsprang – die Sonne stand noch nicht so hoch, daß die Hitze ein solches Tun undenkbar gemacht hätte – und mein neues Leben sich vor mir entfalten sah, mein Leben mit Jack, als Sandra Stubbs, nicht mehr Sandra Harris, Sorensen oder Sterndame. Wenn Jack begriff, daß ich jetzt Sandra Wiedergeboren war und er mein Retter, daß ich wiedergeboren wurde in der Nacht, in der ich ihm begegnete, in der Stunde, in der sein Körper in meinen eindrang, dann konnte er unbesorgt sein und die Citronella Jumpers auch. Alles würde gut. Gewiß, die Vergangenheit, die mich verfolgte, war schwer und mächtig, war gewichtiger, als die meisten sie mit sich schleppen mußten, aber das würde ich schaffen, ja, das würde ich. Wer braucht schon einen richtigen Schreibtisch, wenn es eine Tür über zwei Kisten auch tut? Wer braucht vergoldete Wasserhähne und ein blaues Bad und die Tischgespräche mit Astronomen und Rechtsanwälten? Wasser kann genauso gut aus einem rostigen Hahn kommen, aufrichtigere Reden aus dem Mund von Musikern. Denn sogar in meinem Überschwang sah ich: wenn ich mit Jack lebte, würde ich auch mit der Band leben müssen. Musiker leben heute wie schon immer, so wie auch Schauspieler, daran ändert sich nichts. Die Truppe ist alles, die Band eine Einheit, wie eine Fußballelf. Fern vom Fußballfeld verleumderisch und intrigant, getrennt durch die verschiedenartigen Temperamente, auf dem Platz aber vereint durch das gemeinsame Erleben, gehoben durch gemeinsame Begeisterung, vollkommen loyal, jeder ein Nichts ohne die Gruppe und in ihr alles. Und von jeher sind ihnen Frauen gefolgt, sind auf und davon, heißa mit dem braunen Zigeuner, ach du liebe Zeit, oder wie auch immer Pedro sich ausdrückte, weg von der Wärme und Sicherheit ihres gewohnten Alltags, auf der Flucht vor der Langeweile.

Es ist unklug, zu glücklich zu sein und in Hochstimmung in Höfen herumzuhopsen. Dann passiert etwas, um uns zu ernüchtern, uns zurückzustoßen in den üblichen Angstzustand. Und das geschah auch.

Es geschah etwas im Schatten des Feigenbaumes, dessen Zweige über die Hofmauer hingen. Ich habe Feigenbäume nie gemocht. Die Zweige sind zu kahl, die Blätter zu sonderbar geformt, ihr Grün zu gedämpft, das Fruchtfleisch von zu zartem, verderbtem Aroma. Dort stand ein Mann oder stand dort nicht. Vielleicht kein Mann, kaum mehr als ein Knabe. Ich sah magere Handgelenke und die gelbrote Strickmütze, die er gern trug, und wußte, es war mein Halbbruder Robin. Sein Gesicht konnte ich nicht deutlich sehen, und darüber war ich froh.

»Bist du's, Robin?« fragte ich.

»Ja, ich bin's«, sagte er oder sagte es nicht.

»Was willst du diesmal?«

»Alles schön und gut«, sagte er, »aber was ist mit meinem Grab?«

»Ach du meine Güte«, sagte ich, »ich wußte doch, da war noch was.«

Jeden August pflegte ich auf den Friedhof zu gehen und das Grab meines Bruders in Ordnung zu bringen, den Abfall zu beseitigen, den der Wind ein Jahr lang darauf geweht hatte. Sein Grab war in einem Winkel – ähnlich dem, in dem er jetzt stand, wie mir klar wurde –, wo sich leicht Unrat ansammelt. Dieses Säubern von Robins Grab einmal im Jahr war die einzige gefühlvolle Geste, die ich mir erlaubte – und sehen Sie nur, was ich mir damit aufgeladen hatte!

»Ich dachte nur, ich erinner' dich dran«, sagte er. »An sich ist es unwichtig.«

War er, eine fleischgewordene Erinnerung, in meinem Kopf? Ich wußte es selbst kaum. Was änderte es?

Und er lächelte, mein toter Bruder Robin lächelte, zuckte die Achseln und überließ es mir. Im Tode wie früher im Leben. Es liegt bei dir, Schwester Sandra, mach, was du willst!

»Mach ich nicht«, sagte ich zu diesem nichtexistenten Bürschchen. »Ich denke mir was anderes aus. Ich fahre nicht wieder heim. Ich bin hier mit Jack zusammen.« Welche Frau tut das nicht – ihre Pflicht gegenüber einem Mann vorschieben, um von einer Verbindlichkeit freizukommen? Kann Mutter heute nicht besuchen, weil sie ihrem Mann Essen kochen muß, kann keinen Kuchen für den Elterntag backen, weil sie ihren Mann von der Arbeit holen muß. Ich kann keine Vergangenheitsbewältigung betreiben, Robin. Verzeih, Jack braucht mich!

»Ich mach dir einen Vorschlag, Robin«, sage ich, »einen Kompromißvorschlag. Ich werde irgendwie dafür sorgen, daß sich jemand um dein Grab kümmert. Vielleicht nicht ich selber, aber es wird erledigt.«

Und er geht, ohne daß ich sagen kann, ob er zufrieden ist oder nicht. Oder aber ich habe ihn vertrieben. Jedenfalls war er auf einmal nicht mehr da, obwohl auf der Mauer noch eine Weile eine Art leichter Hiroshima-Schatten verblieb und es mir etwas kühler vorkam. Es schlüpfte sogar eine Eidechse auf der Mauer in ihr Loch. Angst hatte ich nicht. Die Geister der Vergangenheit sind immer gegenwärtig, ich hatte nur nicht mit ihrer Beharrlichkeit und ihrer Fähigkeit zu reisen gerechnet.

Ich ging ins Dorf, auf der Suche nach einer Telefonzelle. Ich würde meine Freundin Alison anrufen müssen. Natürlich hatte ich mir geschworen, es nicht zu tun, denn wer ganz neu anfangen will, darf kein einziges Mal der Sehnsucht nach Kontinuität, nach vertrauten Stimmen und Orten nachgeben, sonst tut er es immer wieder. Alison heute war schon recht, aber was war morgen mit dem Fernsehsender und übermorgen mit Matthew und der ›Sun‹, die durch die Fenster spähte und versuchte, für nächste Woche ein Foto meiner Titten in der Badewanne zu ergattern und – o Jack, geliebter Jack, lebe wohl, Jack, die Vernunft triumphiert über Liebe, oder Lust.

Seit Robins Tod bin ich zugleich hart und frivol geworden. Gewollt habe ich das nicht, es ist eben so gekommen.

Mein Bruder Robin war wahnsinnig. Entweder hatte er die Geisteskrankheit meiner Mutter geerbt oder sich bei ihr angesteckt, oder sein Gehirn, das dem ihren sehr nahe stand, hatte die gleichen schmerzhaften, aber zweifellos interessanten Tricks übernommen, mit denen man in den Bereichen des Bewußtseins ein- und ausgeht, Bereiche, die ordentlichen Leuten zu deren eigenem Schutz verschlossen sind. Meine Mutter war zwar verrückt, aber auch sehr schön, und als ich fünf war, heiratete sie einen liebenswürdigen Engländer, einen häufig bankrotten Pferdezüchter namens Simon. Das tat sie in einer der scheinbar normalen Perioden, während der sie weder ihn noch mich mit irrem Blick und teuflicher Miene anglotzte und insgeheim überlegte, wie sie uns am besten und schrecklichsten umbrächte, nein, in der sie sanft und lieb, wenn auch beständig traurig war und, wie ich annehme, sehr wohl wußte, daß ihre Nettigkeit nicht andauern würde. Als ich sechs war, wurde Robin geboren, und ich liebte ihn sehr und war nicht im geringsten eifersüchtig. War er doch der Beweis nicht nur für die Normalität meiner Mutter, sondern auch dafür, daß mein netter Stiefvater etwas Bleibendes war. Und Robin war ein kluges, schönes, strahlendes Kind. Nur manchmal, schon als er noch ganz klein war, erstarrte sein Gesicht zu etwas Reglosem, Fernem und manchmal, wenn ich ihn in diesem Zustand aufscheuchte, ihm ein Bonbon anbot oder eine Fahrt auf meinem Rad, um ihn daraus zu befreien, sah er mich mit einer unerträglichen Feindseligkeit an, die mich an meine Mutter erinnerte. Ich tat ihm zuliebe, was ich nur konnte, um ihn vor ihrem Schicksal zu bewahren.

»Mutter hat Kopfweh«, sagte ich, »das ist alles«, wenn er mir bestürzt vorkam über Tamaras heftige Ausbrüche, oder wenn sie ein und dasselbe Messer zehnmal abspülte und sich über Bazillen beklagte und mit jeder ihrer fahrigen Bewegungen unsere Hoffnung auf Normalität zunichte machte. Simon widersetzte sich bis zuletzt der Vorstellung, seine Frau, meine Mutter, könne wahnsinnig sein. Ich aber wußte es schon, ehe sie heirateten, als ich vier oder fünf war. Ich war ein argwöhnisches Kind, das dazu neigte, Zornausbrüche mit einem Lächeln zu beschwichtigen für den Fall, daß sie mörderisch waren. Robin, etwas begriffsstutziger als ich, etwas mehr auf Selbstverteidigung bedacht, halsstarrig in seinem Wunsch, glücklich zu sein, wurde nur verstört. Einmal zeigte Tamara ihm, wie man Fliegen die Flügel ausreißt. »Du bist ein Junge, Jungen tun so was«, sagte sie bei diesem Anschauungsunterricht. »Da. So. Jetzt weißt du, wie.« Es war, als habe sie sich Mühe gegeben, ihre Mutterrolle auswendig zu lernen, aber vergessen, wie es richtig war. Sie lehrte es mich auch.

»Es schickt sich nicht für ein Mädchen, weniger zu wissen als ein Junge.« Also riß auch ich Fliegen die Flügel aus, wenn sie es sah, und ließ es, wenn sie es nicht sah, und lehrte Robin, es auch so zu machen. Ich fürchte, ich habe ihn nur noch mehr verwirrt. Er mußte ihre Gedankenschachzüge akzeptieren, und ich ließ meine Figuren wie die Springer hierhin und dorthin springen. Sein armer Kopf muß ganz schwindlig geworden sein. Mein Stiefvater war der König, er strebte langsam von Feld zu Feld, immer unter finanziellem Streß, immer sich gerade noch rechtzeitig aus dem Schlamassel rettend. Die Königin, die Übermacht, der man gehorchen sollte, weil man ihr trauen konnte, hatte längst das Schachbrett verlassen. Wir waren auf uns selbst gestellt, Simon, Robin und ich, und spielten ein düsteres Endspiel, das wir verlieren mußten, während flügellose Fliegen haufenweise herumlagen. Ich kannte jedoch meinen Wert, kannte die Möglichkeit des Entrinnens: Daheim ausharren, mein Herz verhärten gegen den Schmerz, die eigene Mutter fürchten zu müssen, und gute Leistungen in der Schule. Ich würde mich außer Haus bilden und so die Freiheit erringen. Als ich neun war und Robin drei, lehrte ich ihn lesen. Mir schwebte die gleiche Lösung auch für ihn vor.

Als er zwölf war, konnte ich mir über seine Ähnlichkeit mit meiner Mutter nichts mehr vormachen. Mit fünfzehn wurde er von der Schule verwiesen. Er nahm Gelegenheitsjobs an und wurde gefeuert. Daheim war er ausfallend und aggressiv, saß jeden Tag vor der Glotze und versuchte eine Beziehung herzustellen zwischen den Bildern auf dem Bildschirm und der realen Welt. Als er dann glaubte, das Verhaltensschema, die Reaktionen begriffen zu haben, die andere Menschen irgendwie schon zu kennen schienen, zog er los und imitierte sie. Mit Verprügeln, Zuschlagen und Zähnefletschen. Das war immer noch etwas besser, fand ich – wenn auch nur etwas – als das Nachahmen unsichtbarer, masturbierender Dämonen, wie meine Mutter es tat, und wofür man sie, als Robin neun und ich fünfzehn war, zum ersten Mal wegbrachte. Wenn jemand Robin schief ansah, im Autobus oder auf der Straße – und es fiel schwer, das nicht zu tun, denn er hatte seltsame, helle Augen und trug einen zerdrückten Strohhut ohne Kopfteil, dazu Kragen und Schlips –, folgte er dem Beispiel von John Wayne und boxte den Betreffenden nieder mit dem Ruf: »Ein Mann muß tun, was er tun muß«, was komisch sein sollte, und ich glaube, er meinte es auch komisch; denn immer war ein Beigeschmack Unernst in seinem seltsamen Benehmen, was von Zeit zu Zeit die trügerische Hoffnung in mir weckte, es sei bei ihm doch nur ein So-tun-als-ob, die Flucht aus einem Trauma, und nicht Fleisch vom Fleisch meiner Mutter, Geist von ihrem Geist und Wahn von ihrem Wahn. Aber nach Lage der Dinge bedeutete es Haftstrafen, Bewährungshelfer, Sozialarbeiter, Diagnosen auf Geistesgestörtheit, aber weder Behandlung noch Hoffnung noch Heilung.

Doch genug von alledem. Robin ist tot: Er warf sich unter einen Zug, eine tapfere, letzte Liebestat (wenn auch nicht für den Zugführer) für mich, seinen Vater und seine Großmutter, bei der wir bald alle lebten. Von da an konnten wir seine Existenz hinter uns lassen und uns mit dem Gedanken trösten, daß er, unser Bruder, Sohn und Enkel nur ein Fehler in der Evolution gewesen war und fort mußte, ausgelöscht werden mußte, je eher desto besser. Das war sicherlich auch Robins Ansicht über sein Leben. Es war besser, daß er verschwand, ehe die Gene eine Chance hatten, sich auf die nächste Generation zu übertragen und als lebensfähig zu erweisen. Denn Irre können sich, wenn auch zu ihrer und anderer Qual, sehr wohl fortpflanzen. Danke vielmals. Natürlich verblödete er zuletzt, war verwirrt, ob nun infolge von Drogen oder der Elektroschocktherapie, die sie ihm verpaßten, ehe sie ihn hinauswarfen und sagten: »Wir können nichts mehr für ihn tun«, oder aber, was wahrscheinlicher ist, durch den puren Ansturm der Gedanken in seinem Kopf, aus Panik, wie Vögel in einem Kamin, die den Ruß aufwirbeln und überall nur Schwärze sehen und keinen Ausweg mehr. Unsere Existenz ist, wenn man anfängt darauf zu achten, unerträglich bedrückend.

6 Ein Telefongespräch

Ich rief über das Fernamt (Gebühr bezahlt Empfänger) meine Freundin Alison bei der Royal Society für Behindertenfürsorge an, wo sie arbeitet. Das französische Telefonfräulein hatte keine Lust, uns zu verbinden, und ließ es mich fühlen, aber mein Wille war stärker als der ihre.

»Alison!« sagte ich und erwartete Herzlichkeit und Freude, erwartete »Ja, wo hast du denn gesteckt? Wie geht's, wie steht's, du tolle Person du!« und dergleichen, aber nein, ihre Stimme war kalt.

»Ach, Sandra, du bist es. Ich muß gleich zu einer Konferenz.«

Ich lebe nun einmal in der ständigen Angst, meine Freunde zu kränken. Ich habe nicht so viele, daß ich es mir leisten kann, welche zu verlieren. Wenn ich eine Weile nichts von ihnen höre, werde ich unruhig. Ich denke nach, ob ich etwas getan oder gesagt habe; wenn sie kurzangebunden oder eilig oder zu Konferenzen unterwegs sind, halte ich es für meine Schuld.

»Ich rufe aus Frankreich an.«

»Ach, *da* bist du. Was willst du?«

»Ich möchte dich um einen Gefallen bitten.«

»Das war klar.«

Ich denke darüber nach. Das Telefon piept dreimal scharf, um mich daran zu erinnern, daß Zeit Geld ist. So nett sind die Franzosen zueinander. Ein alter Mann mit grämlichem Gesicht, eine staubige schwarze Baskenmütze auf dem Kopf, lugt durch das Glas zu mir herein. Vielleicht ist es der Geist des touristischen Frankreich. Er sabbert ein bißchen und geht wieder, wobei er einen nassen Fleck auf dem Glas hinterläßt, aber das kann auch wieder eine Wirkung und keine Ursache sein, wie vorhin Robins Hiroshima-Schatten.

»Alison, was ist denn los?«

»Nichts ist los, es sind nur eben manche Dinge wichtiger als andere, und der Prozentsatz der Wasserköpfe ist seit vorigem Jahr auf 2,9% gestiegen, und im letzten Vierteljahr sind weitere acht Kinder ohne Hirn im London Regional Authority geboren worden.«

»Eine statistische Anomalie.«

»Das will ich hoffen. Ich habe gehört, du bist nach Frankreich durchgegangen. Ich dachte, mittlerweile seist du wieder da.«

»Nein, es ist was Ernsthaftes.«

»Das sagst du jedesmal. Eigentlich bin ich böse auf dich, Sandra.«

»Warum?« Mein Herz schlägt schneller. Der Speichel ist verdunstet und hinterläßt einen milchigen Fleck auf der Scheibe. Ich glaube, er war doch real.

»Ich hab mich zur Ruhe gesetzt. Es wird Zeit, daß du das auch tust. Du bist – wie alt? – fünfundvierzig?«

»Zweiundvierzig.«

»Und es paßt mir nicht, mich ausnutzen zu lassen. Ich mag nicht dein Rohmaterial sein. Und dann der arme Matthew. Du hast ihm so auf der Nase herumgetanzt, Sandra.« Und so was ist nun meine Freundin. Er hat sie kontaktiert. Sie angerufen, seine Version der Geschichte durchgegeben. Dabei ist es natürlich keine Geschichte, nur ein Ereignis, aber er ist ja darauf trainiert, beliebige Vorfälle in eine logische Reihenfolge und dadurch Menschen für Jahre hinter Gitter zu bringen. Als Ankläger ist er eine Kanone, als Verteidiger hoffnungslos.

»Rohmaterial, Alison?«

»Ja, einer Geschichte, die du geschrieben hast, Sandra. Das nehme ich jedenfalls an. Es ist meine Lebensgeschichte, und sie erscheint diese Woche in der ›Nursing Times‹, wo jeder sie lesen kann.«

Also das war es. Sie hatten doch tatsächlich meine Geschichte ›Ein Blutopfer‹ gedruckt, und Alison, diese Spielverderberin, machte deswegen ein Theater.

»Mit deinen Rundumschlägen machst du allen Leuten nur Ärger. Warum kriegst du nicht ein Kind und setzt dich zur Ruhe?«

»Vielleicht, weil es nach der neuesten Mode ohne Hirn sein könnte«, sage ich, und sie läßt sich herbei zu lachen, ist also nicht hoffnungslos, diese Alison. Innerlich hüpfe ich vor Freude, lasse es mir aber nicht anmerken: Eine Geschichte von mir ist erschienen. Zwar nur in der ›Nursing Times‹, das ist wahr, und wer liest die schon außer durch einen unglücklichen Zufall Alison selbst. Ich nehme an, es hängt mit ihrem Job zusammen. Irgendein Artikel, so was wie ›Ein Problemfall in der Pädiatrie‹, auf den man sie aufmerksam gemacht hat. Immerhin, es ist ein Anfang. Ob Jack es übelnimmt, daß ich Schriftstellerin bin? Wird er mein Talent fördern oder es ersticken? Ich könnte mir vorstellen, daß ihm alles recht ist, solange ich über meine Freunde schreibe und nicht über ihn.

»Im Ernst, Alison, die Geschichte handelt nicht von dir«, sage ich, feige, weil es meine Freundin ist und nicht nur eine Kollegin, Bekannte oder Fremde.

»Ach? Nicht?« sagt sie kühl. »Vom Ehemann getrennt, mit Zwillingen schwanger und als genetische Beraterin tätig? Und gar keine Ähnlichkeit mit mir? Also, ich muß jetzt wirklich zu dieser Konferenz, ich kann nicht den ganzen Tag dasitzen und schwatzen.«

»Aber wir schwatzen doch nicht«, sage ich. »Robins Geburtstag ist bald. Würdest du sein Grab besuchen und in Ordnung bringen?«

Es entsteht ein langes Schweigen.

»Nein«, sagt Alison. »Mach das selber.«

Alisons Version

Alison hängte ein, hob den Hörer wieder ab und rief ihren Boyfriend an. Wie hieß er doch noch? Ich mußte mich auf meine in der ›Nursing Times‹ erschienene Geschichte besinnen, ich konnte dem armen Kerl kaum ein Gesicht, geschweige denn einen Namen zuordnen – obwohl ich ihm etwa ein dutzendmal begegnet war (wirklich annehmbare, nette, gute Männer kommen mir irgendwie anonym vor: vielleicht weil ich in Wirklichkeit nicht an sie glaube). Ach, natürlich, Bobby – ein ziemlich häufiger Name in Romanen wie im Leben. Glückliche Alison, jetzt mit Bobby Mutter von mehr als genug Kindern.

Alison hängte ein, hob den Hörer wieder ab und rief Bobby an. (Was ich jetzt schreibe, ist natürlich Wunschdenken. Ich stellte es mir so vor, als ich die staubige, von Bungalows mit Geranien gesäumte französische Straße hinaufging zum Marktplatz und die Hitze des Pflasters durch die dünnen

Sohlen meiner Stoffschuhe drang. Ich war durcheinander und versuchte das Weinen zu unterdrücken. Und vielleicht, wer weiß, kriege ich es jetzt richtig hin.)

Alison hängte ein, hob dann den Hörer wieder ab und rief Bobby bei der BBC an.

»Bobby«, sagte sie, »Sandra hat eben aus Frankreich angerufen.«

»Ist ja nett«, sagte Bobby. »Was macht sie denn in Frankreich?«

»Erinnerst du dich nicht mehr«, sagte Alison. »Sie hat vor ein paar Wochen Matthew verlassen und ist mit irgendwem irgendwohin davongelaufen, und die Leute von der ›Sun‹ waren bei uns im Vorgarten und wollten alles darüber rauskriegen.«

»Liebling«, sagte Bobby. »Ich kann deinen Freundinnen nicht folgen. Meine Freunde sind – Gott sei Dank – ganz anders.«

»Und ich habe mich aufgeregt und einfach eingehängt.«

»Dann ruf zurück und entschuldige dich. Sei nicht böse, Liebling, ich bin mitten in einer Aufnahme. Der Skandal mit der *spina bifida.*«

»Ja, und ich sollte bei einer Konferenz über die Ergebnisse einer Hydrozephalen-Umfrage sein.«

»Die können doch ohne dich nicht anfangen.«

»Deine Leute ohne dich auch nicht. Und zurückrufen kann ich sie gar nicht, weil sie irgendwo in Frankreich in einer Telefonzelle war. Arme Sandra, ich fürchte, ich habe sie verletzt.«

»Was wollte sie denn?«

»Sie wollte, daß ich das Grab ihres Bruders in Ordnung bringe. Du weißt doch, der Verrückte, der gestorben ist. Und ich habe nein gesagt.«

»Warum denn?«

»Sie kann nicht immer und ewig ihre Familie als Ausrede gebrauchen.«

Genug von diesem Gespräch. Es kommt an die Schmerzgrenze, und es ist Zeit, weiterzumachen.

Ich greife das Gespräch zwischen Bobby und Alison später am Abend wieder auf, wie sie vor dem Kamin sitzen. (Vergessen Sie, daß es mitten im Sommer ist. So was ist dichterische Freiheit. Es ist mein erster Roman.)

»Natürlich fahre ich hin und bringe das Grab in Ordnung«, sagte Alison.

»Du weißt doch, wo es ist?«

»Ich war bei der Beerdigung. Die arme Sandra. Ihre Mutter kam mit ihren Wärtern, sie hatte Ausgang für diese Gelegenheit. Sie hat Sandra nicht einmal erkannt. Die eigene Tochter!«

»Und was ist mit dem Vater?«

»Männer haben in ihrer Frühzeit keine große Rolle gespielt.«

»Das gleicht sie jetzt aus!«

»Stimmt«, sagte Alison. »Und beißt dabei nach der Hand, die sie füttert.«

Autsch! Ich lasse sie dann miteinander im Bett liegen, nach dem Liebesakt.

»Was ich wirklich nicht verkrafte«, sagte Alison, »ist die Geschichte über dich und mich. Sie benutzt uns!«

»Welche Geschichte?«

Und dann soll sie aus dem gemütlich warmen Bett aufstehen, im Nachthemd die Treppe hinuntergehen, wobei sie sich den Zeh an einem Kinderspielzeug stößt, und eine Nummer der ›Nursing Times‹ suchen. Dann soll Bobby sich im Bett aufsetzen und sie, nachdem er seine Brille gefunden hat, lesen. Am Morgen werden sie beide müde sein.

»Was willst du eigentlich?« fragte Bobby. »Es ist eine gute Geschichte. Sie handelt zwar von dir und mir, ist aber durchaus freundschaftlich und sehr nett bezüglich deiner Mutter. Der Titel gefällt mir. Du bist zu empfindlich.«

»Ich komme mir jetzt ganz gräßlich vor«, sagte Alison. »Wenn sie mich nun braucht? Ich glaube, ich riskiere es morgen früh bei Matthew und versuche herauszukriegen, wo sie ist, und fahre nach Frankreich und hole sie nach Hause.«

»Das ist gut. Dafür sind Freunde da. Was ist mit deiner Arbeit?« fragte Bobby, plötzlich so mißtrauisch wie seine Autorin.

»Ist ja Bank Holiday«, sagte Alison, und obwohl ihre Autorin sehr wohl weiß, daß es Anfang August keinen Bank Holiday gibt, wünscht sie diese unbequeme Tatsache zu übersehen. So machen Romanhandlungen uns alle zu Lügnern. Ich werde Alisons und Bobbys Geschichte ›Ein Blutopfer‹ in den Anhang tun. Sie können sie ja gleich lesen, wenn Sie wollen. Andernfalls fahren Sie mit der Haupterzählung fort.

Jennifers Geschichte ›Kommt schon, ihr alle . . .‹, an der ich zu schreiben aufhörte vor der Erscheinung von Robins Geist, in deren Folge ich das peinliche Telefonat mit Alison führte, ist die zweite im Anhang. Ich habe sogar Sandys Beruf verändert, im Interesse der Anonymität und weil ich vorsichtiger werde. Ich mag Jennifer wirklich gern (im großen und ganzen) und möchte sie nicht kränken.

7 Ein Versuch, durchzudringen

Nachdem Alison so abrupt und unfreundlich eingehängt hatte, ging ich weiter ins Dorf hinein, in der Hoffnung auf Ablenkung – Gelächter, Gespräche, Gastlichkeit –, doch das sind natürlich nicht die typischen Merkmale eines französischen Dorfs Mitte August. Wenn jemand Wert darauf legte, mußte er weiter nach Blasimon, den Citronella Jumpers zuhören und beim Folklorefestival mitfeiern. Die Straßen waren verlassen, die Fensterläden geschlossen. Ich suchte nach dem sabbernden Gespenst des touristischen Frankreich. Selbst das war verschwunden, heimgekehrt auf die Postkarten, auf die es gehörte. Rote und orangefarbene Blumen wuchsen in ordentlichen Mustern in Bungalow-Gärten und auf dem Weg pickten ein paar Hühner. Ein Hund bellte und tanzte am Ende einer Kette, als ich vorbeikam, aber es war ein mickriges Exemplar, ich bellte giftig zurück, und es verstummte. Ich sah – recht deutlich – Alison in diesem Geschöpf. Bewußt oder unbewußt hatte sie ihren Geist ausgeschickt und in dieses Tier schlüpfen lassen.

Auch der Dorfplatz war verlassen, umstanden von kurzen, gedrungenen, sauber getrimmten Bäumen, die keinen Schatten gegen die Mittagssonne boten. Auf der einen Seite lagen eine geschlossene Bäckerei, eine geschlossene Fleischerei und ein Gemischtwarengeschäft mit geschlossenen Läden. Die einzigen Wagen waren vier geparkte Citroëns, keiner davon neu. Der eine hing schief, war mit einer Plastikplane zugedeckt und hatte einen ganz platten Reifen. Die Felge lag auf der Straße auf. Ich war überzeugt, daß der Eigner, der sich die Mühe gemacht hatte, seinem Wagen Schatten zu verschaffen, sehr betrübt wäre, wenn er das wüßte. Vielleicht war er im Urlaub? Aber hatte er denn keine Freunde, die das doch sehen mußten und den Reifen in seiner Abwesenheit auswechselten? Ich überlegte, ob ich, wenn mir das passierte, Freunde hätte, die es für mich täten. Alison nicht, im Moment nicht. Wenn sie das Grab meines Bruders nicht besuchen wollte, das egoistische Luder, warum sollte sie dann meinen Reifen wechseln? Jack ja, der natürlich, aber der war auch mein Liebhaber. Matthew, mein Mann und

Anwalt, auch nicht, erstens weil er es für die Aufgabe eines Mechanikers hielte, zweitens weil es juristisch gesehen Folgen für unsere Scheidung haben könnte, daß er mich noch immer als sein erweitertes Selbst ansah, das Wartung beanspruchen durfte, und das ging nicht. Er würde meinen Wagen verrotten lassen und mich dazu, wenn er könnte. Jude, meine Freundin und Kollegin, die Produzentin der Sendung ›Sandras Himmel‹ und ein praktischer Mensch, täte es natürlich sofort oder sorgte dafür, daß es getan würde, weil sie ihre weißen Finger und lackierten Nägel schonen wollte. Außer natürlich, wenn eine obskure Zeitschrift sich einfallen läßt, ›Liebe in Helsinki‹ zu veröffentlichen, und sie zufällig darauf stößt und sich wiedererkennt. Mir war zum Heulen. Und dabei heule ich selten.

Da ich ungern Zeit verschwende, hatte ich im Lauf des letzten Jahres nach einer Möglichkeit gesucht, die Abende in Green-Gables in Greenwich, wenn Matthew bei den Freimaurern oder im Anwaltsclub gegen das Gewohnheitsrecht oder etwas Ähnliches auftrat, nutzbringend zu füllen. Ich war auf die Idee gekommen, Kurzgeschichten zu schreiben. Eine pro Woche würde ich schaffen, sie durch den Kopierer schicken, in der Woche darauf durch die Frankiermaschine der Royal Society laufen lassen und an sämtliche geeigneten Zeitschriften schicken, ob nun Literatur-, Haushalts-, Handels-, Hobby-Zeitschriften, von der ›London Review‹ bis zum ›Ariel‹ der BBC, von der ›Nursing Times‹ bis zu ›Fishermans Weekly‹, ›Aerospace‹ und ›Autocar‹. Wenn ich den Kurzgeschichtenmarkt derart überflutete, sogar neue Märkte öffnete, und zwar mit nur sehr geringem finanziellem Einsatz, schien es mir fast unausweichlich, schließlich veröffentlicht zu werden. Und so war es auch gekommen. Doch wie so oft hatte mein Handeln Konsequenzen, die ich mir nicht gründlich genug überlegt hatte. Ich hatte nicht genau genug darauf geachtet, meine Romanfiguren überzeugend als Phantasiegestalten zu deklarieren – und hier, ohne meinen PC, hatte ich keine Möglichkeit, die Zeitschriften auszumachen, die ›Liebe in Helsinki‹ zugeschickt bekommen hatten, konnte daher nicht berechnen, mit wie großer Wahrscheinlichkeit Jude zufällig darauf stoßen würde.

Ich stand auf dem Platz vor der Telefonzelle und überlegte, ob ich Jude anrufen sollte oder nicht, um herauszukriegen, ob sie noch meine Freundin war. Kein Lüftchen bewegte sich, es war sehr heiß. Ich genieße Hitze, aber nicht an einem solchen Ort, nicht als Komplott zwischen Trostlosigkeit und Unbehagen. Mein T-Shirt klebte auf der Haut, und die Jeans scheuerten mich wund, außerdem war ich hungrig, durstig und einsam und dachte, daß mich vielleicht durch die Schlitze in den Fensterlägen Augen beobachteten. Wie konnte ich das wissen? In meinem Kopf war eine Art Kreischen: die Harpyien schlugen rings um mich mit den Flügeln, griffen mit den Krallen nach mir und sagten nein, nein, lauf, lauf, du kannst nicht zurückschauen, denk daran, was Orpheus passiert ist, als er zurückschaute, er verlor Euridike und wurde vom Pöbel in Stücke gerissen, und er war ein Mann, wo ist da Hoffnung für dich, eine Frau? Und auch die Furien stießen mich umher und sagten: »Das ist deine Strafe, diese Trostlosigkeit, halte es aus. Hochmut kommt vor dem Fall.« Ich konnte die geruhsame Stimme der Vernunft fast nicht hören, die sagte, schau, sie ist deine Freundin, deine Kollegin, du schuldest ihr etwas, ja sogar viel. Nimm Kontakt auf, laß sie wissen, was los ist, sie wird es wissen wollen. Doch ach – war sie meine Freundin?

Ich trat in den Schatten der Zelle, suchte mein ganzes Kleingeld zusammen und rief den Fernsehsender in Norfolk an. (Die Telefonistin fragte, wo bitte, wo bitte.) Ich wurde mit Jude verbunden.

»Hallo,« sagte sie, und ich hängte ein. Wie und wo hätte ich anfangen sollen?

Ich stelle mir gern vor, zwischen Jude und ihrer Mitarbeiterin Marcia habe, als ich eingehängt hatte, folgendes Gespräch stattgefunden:

Jude: Das klang wie Sandra. Hoffentlich ist bei ihr alles in Ordnung. Wir sind getrennt worden. Vielleicht hat man sie entführt?

Marcia: Hoffentlich nicht! Ich könnte es nicht ertragen, wenn Sandra etwas passierte!

Jude: In letzter Zeit stand sie stark unter Streß. Für's Programm ist es natürlich dumm, aber wir schaffen es schon irgendwie, halten ihr den Platz frei, bis sie sich entschieden hat, ob sie zurückkommt oder nicht. Jedenfalls ist sie beim Publikum so beliebt, daß uns eigentlich gar keine Wahl bleibt, als hinzunehmen, was sie sich einfallen läßt.

Marcia: Und bei vollem Gehalt, bis es ihr eingefallen ist.

Jude: Natürlich. Sie muß sehr unglücklich mit Matthew gewesen sein, um so auf und davon zu gehen. Der Mann ist aber auch ein fürchterlicher Langweiler. Sie ist vollkommen im Recht.

Marcia: Oder sehr verliebt in jemanden, von dem wir nichts wissen.

Unglücklicherweise läßt diese Unterhaltung die Harpyien und Furien vor Lachen kreischen. Ich sitze auf einer Steinbank in dem kleinen Schattenfleck, den der zusammengestutzte Baum über mir spendet, und versuche es noch einmal. Diesmal spricht Jude beim Mittagessen mit Alison. Da treffen sie sich manchmal.

Jude: Ich bin in einem Finn-Air-Magazin zufällig auf diese Geschichte von Sandra gestoßen.

Alison: Ich nehme an, sie handelt durchweg von dir.

Jude: Sagen wir mal, sie wurde um mich herumgeschrieben, aber nicht direkt über mich. Das ist das Privileg von Schriftstellern, oder? Das ganze Leben ist sein oder ihr Rohmaterial.

Alison: Und du findest nicht, wie ich, daß sie ein Parasit in unserem Leben ist, der unser Vertrauen mißbraucht?

Jude: O nein, nicht im gerinsten. Und du solltest das auch nicht.

Alison: Anfangs tat ich das, aber darüber bin ich hinweg. Am Wochenende fahre ich mit Bobby nach Frankreich. Wir wollen versuchen, sie ausfindig zu machen, um festzustellen, ob alles okay ist bei ihr. Vielleicht solltest du mitkommen?

Jude: Ich werd's mir überlegen. Offen gesagt bin ich es leid, wie ihre Mutter behandelt zu werden. Ich bin doch viel jünger als sie. Warum also ist sie immer so versessen auf meinen Beifall?

Autsch! Wir wollen dies Gespräch lieber beenden. Die Frage ist jetzt gestellt, jetzt kann ich mit meinem Leben weitermachen. Ich lösche alles aus meinem Gedächtnis, ich krempele die Hosenbeine meiner Jeans hoch, was schwerfällt, weil sie so eng wie möglich sind, damit die Sonne wenigstens meine Schienbeine erreicht. Ich wünschte, ich hätte die Band in die Stadt begleitet, das hätte mir meine eigene bedrückende Gesellschaft erspart. ›G. U. P. oder Liebe in Helsinki‹, meine Geschichte über Jude, bildet den Anhang III dieses Buches. Dabei geht es um G. U. P. oder das Große Universale Paradox, was bedeutet, daß man nicht kriegt, was man möchte, und nicht möchte, was man kriegt. Wenn es Ihnen passend scheint, lesen Sie es jetzt gleich. Andernfalls warten Sie damit noch etwas, bis ich es Ihnen selbst vorschlage.

Von dieser Stadt wollte ich mich nicht geschlagen geben. Ich wollte sie zum Leben erwecken. Es kam mir vor, als könnte Geld der Zauber sein, der das bewirkt. Geld, hatte man mir oft gesagt, öffnet viele Türen. Ich hatte Geld in der Tasche – sechs Zehn-Franc-Münzen – und vierhundert Franc in Scheinen. Ich saß auf meiner Steinbank unter dem deformierten Baum und klimperte damit. Nach meiner Erfahrung kommt, wenn man das tut, früher oder später – meist früher – jemand, hält einen für einen Trottel und versucht, einem das Geld abzuluchsen. Das ist wenigstens Aktivität, Energie, Aktion.

Und danach sehnte ich mich.

Natürlich muß man manchmal länger warten. Ich weiß noch, wie ich einmal mit meiner Mutter einen Ausflug machte, ich war damals neun und Robin war drei, und sie war, wenn schon nicht normal, so doch wenigstens in brauchbarem Zustand. Wir verbrachten den ganzen Tag am Strand, saßen an einem Felstümpel, der klar und tief und von einem hübschen, fröhlichen Rand aus Seetang und Wasserpflanzen umgeben war, und meine Mutter Tamara brach Muscheln auf und warf kleine Stücke rosiggelbes Fleisch auf den blassen, sauberen Sand des Tümpelgrundes. Sie sagte: »Wartet, nun wartet mal.« Und Robin und ich warteten, und dann erschien plötzlich ein kleiner Krebs und dann ein halbes Dutzend Garnelen und taten sich gütlich, und ihre Freude und das Gewimmel waren so groß, daß die Felsen ringsum lebendig wurden, und es kam eine riesige Klaue hervorgeschossen und holte sich das Beste. »Seht ihr«, sagte meine Mutter. »Erst die Kleinen, dann die Großen. So wirft man mit der Wurst nach der Speckseite.« Wir dachten erstaunt darüber nach, Robin und ich. Es stimmte, aber es stimmte auch nicht. Nichtsdestoweniger habe ich es immer bestätigt gefunden: Klimpere mit deinem Geld und warte, dann wird etwas geschehen, ob du willst oder nicht.

Ungefähr zehn Minuten lang saß ich auf dem Platz und klimperte, da wurde in dem Haus neben der Bäckerei ein

Laden aufgestoßen, mit einem solchen Krach, daß Katzen aufsprangen und Tauben aufflogen, und eine junge Frau erschien im Fenster. Sie hatte ein Baby auf dem Arm. Was mochte sie den ganzen Tag tun, dachte ich, hinter der öden Fassade? Sie schien schlechter Laune. Das überraschte mich nicht. Dann ging das Rouleau vor dem Schaufenster in die Höh. *Fermé* wurde zu *ouvert.* Ich ging hinein und kaufte mir mit einem Zehnfrancstück ein langes, schlankes Brot. Die bärtige Frau in verschossenem blauen Kleid, die mich bediente, zählte mir unwillig das Wechselgeld hin, als wisse sie, daß es nun in meiner Tasche noch mehr klimpern würde. Das tat es auch. Die Türen des Fleischerladens und des Supermarkts waren jetzt offen. Im einen kaufte ich mir Wurst, im anderen Wein. Beide Male bedienten mich Frauen. Als ich ging, schlossen sich die Türen mit einem Ausatmen hinter mir, was ich teils als Erleichterung, teils als Enttäuschung deutete. Erleichterung darüber, daß der Friede wieder einkehrte, Enttäuschung darüber, daß die Störung niemandem viel gebracht hatte. Aber schließlich ist nichts so schlimm, wie man befürchtet, und nichts so gut, wie man erhofft. Auch ich war enttäuscht. Welchen Sinn hat eine Stadt ohne Männer? Oder eine nur von den Geistern der Männer bewohnte?

Denn ich muß berichten, daß ich beim Rückweg mit meinen Einkäufen ins leere Hotel de Ville Schritte hinter mir hörte, wie den Widerhall meiner eigenen. Ich hielt an. Sie hielten auch an. Ich sah mich um. Niemand. Vielleicht ein Echo? Aber ich sah keine Mauer, die das Geräusch hätte zurückwerfen können, nur eine öde, leere, heiße Straße mit häßlichen schmiedeeisernen Toren und Kübeln voll nützlicher, roter Blumen. Hunde, die hätten bellen sollen, bellten nicht. Und als ich weiterging, folgten mir die Schritte wieder – und nicht mit dem Schlurfen eines sabbernden Gespenstes, nicht mit Robins leichtem, zaghaftem Tritt, sondern in einer starken, jungen, energischen Gangart, so daß ich ständig damit rechnete, der – oder dasjenige würde mich einholen und neben mir auftauchen. Aber selbstverständlich kam niemand. Der unsichtbare Begleiter verfolgte mich nicht bis in den Hof des Hotel de Ville. Die Schritte verstummten, als ich zu dem kleinen mit Gras bedeckten Hang am Tor kam – wieder sah ich mich um und erblickte nichts Außergewöhnliches außer der stabilen, wenn auch rostigen Kinderschaukel, die aus irgendeinem Grunde an dem Hang stand und quietschend auf und ab schwang, auf und ab. Aber das konnte natürlich der Wind gewesen sein. In dieser Gegend springen Winde rasch auf – wenn ich auch keinen fühlte, als ich den Finger naßmachte und hochhielt. Doch daß ich nichts fühlte, bedeutete natürlich nicht, daß nichts da war. Solche Dinge sind sehr subjektiv.

Ich nickte der Schaukel zu und ging durchs Tor. Es hat keinen Sinn, Angst zu zeigen, auch nicht vor Gespenstern; oder anders ausgedrückt, wir müssen uns der Vergangenheit und unseren Schuldgefühlen furchtlos stellen. Auch wenn es mich diesmal sozusagen nicht betraf, bezweifelte ich die Fähigkeit irgendeines Gespensts, den Irdischen etwas zuleide zu tun. Ich fürchtete mich nicht. War ich nicht Sandra Harris, die große, berühmte Anwärterin auf den Posten des Astronomer Royal (falls mir das paßte), Mätresse des verrückten Trompeters Jack Stubbs, der im Hier und Heute lebte und dadurch unbesiegbar war? Trotzdem stellten sich die Härchen auf meinen Armen auf, mein Nacken prickelte, mein Körper ließ mich im Stich, er zeigte die Symptome gewöhnlicher Angst.

Es ist wichtig, nicht durchzudrehen, wenn Unbekanntes oder Unerklärliches sich einstellt, nicht mit Armen, Beinen und Verstand um sich zu schlagen, sondern geschmeidig auf Notgang umzuschalten, sich rasch und beherrscht mit den Symptomen des Unguten zu befassen und erst später über zugrundeliegende Ursachen nachzudenken. So jedenfalls hätte mein Vater es gemacht.

Es stand also ein Gespenst am Tor, wartete und lauschte, von mir selbst herbeigerufen, beschworen durch eine Übereinstimmung zwischen sich und mir? Vielleicht sein, meines Vaters Geist? Mein Halbbruder war schon aufgetaucht, hatte mir seine verwirrte Seele aufgebürdet. Warum also nicht jetzt mein Vater? Eine Visitation aus böser Absicht, um mir wieder Gehorsam beizubringen? Doch das Universum war wohl kaum so interessiert an mir, außerdem schien an diesem starken, stetigen, unsichtbaren Schritt nichts gefährlich oder drohend, nichts persönlich gemeint, es war nur eine Art

Verlautbarung. Ich atmete tief durch, der Kitzel unmittelbarer Angst wich. Sollte er doch dastehen und warten, wer immer es war. Ich würde eben mein Buch weiterschreiben, und er oder es würde verschwinden und eins werden mit dem Geruchsgemisch aus warmer Minze und Lavendel jenseits der Mauer.

Wir alle werden von Gespenstern heimgesucht. Meine scheinen mir besonders nahe. Manchmal, ehe ich mit dem Geschäft des Definierens und Bestimmens beginne, das diesen oder jenen Teil der Milchstraße klar und deutlich ins Bild rückt, wenn ich zu den Sternen aufblicke, wenn der Himmel sich über mir wölbt, glaube ich flüchtig ein Gesicht zu sehen, geformt vermutlich durch die Verschwommenheit der Sternenwolken, wie die Hügel und Täler des Vollmonds – nun, dafür gibt es ja den Mann im Mond, wie es die Romantiker unter uns immer noch unseren Kindern beibringen wollen, die ganz genau wissen, daß da kein Mann ist, nur öde und steinige Wüsten. Er ist ein, zwei Schritte zurückgetreten, in die Sternhaufen der Milchstraße, und dort sehe ich ihn. »Du siehst immer alles mögliche«, klagen meine Freunde. Einmal habe ich sogar Jehovah selbst gesehen, als ich mit einer Gruppe Astronomen in Israel war. Wir fuhren in einem Minibus, eskortiert von einem gutaussehenden Hauptmann mit Maschinengewehr. Wir fuhren den schmalen, staubigen Weg zum Toten Meer, durch eine Landschaft, öde und steinig wie der Mond, aber so heiß, wie der Mond kalt war, mehr gebacken als gefroren, bergauf, höher und höher zu dem Felsenpaß, der uns wieder hinunterführen würde zum Tal dieses salzigen leblosen Meeres, das nicht mehr ist als aufgelöstes Schwermetall und schlecht für Mensch und Tier – obwohl ich glaube, daß dort inzwischen Badeorte entstanden sind, in denen man mit dem schwarzen, unheimlichen Schlick die Schuppenflechte heilt –, da sah ich Jehovas Gesicht durch die Wolken herabdrohen: ganz und gar ein rächender, ein überraschend persönlicher Patriarch, er hätte jeden ansprechen können mit seinem bärtigem Altmännerzorn, mit leidenschaftlichen Schimpfkanonaden, die erzittern lassen. Zugleich paranoid und verbohrt, dachte ich, mit seiner Vergeltung, seinen ausgetüftelten Regeln für seine schrecklichen Gebote und seinem Bestehen darauf, daß jeder sie einzuhalten habe, und als ich ihn sah, war ich glücklicher denn je, daß mein Bruder jung gestorben war. Ich neigte mein Haupt und schloß die Augen, und als ich sie wieder zu öffnen wagte, war die Vision verschwunden; alles, was man im Vorbeifahren am Wegrand flüchtig erblicken konnte, war ein brennender Busch: Feuerzungen flackerten, flammten auf, erstarben rasch, ein Rauchfähnchen – aus. »War das der brennende Dornbusch?« fragte ich den Hauptmann. Zufällig war er mein Liebhaber. Ich hatte vier Nächte nicht mehr richtig oder nicht mehr lange genug geschlafen, davon bekommt man Visionen. Er lachte. »So was passiert eben«, sagte er. »Die Leute werfen Zigaretten aus dem Wagen.«

Ich sehe solche Dinge oder glaube sie zu sehen. Manchmal folgt mir das Trippeln von Füßchen, und ich weiß, es sind die Geister meiner toten Kinder. Alle Frauen haben sie um sich, trippelnd, raschelnd, wie Herbstblätter eines Baumes: die Geister von Kindern, die empfangen und zerstört wurden oder einfach ungeboren blieben, weil man ihnen das Leben nicht gönnte. Jeden Monat schlagen Frauen die Beine übereinander, nehmen eine Pille oder sonst etwas, und wieder fällt eines raschelnd zu Boden, vorwurfsvoll, vergeudet. Die Abgetriebenen sind es, die so laut sind, so kühn bei ihrem Spiel »Ochs am Berg«. Sie zupfen ihre grausame Mutter am Mantel. »Ich hatte es doch schon so weit gebracht«, sagen sie, »so sehr weit. Warum hast du mich aufgehalten?« Und die Antwort »Wegen der bereits Lebenden« ist so wenig befriedigend wie die Antwort meines israelischen Hauptmanns beim Anblick des brennenden Dornbuschs: »Die Leute werfen Zigaretten aus dem Wagen.«

Aber ich will sie nicht entstehen lassen, ich will nicht. Ich verschließe mein Ohr den Bitten der Ungeborenen. So viele, wie mein Vater ins Leben rief, so viele will ich daraus verbannen. Ich werde einen Ausgleich schaffen, wie ihn das Universum so dringend braucht: glatte Rechnung machen, wie das Isotop für alle Ewigkeit zum Schaden aller ringsum darum kämpft, seine Bilanz auszugleichen, das Elektron und das Neutron ins rechte Verhältnis zu bringen.

Soll er doch draußen vor der Mauer stehen, seinen Geisteratem ausstoßen und warten, ich will seine Kinder nicht, nein, ich will sie nicht. Obschon sich der heiße Duft nach Minze und Lavendel erhebt – vielleicht weil er sich bewegt und seine Füße die Kräuter zerdrücken. Denn er ist es, möchte ich wetten. Er ist der universale Vater.

Er ist Godfrey, der bärtige Ziegenhirt, mit dem ich fünf Jahre lebte, der anfangs bettelte und flehte, ich möge ein Kind von ihm bekommen, aber ich wollte nicht. Ich wußte, wie sie sein würden: kleine Bauerntrampel, schmutzig, struppig, schwer von Begriff, mit hängenden Lidern, mit Triefnase von den eisigen Winden, die die Wände der Kate nicht abhalten konnten. Und wie sollte ich mit meiner Arbeit weitermachen?

Denn ich wußte, was Schwangerschaft im Kopf anrichtet, kannte den animalischen Stumpfsinn, der auf die Willenskraft herabsinkt, die fürchtliche Apathie, die lockende Stimme im Inneren, die sagt: »Was hat es für einen Zweck, zu kämpfen und sich abzumühen? Sei einfach nur, sei, spalte dich, sei fruchtbar, vergiß dich, sei ein Gefäß, durch das die Zukunft sich manifestieren kann« – es ist ein so starkes Gefühl, daß es die Fahrt zum Abtreiber beinahe unmöglich macht. Die Schritte blieben zurück: der Wille triumphierte nur mit knapper Not, kann ich Ihnen sagen.

Aber damals war ich achtzehn, der Vater sechzehn, müssen Sie bedenken. Es war wirklich unmöglich. Jeder sagte das, sogar der Hausarzt.

Mit ungefähr dreißig war ich brütig, blickte in Kinderwägen, gurrte Babys zu. Ich haßte mich dafür. Denn immer noch wollte ich ich selbst sein, wollte mich nicht spalten, mich nicht festlegen. Ich war Fleisch *und* Geist, und das Fleisch sollte nicht siegen dürfen. Ich wollte soviel Vergnügen aus ihm ziehen, wie ich nur konnte, aber den fürchterlichen weiblichen Preis dafür nicht zahlen. Mein Platz war anderswo, mein Beruf war, Sterne auf die Erde herabzuholen, nicht die Mutterschaft.

Matthew wollte Kinder, ich nicht. Es war unser Hauptstreitpunkt oder doch seiner. Aber ich wußte, wie sie sein würden: kleine Großstädter von der wohlhabenden, gepflegten Sorte, glatt und ordentlich, mit sauberer Haut und dem sensiblen Mund derer, die Privatschulen besuchen. Matthews Kinder! Man würde sie zwischen Ballettstunde und Zahnregulierung hin- und herfahren und so ein weiteres Geschlecht von Matthews produzieren. Es war unerträglich. Und sie waren auch unerträglich.

Ein Kind von Jack – ah, das war etwas anderes. Aber jetzt war es zu spät, Gott sei Dank.

Meine Freundin Clare, Mutter so vieler Kinder, machte mir Vorwürfe wegen meiner Entschlossenheit, keine Kinder zu bekommen. »Es ist unnatürlich«, sagte sie immer. Nur durch die Mutterschaft – so lautete ihre These – konnte man auf die Reise zur Selbstfindung gehen, die der Zweck unserer Existenz hier auf Erden sei. Blödsinn, sagte ich dann immer, romantisches Gewäsch. Was soll das für ein »Zweck« sein? Die Natur stellt Fallen, um uns in die Mutterschaft zu lokken, dem pflichtete ich bei, aber wenn die Falle erst zugeschnappt ist, bietet sie uns reichlich wenig Belohnung für den erfüllten Zweck dieser »Natur«. Ich konnte es ebensogut als Sieg proklamieren, endlich eine Generation zu schaffen, die sich nicht mehr vermehren *will.* Genug sei genug. Und brachte Clare zum Schweigen über ihr tugendhaftes Verhalten, diese lärmenden, lästigen Kinder produziert zu haben. Ich hatte sie gern, ich liebte sie fast, trotz ihrer Kinder, nicht wegen ihnen. Ich blieb schlank, geschmeidig, kleinbrüstig, flachbäuchig, steril, für die Männer eine Herausforderung und eine Verlockung, und so wollte ich es auch.

Vergessen wir den, der an der Mauer atmet, der am Tor lauert, die beharrlichen Schritte hinter mir. Vielleicht ist es das erste Kind, das ungeborene, das von mir sein Leben fordert? Es wäre jetzt Mitte zwanzig, im richtigen Alter fürs Militär. Darüber durfte man nicht zu lang nachdenken. Es tat mir leid, ihn um seine sexuellen Genüsse gebracht zu haben, um die Freude an jungen, starken Gliedern – aber bedenken Sie auch, was ich ihm erspart habe an Verzweiflung und Demütigungen, die das Erbteil des Fleisches sind. Er sollte mir dankbar sein und nicht mich heimsuchen. In diesem Augenblick mischten sich die Düfte von Minze und Lavendel, die Sonne brannte herunter, die Tauben gurrten und pickten, ich wünschte mir, Jack würde sich mit dem Heimkommen beeilen, und bekam mit einem Mal fürchterliche Angst.

9 Szene auf einem Parkplatz

Wir wollen die Geschichte mit meinen Gespenstern beiseite lassen, aufhören, an diesem geisterhaften Knoten zu zupfen und zu knüpfen – denn er besteht zweifellos aus vielen Strängen, zusammengesetzt aus meinen Schuldgefühlen und der Geschichte der Welt – und die Szene auf dem Parkplatz in Reading näher besehen. Es war dies eine Szene, die Jacks entsetzliche Ehefrau ganz unnötigerweise machte, und wenn ich eine von denen wäre, die man in Verlegenheit bringen kann, wäre ich niedergeschmettert gewesen.

Jack und Anne hatten unter dem gleichen Dach gelebt, aber seit ein paar Jahren getrennt. Sie hatten getrennte Schlafzimmer. Sie blieben wegen Frances zusammen: das Mädchen mußte ja noch die Schule fertigmachen. Jede formelle Trennung, fanden sie, würde sie zu sehr aus dem Konzept bringen. Jack war viel weg, spielte mit den Citronellas und anderen Bands in verschiedenen Gegenden des Landes oder war auf Auslandstournee. Und Anne hatte eine gute Stellung, der ihr Hauptinteresse galt.

Als ich Clare das alles erzählte, krümmte sie sich vor Lachen und meinte, so etwas gehöre auf die letzten Seiten von ›Cosmopolitan‹, das sei ja so, wie alle Ehemänner ihre Ehe schilderten, und ich war ein bißchen gekränkt. Sie hatte das Wesentliche nicht begriffen.

Jack war Musiker. Musiker sind schlechte Ehemänner. Frauen, die gute Ehemänner wollen, sollten sich hüten, Musiker zu heiraten. Sie sind häufig betrunken oder high von Drogen oder beides und selten verfügbar für alltägliche gesellschaftliche Ereignisse, zum Beispiel am Samstagabend auszugehen oder am Freitagabend mit Bekannten zu essen. Wie könnten sie? Das sind ja genau die Abende, an denen sie auftreten. Wie können sie die Kinder am Samstagnachmittag zum Fußball begleiten, wenn sie von drei bis sechs bei Stadtfesten oder bei der örtlichen Landwirtschaftsschau spielen? Sie gehen beunruhigt und nervös aus dem Haus und kommen überreizt wieder, randvoll entweder von Selbstmitleid oder von Selbstlob. Sie wetteifern mit anderen Mitgliedern der Band, die Rolle der Ehefrau, Freundin und Mutter anzuschwärzen. Frauen und ihre Ansprüche und Wünsche sind nun einmal die natürlichen Feinde aller Musiker. Denn DAS WEIB möchte, daß sie daheimbleiben, eine schreckliche Fortsetzung der eigenen Mutter, die den Jungen einsperrt, wenn er weg will, im Erwachsenenleben.

Ein Musiker ist ein schlechter Ehemann, aber ein hervorragender Mann, er weckt Liebe. Doch wehe der Frau, die glaubt, ihn ändern, ihn gefangenhalten, ihn verwandeln zu können, wie Anne das bei Jack glaubte. (So etwas würde ich nie tun, so närrisch bin ich nicht.)

Doch ach, der Musiker braucht eine Frau, und zwar eine lächelnde, fröhliche, eine, die in der Nacht aufbleibt, ihn mit teilnehmenden Fragen und heißen Suppen erwartet, eine, die sich um die Rechnungen kümmert und ans Telefon geht und seinen Terminkalender führt, die darauf achtet, daß das Dach geflickt ist und die Kinder zur Schule gehen. Wie anders als mit einer Ehefrau soll er leben, wenn die erste üppige Blüte der Jugend vorüber ist? In einem möblierten Zimmer? In einem umgebauten Bus, der über der städtischen Kloake geparkt ist? Manche tun es, sie müssen es, ihre Frauen haben genug von ihnen und werfen sie hinaus.

Es sei denn, die Unglückliche bringt es fertig, sich aus der Frau in die Mutter zu verwandeln. Doch das ist ein kurzfristiger Vorteil und am Ende eine undankbare Aufgabe. Der Mann verlangt lautstark nach der Mutter und bekommt sie, aber eigentlich hat er sie gar nicht gewollt – nein, überhaupt nicht. Frauen, die Mütter spielen –, die nähren, päppeln, herbe Worte herunterschlucken – werden verlassen wie die echten Mütter. Es winkt die große weite Welt der Erotik, warum sollte er zu Hause bleiben? Es ist nicht natürlich. Solche Frauen werden verlassen, nicht nur weil sie langweilig sind – und das sind sie –, sondern weil jedes sauber gewaschene Handtuch, jede gesunde Mahlzeit, jedes liebevolle, aufbauende Wort als Polypenarm empfunden wird, der einengen, fesseln und erwürgen wird, wenn man ihn nicht abhackt. Und somit hat der Mann recht, wenn er geht. Denn die Frau, die ihr Leben nur durch einen Mann lebt, ist wahrhaft manipulativ und gefährlich: binnen kürzester Zeit wird sie ihn zum Rentner in Pantoffeln machen, der im Garten werkelt. Oder noch schlimmer –

Das Telefon klingelt. Die Frau des Musikers hebt ab. »Kann Bill, Tom, Harry, am Samstag abend mitmachen?« »Tut mir leid, nein. Wußten Sie nicht? Er hatte einen Schlaganfall.« Endlich – endlich – singt es im Herzen der Frau. Bill, Tom, Harry wird Samstag abend zu Hause sein und nicht unterwegs mit den anderen Boys. Zumindest das, was von ihm übrig ist. Und in der Musikwelt gehen Horrorgeschichten um – wieder hat ein ausgezeichneter Mann, ein tapferer Krieger, ins Gras gebissen, zerstört vom weiblichen Geschlecht. Die das Leben geben, bringen auch den Tod.

Als der Minibus auf dem Parktplatz von Reading eintraf, um Jack und mich abzuholen und nach Newhaven zu fahren, folgte ihm ein neun Jahre alter, verroster Ford, einer, wie ihn nur noch die Armen und Unterdrückten fahren.

»Du meine Güte«, sagte Jack, »so ein Luder. (Ich glaube, er meinte weniger seine Frau als die Schicksalsgöttin.) Es ist Anne.«

Dieses untersetzte Frauchen stieg aus und kam auf uns zu, und sie gefiel mir nicht ein bißchen, so wenig wie ihre Miene.

»Du Schweinehund! (zu ihm) Sie blöde Kuh! (zu mir) Wie kannst du mir das antun? Vor allen Leuten? Vor Frances.« Denn auch Frances war da, das blasse Gesicht an die Scheibe des Minibus gedrückt. Es war das erste Mal, daß ich sie sah. Ich würdigte ihre kreischende Mutter keiner Antwort.

»Ich tue dir gar nichts an«, sagte Jack sanft. »Ich steh bloß hier auf dem Parkplatz.«

»Möchtest du, daß ich mich umbringe?« kreischt sie. »Ist es das?«

»Tja«, sagt Jack, »das mußt du entscheiden. Du machst mein Leben jedenfalls nicht lebenswert.«

Sandy steigt aus dem Bus.

»Ich hab getan, was ich konnte«, entschuldigt er sich bei Jack, »aber sie hat uns den ganzen Weg von Maidenhead her verfolgt. Ich hab ihr angeboten, dir was auszurichten, aber das wollte sie nicht.«

Auch Karl steigt aus.

»Hört mal«, sagt er, »könntet ihr eure Differenzen nicht woanders austragen? Es ist schlecht für das Mädel.«

Und wer hinschaut, sieht Tränen über Frances' Wangen rinnen, sie verschmieren die Scheibe.

Anne stürzt von der Höhe des Zorn in die Tiefe des Selbstmitleids.

»Ich dachte, ich sehe dich in Maidenhead«, winselt sie. »Du hast gesagt, du wärst dort. Ich und Frances dachten, du wärst dort.«

Sich nennt sie zuerst, nicht mal richtig reden kann sie, bei all ihren übrigen Fehlern.

»Ich wollte dort sein«, sagt Jack geduldig. »Aber ich mußte einspringen beim Fliegerklub in Heathrow. Deshalb steigen Sandra und ich hier in den Kleinbus ein. Was ist daran verkehrt?« Sie ist tränenerstickt und kann nichts sagen. Sie sieht fürchterlich aus. Sie hat breite Füße mit ausgelatschten flachen Schuhen. Ich klopfe ungeduldig mit meinen zierlichen Stiefelchen. Ich nehme immer Größe 4 und bin leicht genug, um problemlos hohe Absätze zu tragen. Kurze Jeans über schlanken, leicht geschwungenen Waden, dann ein Streifen nacktes Fleisch und dann der gewellte obere Rand von Lederstiefeln – und was hat sie da für eine alte Jacke an! Man wünscht sich schließlich eine anständige Rivalin.

»Ich habe dich gefragt, ob du mitkommen willst«, sagt Jack, »Und du hast nein gesagt.«

»Ich wußte nicht, daß du die da mitnimmst, dieses aufgedonnerte Luder.«

Sie meinte mich, Sandra, mit dem klaren Profil, der schicken Frisur und den hohen Stiefeln, die jeden Monat den wartenden Millionen von Hörern die Wunder der Nacht präsentierte. Mich, die den Planeten Athena entdeckt hat, nennt sie ein aufgedonnertes Luder! Das ist unpräzise und falsch, abgesehen von den grammatikalischen Schnitzern. Sie war wirklich in jeder Hinsicht unmöglich.

Sie war dem Minibus seit Maidenhead gefolgt. Karl hatte Pedro abgeholt, Steve, Hughie und Bente vor der Marks & Spencer-Filiale in Camden Town, Jennifer und Sandy in Slough und Frances in Maidenhead. (Musikbands machen gern alles so kompliziert, es wundert mich immer, daß sie jemals gemeinsam auftreten.)

Alle wußten, daß Jack mich, seine Mätresse, und nicht seine Frau mitnehmen würde. Alle wußten, daß er mit dieser Dame seit mindestens zwei Monaten ein Verhältnis hatte, seit er sie bei der Royal Astronomical Society im Greenwich Observatory kennengelernt hatte und sie miteinander in die Büsche gegangen waren. So etwas bleibt nicht unbemerkt. Um so peinlicher war es für die Truppe gewesen, daß Anne im Ford hinter ihnen herfuhr.

»Versuch sie abzuhängen«, hatte Pedro gemurmelt, und Sandy gab sich wirklich Mühe, aber Anne war zu schlau. Der Geist der Rache schärfte ihren Blick, beflügelte ihren Fuß auf dem Gaspedal und ihre Hand am Lenkrad.

»Anne«, sagt Jack ganz vernünftig, »Sandra ist nur eine Freundin. Sie liebt Jazz. Du kannst ihn nicht ausstehen. Sie wird Frances Gesellschaft leisten. Schließlich sind wir ja nicht mehr verheiratet.«

Das bringt sie aus dem Konzept.

»Aber das sind wir doch«, stottert sie und sieht sich nach Hilfe um, die nicht zu Gebote steht. Selbst Frances hört nicht hin. Frances grübelte über ihre eigenen Probleme. So oft sieht sie ihren Vater nicht, und sie hatte gehofft, ihn für sich zu haben. Ich schätze, daß sie aus Selbstmitleid weint und nicht aus Kummer. So wie ihre Mutter, aus erpresserischer Absicht und nicht aus echtem Gefühl.

»Nur juristisch«, sagt Jack, »und ich wollte, du machtest keine solchen Szenen in der Öffentlichkeit.«

»Wir müssen los«, sagt Sandy. »Wir müssen die Fähre kriegen.«

»Dort, wo wir hinfahren, würdest du es fürchterlich finden«, sagt Jack. »Kein Souvenirgeschäft in Sicht. Also verdirb es nicht für uns alle, okay?«

Es ist nicht okay. Sie ist noch nicht fertig mit uns. Sie steigt in den Minibus und versucht Frances herauszuzerren, kreischt, daß Jack sie nicht ins Ausland mitnehmen darf, aber Frances sträubt sich.

»Aber Mum«, sagt sie, »nun gib schon auf. Ich will ja mit Dad mitfahren. Warum fährst du nicht einfach heim und machst dir eine Tasse Tee?«

Da gibt Anne auf, kehrt leise schluchzend in ihr vergammeltes Wägelchen zurück und fährt in die Nacht hinaus, und Jack und ich laden unser Gepäck aus dem Kofferraum des fixen kleinen Citroën (sechs Monate alt) und nehmen unsere Plätze ein und wir fahren los.

Nicht daß wir viel Gepäck hätten. Jack hatte seine beiden Trompeten, die Aktenmappe mit den Noten und einen abgeschabten alten Koffer. Ich hatte nur eine rasch gepackte Nylontasche. Ich war auf der Flucht aus meinem Heim, ganz zu schweigen von meinem Leben. Ich mußte mit leichtem Gepäck reisen, wenn auch mit elegantem. Ich hatte keine Bücher mitgenommen. Mein Geist war mir langweilig, und das Gefühl der Unbeschwertheit köstlich.

Nur schade, daß es Frances gab, daß sie im Bus saß, die Augen verschwollen von Vorwurf und Selbstmitleid. Ganz die Tochter ihrer Mutter – nur daß die Tochter Jugend und Schönheit besaß, das mußte selbst ich zugeben. Den Jungen läßt man fast alles durchgehen, solange sie nicht zu unscheinbar sind; andernfalls geht es ihnen wie der vorhergehenden Generation: Man nimmt sie nicht wahr, tadelt sie aber um so lieber.

»Falls wir je wieder heil heimkommen«, sagte ich zu Jack, als der Minibus in die M 3 einbog, Sandy die Geschwindigkeit des heranbrausenden Verkehrs falsch einschätzte und mit Mühe und Not ein Unglück vermieden wurde, »solltest du tun, wovon du andauernd redest: euer gemeinsames Haus verkaufen und den Zugewinn teilen. So wie es jetzt ist, glaubt sie eindeutig, noch ein gewisses Recht auf dich zu haben.«

»Oh«, sagte er leichthin, »man muß auch an Frances denken. Und wenn ich das Geld auf der Bank hätte, würde ich es nur ausgeben.«

So ist das zwischen Musikern und Musikerfrauen. Nichts ist je abgemacht, kein entscheidender Satz, der nicht sofort vergessen wird, kein Arrangement, das nicht sofort wieder geändert wird.

Jennifer sagte: »Mensch, Sandy! Fahr doch vorsichtig. Es sind so viele miserable Fahrer unterwegs!«, und alle lachten außer Sandy, der etwas in seinen Bart murmelte, und Jack nahm meine Hand und drückte sie an die Brust, als sei sie sein kostbarster Besitz.

Und doch glaube ich, daß meine Leidenschaft ein bißchen, ein ganz kleines bißchen nachließ an dem Abend auf dem Parkplatz in Reading: seine Beziehung zu dieser Anne mit dem gedunsenen Gesicht und den breiten Plattfüßen rieb ein wenig vom Goldstaub der Liebe ab. Ich wünschte mir eine bessere Rivalin.

Das Gespenst war fort, womit ich sagen will, ich hatte nicht mehr – wie soll ich mich ausdrücken – das Gefühl, ein moralischer Büttel stünde wartend am Tor. Ich ging hinaus auf die Straße, und ein Hund, – ein räudiges, gelbliches Tier mit spitzer Schnauze und kleinen stechenden Äuglein – kam geschäftig vorbeigelaufen. Unter dem Bauch wabbelte lockere Haut, die langgezogenen Zitzen baumelten. Eine Hündin, die geworfen hat, ist kein schöner Anblick. Na also, dachte ich. Wenn da etwas stünde, würde sogar diese mickrige Kreatur noch die Kraft haben, zu reagieren. Kaum hatte ich das gedacht, warf das Tier einen Blick auf mich, blieb mit schlotternden Zitzen stehen und starrte mich mit gesträubtem Nackenfell entsetzt und haßerfüllt an, drehte sich um und flüchtete jaulend. Ich schwöre, genau so hat es sich abgespielt.

Und ich dachte: Was auch immer das war, jetzt ist es nicht mehr außerhalb von mir, sondern in mir, was soll ich tun? Oder war es schon immer in mir gewesen und ich hatte es bei meinem übellaunigen Einkaufsgang ins Dorf irgendwie hinter mir gelassen? Und jetzt war es wieder da, und ich hatte es geschafft, irgendeinen schrecklichen Bodensatz aufzurühren, so daß sogar eine vorüberkommende Hündin, die sicher gerade zu ihren Jungen wollte, darauf reagierte?

Als Talisman gegen die Dämonen in meinem Inneren benutzte ich die Erinnerung, wie Jack und ich auf der Fähre in unserer Koje vögelten und vögelten, während das Schiff (eins von den rollenden, schlingernden) die Wellen hinauf- und hinunterstampfte, wie in Übereinstimmung mit unserem Tun. Mochten die Sterne unbeobachtet am Himmel treiben, unkommentiert, undokumentiert, mochte Matthew schimpfen, Anne weinen, nur dies zählte. Rein und raus und auf und ab, und die ohnmächtige Finsternis wurde von einem Lichtstrahl durchbohrt, weil wir ein neues Universum schufen, der tolle Jack und ich.

Ein Schmetterling setzte sich mir auf die Hand und schlug ein wenig mit den Flügeln, dann flog er fort. Möglicherweise eine Geste der Versöhnung, oder das Ding war einfach zu berauscht und zu dumm, um die Gefahr zu begreifen.

Drin im Hotel de Ville klingelte das Telefon. Das ist an sich nichts Verwunderliches: Ein Rathaus, sogar in Frankreich, sogar ein seit einem Jahr nicht mehr amtlich genutztes, kann immerhin noch angeschlossen sein, vielleicht hat jemand die falsche Nummer gewählt. Womöglich versuchte Monsieur le Directeur du Festival mit der Band Verbindung zu bekommen, vielleicht wegen eines zusätzlichen Auftritts morgen früh. Oder aber – doch das dachte ich ungern – meine Anrufe bei Alison und Jude hatten es jemand ermöglicht, mich aufzuspüren.

Anfangs dachte ich, laß es klingeln und geh nicht an den Apparat. Doch dann fiel mir etwas Sonderbares auf. Es klingelte nicht wie in Frankreich üblich: lang-brrr-Pause, lang-brrr-Pause, sondern: kurz-brrr-brrr wie in England. Wie war das möglich? Ich stand in der Küche, und das Klingeln jagte Stäubchen in die Luft dort, wo die tiefstehende Sonne über dem flachen Spültisch durchs Fenster schien, sonst hätte ich geglaubt, ich bildete mir das Geräusch nur ein. Ich ging den Apparat suchen in dem großen leeren vorderen Raum, in dem früher die Geschäfte der Stadt abgewickelt worden waren. Das Klingeln hörte auf – es war auch kein Apparat zu sehen, ebensowenig wie in den anderen großen Parterreräumen. Ein dünnes, zerlumptes Baumwolltuch hing vor einem türenlosen Schrank unter der Treppe, und in einem der Fächer hing tatsächlich eines der alten, schwarzen Wandtelefone, doch es war kaputt, nicht nur außer Betrieb – ausrangiert. Trotzdem traute ich mich kaum, es anzufassen. Als ich das Tuch berührte, erhob sich eine Staubwolke, und ich nieste wieder und wieder und erschreckte mich selbst damit.

Da ich seit meiner Kinderzeit den Himmel beobachte, weiß ich, wie schwer es ist, etwas zu finden, das finden zu können man nicht überzeugt ist, und wie leicht, etwas zu finden, das man finden will. Ich suchte nach dem Apparat, wollte ihn finden. Aber immer noch ohne Ergebnis.

Ich hatte Angst, ich gebe es zu. Natürlich konnte das Geräusch in meinem Kopf entstanden sein, die tanzenden Sonnenstäubchen von dem Brrr-brrr-brrr konnte ich mir nur eingebildet haben. Es war ungewöhnlich, daß gleich zwei Sinne auf solche Phänomene ansprachen, jedoch nicht ausgeschlossen.

Ich setzte mich wieder in die Küche, hörte Schritte draußen im Hof und sah hinaus in die Dämmerung, froh über menschliche Gesellschaft. Doch es war niemand da. Die schmerzliche Enttäuschung war so groß, daß es mir die Kehle zusammenzog, und ich dachte: sonderbar, das ist das ganz falsche Gefühl. Angst wäre vernünftiger. Und dann setzte echte Panik ein, und ich rannte aus dem Hotel de Ville – meinen Block und einen Rest Brot nahm ich mit (ich bin ja nicht blöd und war recht hungrig) und ließ mich unter der gelben Straßenlaterne nieder, dort, wo die N 89 die kleine D 9 kreuzt, gleich rechts vom Hotel de Ville, wo normaler, geselliger Verkehr vorüberkommt und Vorstellungen von Leben und Tod etwas Praktisches sind: Bleib stehen und warte auf grünes Licht, sonst bist du tot. Wenigstens über solche kleinen Dinge scheinen wir die Kontrolle zu haben, sie lassen keinen Raum für die drohende Tücke der Finsternis, sie verharren nicht etwa eigenständig auf Grün, wenn sie auf Rot umschalten sollten, und verursachen aus Bosheit einen Frontalzusammenstoß. Oder sehen manche Fahrer grün, wo die anderen rot sehen, weil ihr unbewußter Todeswunsch so groß ist, weil sie sich einfach von der Last der Schuld befreien wollen? Vielleicht sehen und hören nur die Schuldbeladenen Gespenster, sind nur sie von Dämonen besessen, und auch nur wenige unter den Schuldbeladenen, nicht alle, sonst könnten wir uns vor paranormalen Phänomenen kaum noch bewegen, könnten kein Ei mehr in die Hand nehmen, ohne daß es am Boden zerspringt und dort liegenbleibt und brät. Oder etwas in der Art. Und die Zahl der tödlichen Verkehrsunfälle wäre weit, weit höher.

Es spukte also im Hotel de Ville. Na, wenn schon. Es war sehr angenehm, außerhalb der Mauer zu sitzen, die zerfallende Majestät der grauen Fassaden hinter mir zu haben, mit den Beinen zu baumeln, die schweren Lastwagen und die wackeren kleinen Deux Chevaux vorbeifahren zu sehen, während sich der heiße Tag zum wohligen Abend entspannte, der Himmel sich aus rotem Dunst in orangefarbene Streifen und endlich in etwas verschwommen Langweiliges wandelte, die gelben französischen Scheinwerfer eingeschaltet wurden, und ich nur noch am Donnern und Rumpeln unterscheiden konnte, was ein Lastwagen war und was nicht.

Ich ließ meine Absätze gegen die Mauer baumeln und grübelte über das Wesen der Besessenheit, und ob es meine Augen oder die Augen eines Dämons waren, aus denen ich die Welt betrachtete. Ob ich wohl für Passanten die Art von scheelem Blick hatte, die ich manchmal auf dem Gesicht meiner Mutter und dem von Robin wahrgenommen hatte? Oder meines Vaters kalte Augen? Ich nehme an, er hatte kalte Augen. Nazis haben alle kalte Augen. Obwohl ich nicht sicher bin, wie man ein kaltes Auge definiert. Woran erkennt man es? Die Augen meiner Mutter waren braun und wurden allgemein als warm und freundlich bezeichnet, aber für mich sahen sie, wenn ihre Dämonen sie nicht gerade belebten, schlicht leer aus. Einmal sah ich einen Optiker ein Tablett mit Glasaugen in allen Farben und Größen von einem oberen Fach herunterholen. Er blies den Staub von ihnen, und sie waren blau, grün, braun und gemischtfarbig: einige rot geädert, einige wäßrig, einige jung und klar, Augen zu allen denkbaren Augenpaaren. Er verkaufte sie an einen Antiquar, der sagte, sie seien jetzt in Mode – als Ohrgehänge. Und ich versichere Ihnen, Ausdruck, Stimmung, Wärme und Kühle waren in diesen Augen vorhanden und warteten darauf, ins Leben gerufen zu werden. In ihnen saßen schlafende Dämonen. Ich hätte sie auf Parties nicht angelegt, nicht um die Welt, niemals.

Die Citronella Jumpers kehrten zurück. Ich erkannte sie von weitem. Ihre Scheinwerfer waren weiß, wie in England, eine Quelle des Ärgers für französische Fahrer. Der Minibus war giftgelb lackiert, aber die Straßenlaternen färbten ihn grün. Er blieb hinter mir stehen. Jack umarmte mich. Alle waren großartiger Stimmung. Gut gespielt am Abend, die Zuhörer gut mitgegangen.

»Ich hab da einen Jungen kennengelernt«, vertraute Frances mir an. »Er heißt Jock. Er gehört zur Schottischen Garde. Einer von denen, die im Stechschritt um die Säbel rummarschieren, wenn sie auf dem Boden gekreuzt werden.«

Ich bereute nicht, nicht mitgefahren zu sein. Meine Anrufe bei Alison und Jude bereute ich. Feigheit! Hand in Hand mit Jack ging ich ins Hotel de Ville, und seine Liebe, oder doch seine Lust hüllte mich ein wie ein Schutzmantel.

Jennifer hatte Wurst, Brot, Karottensalat und ein paar Flaschen Wein aufgetrieben. Wir saßen um den Tisch und aßen, und wenn das Telefon klingelte, konnte ich es jedenfalls nicht hören, auch nicht, ob Anne irgendwo weinte oder die Babys in Clares Leib sich rührten oder die Telefaxe in Judes Büro aus fernen Zeit-Zonen ihre Botschaften ausspuckten. »Wo ist sie? Wo ist sie?«

In dieser Nacht sagte Jack nach der Liebe: »Also, Sterndame Sandra.« Und ich sagte, warum auch nicht, jemand muß es doch sein. Wahrscheinlich bin ich gewohnt, mich kleiner zu machen, man will ja auch nicht hochmütig sein. Ich bin ein schuldiger Mensch. Daher muß ich mich selbst strafen. Meine Mutter ist verrückt, weil ich normal bin; mein Bruder ist tot, weil meine unterdrückte Wut ihn umgebracht hat, mein Vater ist erschossen worden, weil meine Geburt als Beweis gegen ihn verwendet wurde. Mein Zorn ist allmächtig, er könnte die Welt auslöschen. Also äußere ich ihn nicht. Ich bin kühl, rational und ewig schuldbewußt. Ich strafe mich, indem ich meinen weltlichen Erfolg ignoriere. Schon das Adjektiv »weltlich« setzt das Substantiv herab, verstehen Sie – als gäbe es irgend eine realere Art von Erfolg, den zu haben ein größeres Verdienst wäre. Das jedenfalls sagte mir eine Therapeutin – Jung-Anhängerin, glaube ich –, ehe ich sie nach vier Sitzungen verließ und dabei murmelte, ich hätte zu viel zu tun, um jemand aufzusuchen, der bloß Binsenwahrheiten verzapfte.

»Warum murmeln Sie?« fragte sie an der Tür. (So komplizierte Dinge schreibe ich den Leuten nicht, ich verstecke mich nicht hinter einem Brief und einer Briefmarke, ich fechte so was Auge in Auge aus) »Warum schreien Sie es nicht heraus, trampeln und brüllen es mir entgegen?«

»Du liebe Zeit«, sagte ich sanft. »Dazu sind Sie viel zu nett.« Und das war sie. Aber sie hatte kalte Augen, die mich an meinen Vater erinnerten. Ich traute ihr nicht ganz. Ich glaube, ich hätte sie mit einem Atemzug wegpusten können, obwohl sie fast einsachtzig groß war und ich nur einsfünfundsechzig. Sie hatte sich eine Couch angeschafft, deren Länge mehr ihr als mir entsprach und die weit über meine Füße und meinen Kopf hinausragte, als läge ich auf der Folterbank und sollte gestreckt werden.

»Also deshalb hatte ich den Eindruck, dich mein Leben lang gekannt zu haben«, klagte Jack, »es liegt einfach daran, daß ich dich im Fernsehen gesehen habe.«

»Den Eindruck könntest du aber trotzdem gehabt haben«, sagte ich. »Wie sollen wir das je herauskriegen?«

»Männer fühlen sich wohler bei Frauen, die ihnen unterlegen sind«, sagte er, »aber ich persönlich werde durchaus auch mit ein paar kleinen Unannehmlichkeiten fertig.«

»Ein akademischer Grad in Astronomie«, sagte ich, »ist rein gar nichts. Ein Magister in Mathematik ist etwas Armseliges. *Ich* kann meine Zuhörer nicht zu etwas Gemeinsamem zusammenschweißen, ihre Stimmung anheizen, ihr Blut zum Singen bringen und ihre Hormone zum Ausschütten. Du hebst deine Trompete zu den Sternen und singst ihnen vor. Ich katalogisiere und notiere. Ich bin eine Himmelssekretärin, wenn auch nicht, wie ich behauptet habe, bloß Schreibkraft beim Vizepräsidenten der Royal Astronomical Association«, sagte ich, oder doch etwas in diesem Sinne, wenn ich eben konnte und Atem genug fand, denn sein Mund lag auf dem meinen.

»Jack«, sagte ich, mit wieder anderen Worten. »Du bist etwas Größeres als ich. Ich blicke zu dir auf und bewundere dich.«

»Übrigens«, sagte ich, »ist es kein wichtiges Programm. Viele sehen es überhaupt nicht, und die es sehen, sind meist ältere Herrschaften, die halb schlafend im Sessel hängen, zu müde, um noch die Katze hinauszulassen und den Fernseher abzuschalten, gefangen in der eigenen Trägheit.«

Jack, Jack, sagte ich, mit wieder anderen Worten: Kümmere dich nicht um das Schauspiel, das ich den gaffenden Millionen biete, zu vielen – denn trotz der hochgeschlossenen Bluse und der zurückhaltenden Tonlage wurde ich mehr denn je zum Gegenstand von Phantasien. Zieh dich aus, zeig's uns! Wie kann eine Frau, die allen gehört, einem einzelnen gehören? Natürlich hatte ich nicht gewollt, daß Jack es erfuhr, daß er je sagen konnte: »Also, Sterndame Sandra.« Berühmtheit bei einem Mann ist für eine Frau ein Aphrodisiakum, eine berühmte Frau aber ist nur für den Mann attraktiv, der gern in aller Öffentlichkeit vögelt. Schade!

»Sieh mal«, bettelte ich im Namen der Liebe, die jetzt viele Widerstände würde überwinden müssen, »es ist doch nur ungefähr eine halbe Stunde im Monat, und die meiste Zeit sind es nur Tabellen, Diagramme und *special effects*, die auf dem Bildschirm zu sehen sind, nicht einmal ich. Ich tauche nur gelegentlich da auf.«

Er lachte und sagte, ich solle mir keine Gedanken darüber machen, ihm sei es so oder so egal, womit ich mein Geld verdiente. Ich solle aufhören, mich dauernd zu entschuldigen, schließlich sei ich doch nun mal die, die den Planeten Athena entdeckt hätte.

»Nur aus Versehen«, sagte ich. Nun ja, beinahe aus Versehen. Ein paar schiefe Umlaufbahnen forderten eine Erklärung. Ich erfand eine Erklärung, stellte die Linsen scharf ein, ließ die Kamera klicken und siehe – da war er! »Die Presse stieg groß ein«, sagte ich. »Das war alles.«

»Keiner schert sich mehr drum«, sagte ich. »Es ist fünf Jahre her, also eine Ewigkeit. Ich gehöre zu diesen Was-ist-aus-der-eigentlich-geworden?-Leuten. Es braucht dich nicht mehr zu bekümmern, ehrlich.«

Er schien zu schlafen.

»Schau«, sagte ich, ehe er aufwachen oder wenigstens so tun konnte, und kam einer Diskussion über unsere angeblich so unterschiedlichen Einkommen zuvor, »ich verdiene nicht besonders gut, verglichen, sagen mir mal, mit dem, was mit Werbespots verdient wird. Ein Taschengeld. Kümmerlich. Und was ich verdiene, gebe ich für Garderobe aus. Eh ich Matthew heiratete, besaß ich zwar ein Häuschen in London, aber er wollte, daß ich es verkaufe, er wollte, daß ich sozusagen rückhaltslose Bejahung unserer Zusammengehörigkeit demonstrierte. Für keinen von uns sollte es ein Schlupfloch geben! Also hab ich es verkauft, und Matthew hat das Geld für mich riskant investiert und das meiste beim Börsenkrach letztes Jahr verloren. Damit war ich noch abhängiger von ihm. Das wenigstens dachte er. Er wußte nicht, daß es mir nichts ausmacht, arm zu sein. Ihm hätte es viel ausgemacht. Er verstand nicht, daß nicht jeder so war wie er, er glaubte, daß jeder, der nicht war wie er, verschroben sei oder in gewissem Sinne unzuverlässig. Er hat sein eigenes Geld gut angelegt mit ordentlichen Gewinnen, wie damals viele, die Freunde in hohen Positionen hatten.«

»Jack«, sagte ich, oder etwas in diesem Sinne, »ich kann dir nicht sagen, wie wohl es tut, hier mit dir auf einer klumpigen Matratze zu liegen und sich nur um eine Nylontasche voll Kram kümmern zu müssen: mit leichtem Gepäck zu reisen und frei zu sein.«

Ins Dunkel hinein fragte Jack – ich wußte, daß er nur so getan hatte, als schliefe er, um meine Monologe besser hören zu können: »Hast du dich wegen dem Geld nicht geärgert?«, und ich antwortete, nein, dazu hatte ich keine Zeit, und er sagte: »Doch, du hast dich geärgert, sonst wärst du nicht mitgefahren. Ich bin deine Rache!«

»Nein, nein«, widersprach ich wie ein Kind, »stimmt gar nicht.«

»Ich hab nichts dagegen, deine Rache zu sein«, tröstete er mich. »Wenn ich mir gefallen lassen muß, daß du Mittelpunkt des Interesses bist, dann von mir aus, und wenn ich mir gefallen lassen muß, daß du mehr verdienst, dann kauf mir doch in Bordeaux ein neues Trompetenfutteral, damit ich es mir noch lieber gefallen lasse.«

»Mach ich, mach ich«, versprach ich. Ihn lieben, ehren, ihm gehorchen und ihn stützen, bis daß der Tod uns scheidet. Sah ich nicht in Indien, wie die Männer dasaßen, während weibliche Bauarbeiter schaufelten und schleppten, sah ich nicht in Afrika die Männer Ganja rauchen und die Frauen den steinharten Boden aufhacken; war ich nicht zum Dinner eingeladen und zählte, wie oft die Gastgeberin aufstand? Kein Wunder, daß die Männer ein schlechtes Gewissen haben.

Das ist keine Klage, nur eine Feststellung. Die Frauen tun es gern, also wo ist das Problem? Jeder beliebige Mann – so schreit eine Frau – ist besser als keiner, außer sie ist hübsch, gebildet, unter dreißig, verdient gut und glaubt noch die Auswahl zu haben. Meinetwegen ein halber Mann, wenn sie Moslem ist und ihn mit einer anderen teilen muß, immer noch besser als Demütigungen und kein Sex. Meine Freundin Jude hat eine Fernsehserie darüber gemacht. »Frauen, die dienen.« Sie sieht in ›Sandras Himmel‹ etwas Ödes, Belangloses, eine Art aufgemotzte Wissenschaftssendung, die nur eine Minderheit interessiert. Über die Einschaltquote, die wir erzielen, scheint sie sich zu wundern.

»Es ist die hochgeschlossene Bluse«, sage ich. »Die zieht Pornopublikum an.« So etwas versteht Jude. Daß sich die Menschheit außerdem für ihren Ursprung und ihr Ziel interessiert und am Himmel ganz mit Recht das Muster sieht, das die Probleme ihrer Existenz lösen wird, entgeht meinen Medienfreunden. Der Gorilla masturbiert träge hinter den Gitterstäben in seinem Londoner Zoo, und die Zuschauer glotzen, aber es sind die Augen des Gorillas, die ihnen den wirklichen Eindruck machen: soviel düstere Weisheit.

Als mir Matthew einen Heiratsantrag gemacht hatte, sagte Alison zu mir:

»Na, so was. Hast du aber ein Glück. Nicht viele Männer würden einen Star heiraten.«

»Erstens«, sagte ich hochmütig, »bin ich nicht der Meinung, daß die Ehe automatisch das erstrebenswerte Ziel für die Frau ist, und zweitens, was meinst du mit ›Glück‹? Es ist nicht mehr, als ich verdiene. Und drittens: Matthew liebt mich nicht, obwohl ich prominent bin, sondern genau das hat ihn an mir gereizt.« Ich war damals auf dem Höhepunkt meiner Sterndamenkarriere, hatte vor kurzem Athena entdeckt und in einer offiziellen Feier das verdammte Stück Stein getauft, und man bat mich zu Ratespielen, zu Talk-Shows, als weibliches Paradepferd zu Diskussionen über alles und jedes vom Niedergang des Sozialismus bis zu »Natur contra Wissenschaft«. Ich war nicht nur helle, sondern auch noch blond. Frühere Liebhaber kamen aus dem Gebüsch gekrochen, längstvergangene Abenteuer einer einzigen Nacht, Gesichter, die ich vergessen hatte (und Gott sei Dank auch sonstige Teile), erinnerten mich an Vergangenes, von dem ich angenommen hatte, es sei für immer vorbei. Nur Matthew, der auf seinen kräftigen Schultern die Zuversicht und Anerkennung der Welt trug, stieß aus der Gegenwart zu mir und bot mir ein Leben, das meinem plötzlichen neuen Status angemessen war. Mir, der armen Kleinen.

»Du irrst dich«, sagte ich zu Alison. »Mich will jemand.«

»Du bist die Ausnahme, die die Regel bestätigt«, sagte sie enttäuscht. Wer hält sich schon an eine fehlerhafte Theorie, die so leicht zu widerlegen ist. Ich tat groß, sie klammerte sich nervös an ihren Unglauben.

Ich unterhalte mich gern mit anderen Frauen über uns als Sexualwesen. Sie verallgemeinern, gelangen zu keinen Schlüssen, aber es ist ihnen ein angenehmer Zeitvertreib: Das Problem für eine unverheiratete, kinderlose Frau lag darin, daß sie nicht genügend Zündstoff zur Unterhaltung beisteuerte. Ich war froh, mit der neuen Episode mit Jack, mit diesem neuen Erlebnis den allgemeinen Brand schüren zu können. Demnächst hatte ich sicherlich auch noch eine Scheidung zu bieten, die sich diskutieren und vergleichen ließ. Meine arme Großmama ist zu bedauern: ihr Familienleben war eine solche Ansammlung schändlicher Geheimnisse – Illegitimität, Geisteskrankheit, Krebs, Scheidung, Bankrott – alle unvorstellbar, alle unaussprechlich, jedes für sich schon Grund zu Verderben und Beklemmung, Familienschande, Alptraum, angesichts deren man hinter geschlossenen Türen auf- und abwandert – geschweige denn in solcher Anhäufung, wie sie über sie hereinbrachen. Und bedenken Sie: kein telefonischer Blitzableiter zur Hand, sonst hätte sie sich vielleicht weniger oft gewünscht, daß ich und Robin ungeboren geblieben wären, und Robin hätte sich möglicherweise nicht geopfert. Er wußte, daß er den anderen Schande machte, und das genau konnte er schließlich nicht mehr ertragen. Ach, diese Schande, Robin! Diese Schmach! Ja, ja, und ganz und gar meine Schuld, weil ich alles Gesunde aus dem nährenden Blut meiner Mutter aufgesogen und ihm nur den Wahnsinn übriggelassen habe. Doch es ist bestimmt ein Werk des Teufels und nicht meins, auf diese Weise meinen Glanz, meine Verzweiflung zu solch bitterer, trüber Banalität herabzusetzen. Hätte Robin durchgehalten bis, sagen wir mal, vor einem Jahr und sich erst dann vor den Zug geworfen, wir, die Betroffenen, hätten alle weniger schwer gelitten. Der Zugführer hätte aus den Statistiken ersehen können, daß seine Chance, so etwas während seiner Dienstzeit zu erleben, eins zu vier stand, er wäre zwecks Therapie zu den Britischen Eisenbahnern gegangen und hätte sich dort beraten lassen. Meine Großmutter und ich hätten uns einer Gruppe für Positives Denken angeschlossen und gelernt, wie man sich bei so etwas verhält und uns mit anderen in der gleichen Lage verglichen. Robins zerfetzter, blutiger Leichnam und seine gequälte Seele wären gründlich abgewertet, wir aber gerettet worden. Doch es ist volle zwanzig Jahre her, daß er sich umbrachte, und in Fragen emotionaler

Selbsterhaltung war damals die Welt noch jung. Selbstverständlich gibt es keine Selbsthilfegruppen für Kinder von Vätern, wie ich einen hatte, gab es nie, wird es auch nie geben. Wir sind zu wenige, und unser Schicksal …

Nur der Staat Israel nörgelt weiter und erinnert die Welt ständig an den Holocaust (mein Gott, der alte Schnee, über vierzig Jahre her, nun aber Schluß!) und ist dabei doch selber Experte für gelegentliche Massaker geworden. Das aber sei, so wird behauptet, nicht dasselbe. Das war nicht vorsätzlich. Tot ist tot, sage ich, und mögen die Lebenden nie wieder die Toten beneiden. Die Völker der Welt hinken weiter, denaturiert wie ihre Bürger, unfähig wie eh und je, ihrer eigenen Vergangenheit ins Auge zu sehen. Na ja, ich kann von mir auch nichts Besseres behaupten, oder?

13 Frühstückszeit

»Noch jemand Eier?« fragte Jennifer. Sie hatte irgendwo ein Dutzend aufgetrieben. Die mageren Hühner schienen demnach fähig, zu legen. Es gab keine Eierbecher, daher aßen wir Rührei auf frischem Brot. Ich bot ihr Geld an, aber sie lehnte es ab. Jack hatte für Frances und Anne schon in die Gemeinschaftskasse der Band eingezahlt, und da Anne nicht und ich statt dessen mitgekommen war... Wir spülen gemeinsam Geschirr, das heißt, sie spült, und ich hänge höflich herum.

»Kennst du Anne gut?« fragte ich.

»Nein«, sagte sie. »Früher ist sie zu Konzerten gekommen, um ein Auge auf Jack zu haben, aber wirklich interessiert hat sie sich nicht dafür.«

Ah, das klang fast nach einer Freundschaftsgeste.

»Du bist gestern nicht mitgekommen«, bemerkte sie. Nicht so gut.

»Ich fühlte mich nicht besonders«, sagte ich. Besser als zuzugeben, daß Jack mich lieber nicht dabei hatte, denn das würde sie mißdeuten.

»Ach, du Ärmste. Möchtest du ein Aspirin?«

»Heute geht's mir besser.«

»Dann kommst du also mit? Gut. Dann hat Frances Gesellschaft. Bestimmt ist alles ganz okay, aber da sind so viele Soldaten, und sie ist doch erst fünfzehn, und ich bin nicht ihre Mutter ...« Ihre Stimme erstarb.

»Ich auch nicht«, sage ich und ihre Hände fahren behende durch das Spülwasser, in dem sie sich anscheinend sehr zu Hause fühlen. Großer Gott, wo hat die Frau nur einen Spüllumpen her?

»Kennst du das Buch ›Der schweizerische Robinson‹?« frage ich.

»Nein«, sagte sie überrascht. Und dann: »Sollte ich?« Als sei ich diejenige, die zu bestimmen hat über »sollen« und »nicht sollen.«

Sie scheuerte gründlich und gänzlich unnötig einen Kochtopf. Dann sagte sie:

»Die arme Anne, sie hat keine Chance, nicht wahr?«

Verschmähte Ehefrauen haben wenig Freunde. Für die unverheirateten Frauen, mit denen sie einmal befreundet waren, sterben sie. Sie müssen neue Kontakte mit ihresgleichen anknüpfen – mit den verlassenen und vereinsamten, den unpaaren.

»Keine große Chance«, sagte ich.

Ich versuchte zu erklären, daß Anne schon aus dem Rennen gewesen sei, als ich auftauchte, und daß Berüchtigtsein zu sexuellen Freuden im Widerspruch steht, doch sie hörte mir nicht zu. Sandy kam herein mit seinem großen Kontrabaß, und sie tauchte nach ihrer Allzwecktasche, holte ein Fläschchen und ein sauber gefaltetes Poliertuch in einer Plastikhülle heraus, und Sandy lächelte sie dankbar an, aber sein Blick glitt zu mir herüber, der Sterndame Sandra, Jacks Sex-Miezchen (zugegeben, einem Miezchen, das schon über die erste Jugend hinaus war): wenn sie es mit Jack hat, hat sie es bestimmt nicht mit jedem, o nein, nicht mit Pedro, dem Gitarristen, oder Stevie, dem Posaunisten, aber doch bestimmt mit dem König der hintersten Reihe, dem Kontrabassisten, und wenn sie wollte, er wollte auch. Jennifer fing diesen Blick auf. Zu dumm. Täte ich so was einer Freundin an? Sandy nahm das Poliermittel und den Lappen und bearbeitete die Messinggriffe, mit denen man die Saiten spannt. Ich sah verblüfft zu.

»Ich würde es machen, aber er traut mir nicht«, sagte Jennifer. »Du weißt doch, wie die Männer sind mit ihren Instrumenten.«

»Einfach wunderbar«, sagte ich gefühlvoll, und sie sah mich mit vorgeschobenen Lippen an und überlegte, ob ich das gemeint hatte, was sie glaubte, daß ich gemeint hätte. Sandy wußte es und zog ganz leicht die Brauen hoch. Warum suchen sich, dachte ich, solche Männer immer Frauen aus, die geistig weniger rasch sind als sie. (Zu sagen, »dümmer«, wäre unfreundlich.) Die Antwort heißt meiner Meinung nach, daß nur solche Frauen bereit sind, mit Poliermitteln und Lappen hinter ihnen herzuräumen. Oder vielleicht ist es gerade die Beschäftigung mit Spüllumpen und Poliertüchern, die eine Frau wirr und begriffsstutzig macht. Die armen Männer, denke ich, die armen Männer, immer so in der Klemme.

Nach dem Abspülen rief Jennifer durch das widerhallende Gebäude. Angesichts eines so gutherzigen, praktischen Wesens hatten die Gespenster keinerlei Chance.

»Kommt schon, ihr alle! Zeit, loszuziehen!«

»Red doch nicht so«, murrte Sandy leise, doch da ich es hörte, konnte auch sie es hören. Das sollte sie auch. Sie beachtete es nicht, krauste nur kokett die Nase gegen ihn, und er wünschte, sie würde auch das unterlassen.

»Also kann ich heute mitkommen?« fragte ich Jack. Er hatte nicht deutlich zu verstehen gegeben, ob ich im Bus willkommen war oder nicht, aus Gründen, die nur er kannte, die aber viel damit zu tun hatten, ob künftig er oder ich die Oberhand haben würde. Ich bin nicht blöd. An solchen Dingen muß man arbeiten.

»Natürlich«, sagte er, sichtlich überrascht. »Karl will dich sprechen. Er hat eine Idee für eine Fernsehserie über eine reisende Jazzband und will wissen, ob du ihm helfen würdest, sie unterzubringen.«

»Aha.«

»Würdest du?«

»Nein.«

»Gut.«

Ich fuhr also mit den Citronella Jumpers nach Blasimon-les-Ponts, wo die Straßen von flatternden Fahnen und Buden gesäumt waren, in denen Volkskunst aus allen Ecken der Welt verkauft wurde, wo man frischgebackene Garnelenkräcker kaufen konnte (sie rochen nach echtem Fisch und waren ziemlich scheußlich), Tortillas (aus dem Mikrowellenherd) und afrikanischen Schmuck, für den so viel verlangt wurde und der dann so billig wegging, daß man ein Komplott dahinter hätte vermuten können; angelegt hätte man ihn um alle Welt nicht. Wie können diese Straßenhändler überhaupt existieren, so fern von daheim? Können sie die Münzen in einem fremden Land unterscheiden? Ich fürchte nein, obwohl sie in dem Ruf stehen, schlau und durchtrieben zu sein. Sie sind die Geneppten und nicht die Nepper – und es gibt nichts, was man nicht auf dem Camden Town Markt in London jeden Tag der Woche genauso kaufen könnte, so universal ist der Ramsch der Welt geworden. Kleine Volkstanzgruppen in den komplizierten, unbequemen Trachten der Vergangenheit tanzten und hüpften und sangen die Straßen entlang zur Musik von Pfeife, Geige und Trommel, und Zuschauer sammelten sich, klatschten Beifall und zerstreuten sich wieder, froh, daß wenigstens etwas geschah in der unendlichen Langeweile ihres Lebens. Was spielt sich denn ab hinter den geschlossenen Fensterläden der französischen Kleinstadt? Nichts, fürchte ich. Junge und Alte glotzen ins Leere und brüten und warten, schwitzend im Sommer, frierend im Winter. Ich sagte das zu Jack, der aber meine Einstellung tadelte. Offenbar war etwas an dem Zigeunergefiedel, von dem er wußte, ich aber nicht.

Nachdem sie gestern abend weich geworden ist, will Frances heute nichts mit mir zu tun haben. Sie zog Arm in Arm mit Jennifer los. Ich blieb mit Jack sitzen und trank *café au lait* aus erfreulich großen grünen Tassen mit Goldrand. Mein Handgelenk war schlanker und brauner als sonst. Mein Haar in der Sonne gebleicht. Nichts war mehr von Bedeutung. Ich konnte ewig so weiterleben. Schließ die Fensterläden, sei wie jeder hier in der Gegend einfach zufrieden mit dem Dasein. Die Citronella Jumpers sollten um elf Uhr dreißig unter dem Kriegerdenkmal spielen. Es war schwierig, hinsichtlich Ort und Stunde Details von der Festspielleitung zu erfahren, weil keiner von denen Englisch konnte. Die Franzosen wetteifern mit den Briten in ihrer Erwartung, nein, ihrer Entschlossenheit, ihre eigene Sprache müsse als Weltsprache gelten. Ich bot mich als Übersetzerin an, aber Jack wollte nichts davon hören.

»Versuch doch zu begreifen«, sagte er, »diese Band will gar nicht, daß etwas glatt geht. Nach diesem Prinzip arbeiten wir nicht. Wir eignen uns die Dinge durch Osmose an. Wir wollen nicht organisiert werden. Effizienz ist der Feind jeder schöpferischen Energie.«

Ich hätte gern gewußt, was denn sonst zur Entdeckung von Athena geführt hatte als eine Kombination von Effizienz und schöpferischer Energie. Aber ich war vernünftig genug, das nicht auszusprechen. Statt dessen bestellte ich eine Flasche Wein.

14 Unter dem Kriegerdenkmal

Durch irgendeinen Zauber, den nicht ich bewirkt hatte, fand sich die Band um elf Uhr neunundzwanzig unter dem Kriegerdenkmal zusammen, und noch dazu waren ihre Instrumente in spielbarem Zustand. In der Zeit zwischen dem Parken des Minibus auf dem Festspielparkplatz – ein zitronengelber David zwischen Reihen von Goliaths, denn die anderen Gruppen kamen in Reisebussen mit flatternden Nationalflaggen, Bordtoiletten, Kühlboxen für Speisen und Getränke und einer Art gestickter Drapierung vor allen vorhandenen Fenstern – hatte es die übliche Panik gegeben: gerissene Saiten, gebrochene Klappen, steckenbleibende Ventile, fehlende Noten, Lautsprecheranlage ohne Hauptstecker, der Bus verschlossen und die Schlüssel verloren, und der eine oder andere der Band, der nie wieder mit dem und dem spielen wollte, doch all diese Hindernisse waren wie jedesmal rechtzeitig überwunden worden. Ein bißchen Organisation, ein bißchen System, ein bißchen Takt, und keins dieser Probleme wäre überhaupt aufgetreten – aber wo wäre dann der Spaß geblieben? Die meisten Übel existierten – wie ich allmählich merkte – überhaupt nur in der Einbildung. Es waren nicht mehr als leichte Spasmen von Paranoia oder Verzweiflung: die gestohlenen Notenbücher lagen unter dem Sitz, Hughie hatte versucht, einen nicht abgeschlossenen Bus aufzuschließen, die Schäden an den Instrumenten waren fast nicht vorhanden, nur für einen Eigentümer mit Zwangsneurose wahrnehmbar, und natürlich war Jennifer da, um Lösungen zu finden, die Mutter dieser Schar von eigensinnigen, begabten, ungezogenen ältlichen Buben – wer brauchte schon mich, die besserwisserische kleine Schwester, die ich war? Und siehe da, es wurde elf Uhr dreißig, und sie standen da in ihren grünen Hemden, und ein Strahlen ging von einem zum anderen, ein Strahlen der Heiterkeit und Komplizenschaft, und Jacks Fuß fing an: eins, zwei, drei, vier – und dann schmetterten sie los und die Tauben flatterten und stiegen in die Luft, als die ersten Töne erklangen, laut genug, um Tote zu erwecken. Er hatte mir zugehört! Ich war ein Teil der Citronella Jumpers. Mein Herz hob sich: Form, Stil, Inhalt, in dieser Reihenfolge! Ich hatte beeindruckt! Ein Windstoß fegte über den Platz, und die Bäume über uns warfen sich hin und her. Was dachten wohl die *morts pour la patrie*, deren Namensliste den Hintergrund bildete für diese sonderbare Gruppe unmöglicher Männer? Wollten auch sie auferstehen und tanzen? Die Lebenden jedenfalls taten es. Französisches Publikum, eingestimmt auf das gezierte Ritual der Volkstänze, braucht üblicherweise lange, ehe es auf diese halb an New Orleans angelehnten, halb individuellen Töne anspricht, die schwer verständlich waren, wenn man sie nicht gewöhnt war: eine Art sich überschneidender, beliebiger Töne aus verschiedenartigsten Instrumenten. Heute aber wurde jeder sofort von einer Erregung erfaßt: Füße stampften, Gesichter hellten sich auf, man war entzückt, das Gefühl war ein Gefühl der Komplizenschaft unartiger Kinder, die mit sich selbst konfrontiert werden, viel, viel netter, viel einiger, als sie es je gedacht hätten, die Fäden individuellen Überschwangs (zusammengewunden) zu einem allgemeinen, fröhlichen Lärm! Der Wind wehte, die Bäume rauschten, selbst die Toten wurden lebendig: das Volk tanzte. So war es nicht oft. Nur manchmal. Auf diesen Moment hatte die Band gehofft, dafür gearbeitet, dafür ihre Ehefrauen durch die Hölle gejagt, ihre Arbeitgeber geärgert, Frauen entführt, Sorgen in Alkohol ertränkt, sich gegenseitig schikaniert, Stunde um Stunde in Garagen, Scheunen, auf freiem Feld geprobt, um diese wenigen Minuten herbeizuführen, in denen die Musik abhob und das Publikum mit ihr und alles mehr ergab als die Summe seiner Teile, ein Moment, in dem sie nichts mehr falsch machenn konnten. Form, Stil, Inhalt! Hab ich es ihm nicht gesagt! Hab ich nicht das Geheimnis in sein schlafendes Ohr geträufelt, nicht wie das Gift ins Ohr von Hamlets Vater, sondern wie das Elixier des Universums ins Ohr des verrückten Jack, des Trompeters – mit meinen Kenntnissen, die den seinen glichen: was für die Sterne gilt, gilt auch für dich. Ich tanzte, auch Jennifer, auch Frances und auch Bente, hin und her wogten wir, die schlechten Frauen und die guten, die unentschlossenen und die unerschütterlichen, die strengen, französischen Gesichter lösten sich im Lächeln, Bauernfüße trampelten, alte Hände klatschten – und dann war es vorüber, und der Wind legte sich, und die heiße, heiße Sonne siegte – aber irgend etwas Freundliches war da gewesen, und wir wußten es alle. Nun, wo Dämonen sind, sind auch

Engel. Vielleicht hatte ich sie mitgebracht. Ich glaube, ich trage sie mit mir herum. Doch was war das? Die Band verließ das Fest, die Citronella Jumpers waren an Bord des kubanischen Reisebusses gegangen (keiner wollte in dem verbeulten britischen Minibus gesehen werden), alles außer Frauen, Kindern und Gefolge war zu einem Empfang beim Bürgermeister des Nachbarorts gefahren, es war nicht einmal mehr Platz in dem halbleeren polnischen Bus – eine schlimme Lebensmittelvergiftung hatte viele dieser breitfüßigen, scharfnäsigen Gruppe an ihre Quartiere gefesselt – was für ein Vehikel! Wir sahen es davonfahren, mit Blendschutzfenstern und sogar einer Kaffeebar – wir hätten keine Eintrittskarte, sagten diese Kleinkrämer –, und natürlich hat Sandy die Schlüssel zum Minibus mitgenommen und weist uns damit in unsere Schranken, mich, Frances, Bente und Jennifer. Wir gehören nicht wirklich dazu.

So standen wir denn alle vier auf dem plötzlich verlassenen Marktplatz, auf dem die Budeninhaber ihre Bretterverschläge schlossen, weil Mittag war, in unserer unbehaglichen Situation: Frauen von Männern verlassen, die so tun, als ob es ihnen nichts ausmacht.

»Ich mach' einen Spaziergang«, sagte Bente und tappte in ihren derben Schnürschuhen los in Richtung Burg. Sie hatte einen großen Busen und einen großen Hintern und trug einen hellblauen, etwas zu engen Jogginganzug. Sie aß viel, wie ich bemerkte. Sie und Hughie tauschten oft Schokoladeriegel, und sie butterte ihm die Baguette und er ihr, und sie verlockte ihn zu Leckerbissen – was sehr nett war, aber dick machte. Und natürlich trinken Musiker viel bei Vorführungen, besonders Bier, um ihren Durst zu löschen, und in Frankreich zwischendurch ständig Wein, weil man ihn überall kriegt, und die Frau trinkt zur Gesellschaft mit, sonst argwöhnt er, in ihrem Blick läge Vorwurf.

»Sie sollte lieber joggen statt gehen«, sagte Jennifer, »damit sie von ihrem Gewicht herunterkommt.« Solche Sachen sagte sie. Sie trug ein blauweißgestreiftes Baumwollkleid mit Gürtel, es sah aus wie aus den Fünfzigerjahren, aber nicht nach Rückkehr in die Fünfziger, sondern als seien sie nie vergangen. Schade. Sie hatte ein hübsches Gesicht, eine nette Figur und eine scharfe Zunge. Aber Sandy hatte sie schließlich ohne Wort, ohne Geste verlassen, noch immer *high* vom Jazz. Jack hatte wenigstens gelächelt und mich angestrahlt.

»Ich finde es widerlich von ihnen«, sagte Frances, »uns hier stehenzulassen wie bestellt und nicht abgeholt. Und Dad hat mir nicht mal meinen Essensbon dagelassen.«

Die Festspielteilnehmer aßen in Kantinen mit Selbstbedienung, droben im Schulhaus am Fuße der Burg, wo man im Schatten entlang den Ufern des Festungsgrabens Schlange stand, jede Nation in ihrer Gruppe. An die Leiter der Gruppen wurden Essensbons ausgegeben, die sie an ihre Truppe verteilten oder, sofern einer Macht ausübte, als Mittel zur Disziplinierung benutzten. Kein Bon bedeutete kein Essen, und das war schade, denn es wurde sehr französisch gekocht, mit guten Saucen, und von Enthusiasten serviert – Karottensalat, Eiermayonnaise, Hühnerbeinchen, Schweinskoteletts und große Mengen Bohnen, Melone im Überfluß, Brotlaibe und Zinnkrüge mit rauhem roten Landwein auf allen Tischen. Ebenso französisch war die Weigerung der Köche, Konzessionen an die diätetischen Launen ethnischer Minderheiten zu machen. Es gab daher dauernd „Schweinefleischstreiks«, wie Jack sie nannte, bei den Moslems, »Rindfleischstreiks« bei den Hindus, die Israelis aßen überhaupt nichts, und die Polen zogen sich Lebensmittelvergiftung zu. Die Citronella Jumpers hegten natürlich das britische Mißtrauen gegenüber ausländischer Nahrung, waren aber eine zu kleine Gruppe und zu schüchtern, um so ein Theater zu machen wie andere Nationen, die kreischten und auf die Theken droschen, lautstark ihren Nationalstolz kundtaten und eingeschnappt abzogen, so daß Monsiseur le Directeur zu jeder Mahlzeit herbeizitiert wurde, um mit der einen oder anderen Krise fertigzuwerden, und das mit unzulänglichen Dolmetschern. Ich verstand, warum Frances sich ärgerte, weil sie das Mittagessen versäumte.

Ich bot ihr meinen Essensbon an. Sie trug ein weißes T-Shirt und weiße Shorts, und hatte sehr lange, durchsichtige, anscheinend nicht pigmentierte Beine, und ihr rotes Haar war unordentlich und kraus und auf englische Weise mit einem Band oben auf dem Kopf zusammengehalten, sehr verschieden von dem kurzgeschnittenen Business-Schick der französischen Teenager. Die angeblichen Flohstiche an ihren Beinen und Wangen traten auf eine seltsam exotische und persönliche Art und Weise hervor. Ihre großen blauen Augen liefen über vor Kummer und Zorn. Ich bemerkte, daß sie sich immer verschleierten, wenn sie in der Gewalt einer Leidenschaft war. Ich fand, daß sie phantastisch aussah.

»Ich will deinen blöden Bon nicht«, sagte sie. »Du bist an allem schuld. Ich bin total fertig von der Scheißtanzerei.«

»Wie redest du denn?« fragte Jennifer.

»Scheißtanzerei«, wiederholte Frances. »Ich hab es nur wegen Dad getan, damit alles in Schwung kommt. Nicht daß ihm daran liegt. Er merkte es ja nicht mal. (Zu mir gewandt.) An nichts und niemand liegt ihm außer seiner Scheißmusik. Hoffentlich bist du dir darüber klar. Meine Mami kann froh sein, daß sie ihn los ist, wenn du mich fragst. Er war ein miserabler Ehemann, und er ist ein miserabler Vater.«

Sie starrte auf mich herunter und wartete auf meine Reaktion. Sie war doppelt so groß wie ich.

»Tja«, sagte ich, »ein miserabler Liebhaber ist er nicht.«

Das machte sie mundtot. Sie schnupfte auf.

»Sandra!« mahnte Jennifer. Dann: »Hört mal alle her. Wir wollen irgendwo richtig nett essen, nur wir. Wen interessieren schon die Männer.«

»Mich«, sagte Frances, »und ich geh jetzt Douglas suchen.«

»Douglas?« sagte Jennifer. »Ich dachte, er hieße Jock.«

Jede Veränderung schien sie zu erschrecken.

»Mit Jock bin ich fertig. Der ist bloß ein Junge und so überflüssig wie ein Kropf. Douglas ist einer, der den Säbel hoch über den Kopf schwingt. Er kommt aus Ilvercuddy. Er ist ganz was anderes, ein richtiger Mann.«

»Aber der wird beim Empfang sein«, sagte Jennifer. »Mit all den anderen. Also komm mit Sandra und mir essen.«

»Nein, ist er nicht«, sagte Frances. »Die lassen die Schottischen Garden nicht rein, weil sie sich betrinken könnten. Nur Offiziere dürfen rein. Die sind echt stocksauer. Die stellen heut nacht die Stadt auf den Kopf.«

Gerüchte verbreiten sich im Reich der Jugendlichen sehr rasch.

»Ich weiß, du möchtest mich bremsen«, sagte Frances ängstlich. »Aber ich bin alt genug, um zu wissen, was ich tu. Alle anderen tun es (sie schaute mich drohend an, ihres Vaters Liebchen und das schwarze Schaf der Band) – wieso also nicht ich?« Damit zog sie ab, um, durfte man annehmen, ihre Jungfräulichkeit Douglas oder Jock oder sonst wem zu opfern. (Unter den Bärenfellmützen sind sie ja schwer zu unterscheiden.) Kein Zweifel, diese kräftigen, strumpfbebänderten, sockenbekleideten Waden unter schwingendem Kilt waren ziemlich unwiderstehlich. Und warum sich darüber Gedanken machen, wie sie selbst betonte.

»Sie wird Aids kriegen«, sagte Jennifer und weinte fast. »Und alles ist deine Schuld.« Sie stand auf dem französischen Marktplatz und drohte mir mit ihrem englischen Finger. Der Nagellack war abgesplittert. Ich machte sie darauf aufmerksam. Sie nahm es nicht zur Kenntnis. Es war die gewisse hellrote Farbe, die ich am wenigsten leiden kann. Ich ziehe beigerosa vor. Er mußte ja splittern, dachte ich, bei der vielen Hausarbeit, die sie machte.

»Was gibst du ihr auch für ein Beispiel?« wollte sie wissen. »Bist du dir nicht klar über deine Verantwortung? Wenn du mit einem verheirateten Mann etwas anfängst, hast du dich seinen Kindern gegenüber anständig zu betragen.«

»Warum?« fragte ich.

»Weil es eben anständig ist.« Sie schäumte und spuckte.

»Aber sie sind lästig.«

»Du übernimmst sie, wenn du ihn übernimmst.«

»Nein, tu ich nicht.«

»Er hat nicht erst an dem Tag angefangen zu leben, an dem er dir begegnet ist. Ein verheirateter Mann bringt seine Vergangenheit mit.« Sie zitierte Hunderte von Frauenzeitschriften. Ich sagte es ihr. Sie schäumte noch mehr.

»Du bist ein Ungeheuer!« rief sie, und ich dachte, damit hätte es sich, sie sei zu einem Schluß gekommen, und wir könnten jetzt vielleicht endlich essen gehen. Französische Restaurants sind nach zwölf schnell voll. Aber sie versuchte es noch auf einem anderen Wege.

»Als bekannte Persönlichkeit solltest du ein Beispiel geben!«

»Warum?« fragte ich. »Napoleon war eine bekannte Persönlichkeit und tat es auch nicht. Je schlechter sich bekannte Persönlichkeiten benehmen, desto bekannter werden sie.« Ich bin streitlustig, das stimmt.

»Ach, du mit deinen blöden Medien«, war alles, was ihr dazu einfiel. Sie mochte mich, obwohl sie mich verurteilte, ganz gern, so wie ich sie. Wir gingen miteinander mittagessen. *Crudités*, Steak mit Pommes frites, Obst und Käse, aber über dem Käse fing sie an zu weinen. Sie vermißte Sandy. Und jetzt kam der heißeste Teil des Tages, und ihr Hut war im Bus eingeschlossen, und was wohl mit Frances passierte – eben jetzt, während wir aßen, konnte der gefürchtete Virus von einem Mitglied der Schottischen Garde in ihren jungen Körper gelangen. Ich würde Jennifers Essen bezahlen müssen, weil Sandy ihr kein Geld dagelassen hatte.

»Sandy hin, Sandy her«, sagte ich, »kannst du dein Leben nicht selber organisieren?«

»Nein«, sagte sie. »Ich möchte, daß Sandy es organisiert.«

»Dann wirst du ewig weinen«, sagte ich und heiterte sie dann dadurch auf, daß ich sagte, Jack und ich könnten nicht anders, die Liebe habe ihre eigenen Gesetze und sei ein höheres Gut, das alles kleinere Unrecht überwände, und Frances würde selbstverständlich nicht Aids bekommen und würde sich mit Douglas aus Ilvercuddy weit besser amüsieren als mit einem Jungen daheim, der sie betrügen und enttäuschen würde und ewig in der Nähe bliebe, um sie daran zu erinnern. So wie die Dinge lagen, konnte Frances ihrem Douglas Liebesbriefe schreiben und sich einreden, daß nur die Umstände sie trennten, könnte ihre Liebe an den Busen drücken, das Gesicht wahren und für ihre Freundinnen ein Gegenstand des Neides sein, und wenn ich dazu beigetragen hätte, daß Frances ihre Jungfernschaft in einer französischen Kleinstdt an einen Soldaten verlor, dann war das gut und schön, dafür seien Soldaten da. Man denke nur an alle jüngeren Schwestern in den Romanen von Jane Austen – sobald das Regiment in die Stadt kam, waren sie auf und davon und nicht mehr zu halten, warum denn auch. Schottenröcke, Bärenfellmützen, schweißbedeckte Stirnen, tanzende Füße und aufgeblasene Backen – Wau! Hat Glück, die kleine Frances, sagte ich.

Da lächelte sie doch tatsächlich und merkte, daß sie Ziegenkäse aß, krümelig und weiß und nicht so zäh und ranzig wie importierter Ziegenkäse. Armes altes England, dem man den kulinarischen Abfall der Welt andrehte!

Sehen Sie, ein Gedanke führt zum anderen. Nach dem Mittagessen trennte ich mich freundschaftlich von Jennifer und legte mich auf dem Grashang, der am Fuß der Burg zum Festungsgraben abfiel, in den Schatten einer Eiche. Am anderen Ende des Wallgrabens wimmelten Tausende älterer französischer Bürger um das große Zelt, in dem die Nachmittagskonzerte stattfanden. Sie waren per Bus aus den umliegenden Dörfern angereist. Vier Stunden lang würden sie auf beengtem Raum, auf harten Stühlen und ohne Ventilation endlosem Stepptanzen, schwingenden Röcken, graziösen Verbeugungen und wildem (türkischem) Schenkelklatschen zuschauen, Zigeunerfiedeln und kreolische Klagelieder hören, Dreißigmannorchestern lauschen, die melancholisch-energische, aber immer volkstümliche Stücke spielten. Und das mit einer Intensität und Aufgeschlossenheit, die mich, eine bloße Astronomin, beschämte. Die Frauen trugen dunkle billige Baumwollkleider über ihren gepolsterten Körpern, ihre Arme waren fett und wabbelig, oder mager und nervig. Die Männer hatten kleine, scharfe, ältliche Augen, lederne sonnenverbrannte Haut und trugen speckige Sonntagsanzüge. So enden alle Bauern: nichts bleibt ihnen im Leben als mit dem Bus zu Folklorefestivals gekarrt zu werden, um Zeuge einer künstlichen Verherrlichung eines stumpfsinnigen und trübseligen Lebens zu werden.

Ich ertappe mich dabei, daß ich denke wie mein Vater, die Nazi-Bestie. Das kommt vor, wenn die Arbeitsmaschine abgestellt wird. Man merkt, wer man ist, wie ungut man sein kann. In der plötzlichen Stille des Nichtstuns, des Nichtsanstrebens hört man, wie die Furien einem um die Ohren flattern. Wenn es keine Akten zu schreiben, keine Diagramme zu entziffern, keine Vorträge zu halten, keine Essensgäste zu unterhalten gibt, sieht man Gespenster. Man vertreibt Hunde, die vor Schreck jaulen, wenn sie nur an einem geschnüffelt haben. Man ist ganz man selbst. Wohin war es mit mir gekommen, daß ich meine älteren bäuerlichen Brüder vergaß? Ich sprang auf die gerade vorübergaloppierende Rosinante des verrückten Jack und landete – nicht erst im Regen, sondern gleich in der Traufe. Die Wahrheit ist: man kann noch so viel vögeln, es hält einen nicht vom Denken ab, und die Zeit des Denkens war jetzt gekommen.

Ich fühlte mich verpflichtet, über meinen Vater nachzudenken, den Lieferanten jener Gene, die mir mein arisches Aussehen gaben, die klare Linie von Kiefer, Backenknochen, Nase, den ziemlich schmalen Mund, die kleinen regelmäßigen Zähne, die langen Beine – alles so ganz anders als bei meiner zigeunerischen Mutter Tamara, drall, dunkel und irgendwie diffus, und sie wiederum ein so wenig passendes Kind für ihre Mutter, meine Großmutter Susan. Die hatte das gewisse englische Pferdegesicht, wie man es am ausgeprägtesten in englischen Pfarrgärten antrifft, über Händen mit Baumschere in dicken Zwirnhandschuhen. Susan ging mit einem Zigeuner auf und davon, sie war, wie ich mir gern vorstelle, die Vorlage für das Mädchen in D.H. Lawrences Geschichten ›Die Jungfrau und der Zigeuner‹. Ich gehöre zu den Außenseitern, soviel ist sicher, ich bin das Ergebnis übertriebener Rassenmischung. Aus mir wäre nichts geworden, hätte nicht eine zufällige Genmutation mir die Art Verstand geschenkt, die für weltliche Geschäfte nützlich ist, mit der man gut rechnen, Examen bestehen, den Himmel studieren, einen neuen Planeten entdecken und ein Lehrtalent haben kann, das Talent, die unfaßbaren Tatsachen des Universums einem Fernsehpublikum begreiflich zu machen. Das erreiche ich, indem ich in einem Studio herumhampele und so tue, als sei ich die Sonne oder ein schwarzes Loch oder ein roter Zwerg oder sonst was, und den Doppler-Effekt demonstriere, indem ich Blechbläser auf einen Eisenbahnwagen setze und am Mikrophon vorbeisausen lasse – und damit imitiere, was Christian Doppler vor langer Zeit tat – lauter solche Sachen, und darin bin ich gut. Hören Sie, ich bin wirklich etwas, ich. Und gleichzeitig bin ich nichts. Ich bin der Schutt der Welt, das Produkt einer Reihe unüberlegter und unnatürlicher Paarungen zwischen den Stolzen, den Irren und den Mörderischen. Wenn in einer Familie erst einmal etwas verkehrt läuft, bleibt es dabei. Das Blasorchester, das ich engagierte, um den Doppler-Effekt vorzuführen, war eine Gruppe seriöser Langweiler namens River Kwai Beat. Hätte ich damals gewußt, was ich heute weiß, hätte ich die Citronella Jumpers genommen. Sie hätten ausnahmsweise den von der Musikergewerkschaft vorgeschriebenen Honorarsatz bekommen, ein seltenes Ereignis im Leben eines Musikers. (Und ich hätte ihnen wirklich imponiert.) Immerhin war es, wenn ich es mir recht überlege, der Susaphonspieler der River Kwai Beat, der mir die Visitenkarte der Citronella Jumpers gab. Die gab ich den Organisatoren der Hundertjahrfeier und lernte dadurch Jack kennen, den Sinn meines Lebens. Liebe auf den ersten Blick.

Ob wohl mein Vater, der Spender jener Gene, sich je verliebt hat? Oder habe ich die Fähigkeit dazu von der mütterlichen Seite der Familie? Die Sache mit den Genen fasziniert mich wirklich. Zwei ganze Sendungen habe ich der Evolution gewidmet – ich stelle fest, daß ich überzeugte Darwinistin bin, wenn ich etwa die Möglichkeit erwäge, es könne auf Athena, diesem miesen, kalten, kleine Planeten Leben existieren. (Unwahrscheinlich, die Chance steht im Grunde eins zu einer Trillion). Und während ich das den Zuhörern erklärte, sank meine Schätzung, die nie sehr hoch war, noch um 5%. Kein Mensch wollte das wissen. Was, kein Leben da draußen? Wo wir doch alle auf das UFO warten, dessen Eintreffen alles erklärt. Jemand muß es doch.

Ich frage mich, ob mein Vater groß oder klein war? Alles, was ich von ihm weiß, stammt aus einem alten Zeitungsausschnitt, und schon im vorigen Jahrhundert hatte Mendel jedem Interessierten erklärt, daß sich Gene nicht mischen. Nicht die Länge meines Vaters und der Kleinwuchs meiner Mutter machen mich mittelgroß. (Mein Kopf reicht Jack bis ans Kinn: was für eine Lust, zu einem Mann aufzublicken. Um Matthews Blick zu erwidern, mußte ich die Augen niederschlagen.) Nein, wir erben Merkmale von einem männlichen und einem weiblichen Elternteil, werden aber keine Hermaphroditen, nicht wahr? Ich kann also nicht von mir auf meines Vaters Erscheinung oder Wesen rückschließen. Was wir haben, sind Partikel der Erbmasse, Männlichkeit besteht aus Abermillionen vererbbarer Partikel und Weiblichkeit genauso. Je nachdem, was überwiegt, werden wir männlich oder weiblich. Sozusagen durch Mehrheitsbeschluß. Wir erben wahlos alles mögliche, was für unser Überleben unwichtig, nur eben nicht kontraindiziert ist. Wir können (als Spezies) recht gut überdauern mit dem Rudiment eines Wurmfortsatzes, er ist belanglos, wie die Streifen beim Zebra. (Die schizophrenen Gene werden sich zweifellos schließlich wegzüchten lassen, Erbpartikel für Erbpartikel. Ja, schließlich. Bis dahin ist es schlimm.) Wir haben, als menschliche Wesen, einen gewaltigen Überschuß an Intelligenz, die für unser Überdauern als Spezies unnötig, ja sogar kontraindiziert ist. Die Mongoloiden mit ihrem zusätzlichen Chromosom scheinen zweckmäßiger ausgestattet als wir; eben gescheit genug, um zu essen und sich durchzubringen, mit einem aktiven Fortpflanzungsdrang und weit weniger anfällig für selbstmörderisch-kriegerisches Verhalten als wir, die wir in akuter Gefahr sind, uns auszulöschen, was, soweit wir wissen, bis jetzt noch keine andere Spezies getan hat. Aus diesem Thema habe ich keine Sendung gemacht – die Sendeleitung hätte sie zensiert. Von Mongolismus anders zu sprechen als mit gedämpftem Mitgefühl, wird einfach nicht geduldet, und von nuklearem Todeswunsch zu sprechen, riecht nach Atomgegnerschaft und schlechten Manieren. Ich, die Sterndame Sandra, habe die Absicht, dem Evolutionsprozeß dadurch weiterzuhelfen, daß ich mich nicht vermehre. Möglicherweise laufen über hundert Halbbrüder und -schwestern von mir herum (lebende Beweise für die überschüssige Intelligenz des Menschen und für meines Vaters wissenschaftlichen Forscherdrang), die nicht notwendigerweise empfinden wie ich. Peng, peng, du bist tot! Jetzt hab ich dich erwischt! Das wird dich lehren, der Natur ins Handwerk zu pfuschen! Untaugliche auszumerzen, mit deiner höchst speziellen, darwinistischen Mischung aus Willkür und Zielstrebigkeit, die dir schon damals, noch vor den Zeiten knalliger Schlagzeilen das Etikett »der wahnsinnige Sadist von Biarritz« eingetragen hat. Du hättest es mit der Kosmologie als Hauptberuf versuchen, Daddy, dir nicht die Genetik als Hobby wählen sollen. Doch damals war dieser Wissenschaftszweig noch kaum erfunden, in den Zwanziger-, Dreißigerjahren, als man dir deine spezielle Weltanschauung verpaßte.

Heute gebe ich es zu: Als ich merkte, daß die irrsinnigen Geschichten meiner Mutter über meinen Vater gar nicht irrsinnig waren, sondern die reine Wahrheit, war das ein schwerer Schock. Das passierte, als ich fünfzehn war (in Frances' Alter). Ich beschloß, nie Kinder zu bekommen und nie zu heiraten. Ersteres ist mir infolge von drei Abtreibungen gelungen (ich bin bemerkenswert fruchtbar, das jedenfalls hat man mir gesagt, mein Körper versteht es geschickt, empfängnisverhütende Maßnahmen zu vereiteln), beim zweiten habe ich versagt, das ist schade. Ich las in Oxford über theoretische Mathematik, arbeitete eine Zeitlang an einem Raumfahrtprogramm (Mathematiker verschlägt es überall hin), wurde Kosmologin und entwickelte dann ein Interesse für einfache Astronomie von der Sternguckerart. Unser Forscherteam arbeitete für das Greenwich Observatorium. Ich sah diese Periode eigentlich als eine Art Sabbat an, und es war mein Glück und weniger das Resultat meiner besonderen Bemühungen, daß ich als erste die Existenz von Athena als gegeben voraussetzte und dann nachwies. Bis dahin hatte ich natürlich Verhältnisse, hatte mich sogar in verschiedene Männer verliebt: die meisten wollten Kinder, und die, die keine wollten, gefielen mir nicht. Traurig. Einen Porsche und einen geruhsamen Jahresurlaub im Ausland dem Zeugen von Kindern vorzuziehen, mag vernünftig sein, liebenswert ist es nicht. Meine komplexeren Gründe, kinderlos zu bleiben, schienen mir sowohl vernünftig wie nobel, doch hatte ich selten den Wunsch, über etwas so Komplexes oder gar über meine Familiengeschichte und -schande mit Männern zu sprechen, die ich liebte oder mochte, oder von denen ich glaubte, sie könnten mir in der Welt vorwärtshelfen, das heißt Professoren, Chefs und dergleichen. Sie hielten mich daher für hart und unfreundlich und zäh wie Leder, was ich natürlich nicht war. Es ist nicht leicht, gegen den blinden Instinkt anzukämpfen. Es ist nicht leicht, Babys zu beseitigen, die es schon so weit, so sehr weit in Richtung lebensfähiger Existenz geschafft haben und nun ausgelöscht werden müssen, ihrer Chance beraubt, weil ich, wie mein Vater in seiner Art, beschlossen habe, meine überschüssige Intelligenz zu nutzen und die Pläne der Evolution zu durchkreuzen. Immerhin hatte ich ja meine Arbeit weiterzumachen.

Doch nach der »Entdeckung« von Athena, diesem elenden Steinklumpen auf ferner, unwahrscheinlicher Umlaufbahn – denn wann genau ein Asteroid zum Planeten wird, ist nur eine Frage der Größenordnung, aber die Royal Astronomical Society war knapp bei Kasse (wer ist das nicht?) und konnte ein bißchen Publicity gut brauchen, und es gibt nichts Besseres, um Aufsehen zu erregen und den Mitgliedsbeitrag zu erhöhen als einen neuen Planeten, und manchmal denke ich, Athena wurde mir möglicherweise geradezu in den Weg gelegt, in einer dunklen Nacht, und ich habe sie gar nicht entdeckt, aber egal, ich habe nach Ansicht der Psychotherapeutin, die ich einmal aufgesucht habe, kein sehr ausgeprägtes Selbstwertgefühl, deshalb kämpfen Allmachtsanspruch und Paranoia dauernd in meinem mickrigen (sehen Sie!) Busen, und es fällt mir schwer, mir einen echten Erfolg zuzurechnen –, kam ich jedenfalls oft ins Fernsehen, und auf dem Bildschirm sehe ich besser aus als sonst (dank dir, Daddy, für deine arischen Backenknochen, deine magere gerade Nase, deine ziemlich eckigen Schultern und deine schmale Taille: du hast fabelhaft ausgesehen in deiner SS-Uniform, die genau für solche wie dich entworfen wurde), und ich bekam dauernd Anrufe und Briefe von einem gewissen Matthew Sorenson, der mich im Grunde wegen meines Verstandes, meiner Unabhängigkeit und wegen der Art bewunderte, mit der ich mit dem Erfolg umging. Mit anderen Worten, Ruhm »machte ihn an«. Er sagte, er sei Rechtsanwalt. Das wiederum machte mir Eindruck, und ich willigte ein, mit ihm essen zu gehen, und ehe ich es recht gewahr wurde, war er ständiger Besucher in meiner recht netten Zweizimmerwohnung in Bayswater, in der er auf- und abging und redete, redete, über Gott und die Welt. Das gefiel mir recht gut. Die meisten Leute, die ich kannte, verstanden nur über ein, zwei Themen zu reden – wenige kamen weit über das Spektrum des allzu Menschlichen hinaus. Er hatte ein rosiges Gesicht – er trank viel – und ziemlich wichtigtuerische Kinnladen. Im Bett gefiel er mir überhaupt nicht, was mich nicht davon abhielt, von Zeit zu Zeit mit ihm in eins zu steigen. Nicht daß das Gespräch nicht interessant gewesen wäre, nur sehnte ich mich manchmal nach Schweigen, und das Rammel-Rammel-Grunz-Grunz geistlosen Geschlechtsverkehrs kam dem am nächsten. Vor Matthew gab es kein Entrinnen, ich weiß nicht, wie das zuging. Er war immer da: wenn ich die Haustür öffnete, wenn ich aus dem Studio heimwollte, am Telefon im Obervatorium, er holte mich zum Essen ab. Er kaufte mir Schmuck. Schmuck! Er stellte mich seinen Freunden vor, auf die ich Eindruck machte, ich, die erfolgreiche Frau. Wie sie alle redeten, lachten, schlau und geistreich kommentierten, als sei die Welt nur dazu da, damit sie Bemerkungen darüber machten, und als sei alles Leiden in ihr nur Stoff für ihre Geistreicheleien. Ich erinnere mich, wie Matthew mich nach einem besonders geistreichen Abend in seinem Mercedes heimfuhr (einem recht schneidigen kleinen Vehikel) und ich ihm auf der Schwelle den Abschiedskuß gab und er leidenschaftlich stöhnte: »Warum läßt du mich nicht hinein? Du hast es doch vorigen Sonnabend getan.« (Er hatte ein tolles Gedächtnis für Namen, Orte und Daten, die mich irgendwie nie recht überzeugten.) Ich wartete, bis er weg war, und fuhr dann mit der U-Bahn, nur um wieder unter gewöhnlichen, sprachungewandten, müden, stolpernden Menschen zu sein. Warum, fragen Sie, habe ich ihn dann geheiratet? Weil er meine Fluchtwege immer mehr einschränkte, bis sie alle blockiert waren außer dem einen, an dem »Heirat« stand, dem einzigen, den ich fand, als ich blind und benommen hierhin und dorthin rannte, mit der Presse am Telefon, den Kameras vor der Tür, den Journalisten, die von mir wissen wollten, wer heuer der schlechtest angezogene Mann sei und welches mein Tierkreiszeichen war, und den Organisatoren von literarischen Essen, die mich als Sprecherin wollten. Ich hatte das Gefühl, nur Rechtsberater und Anwälte könnten das alles ins rechte Lot bringen, weil sie sich darüber lustig machten. »Sandra, Liebling, du wirst das doch nicht ernst nehmen. Du bist eben eine Sensation!« Und so heiratete ich schlicht und einfach Matthew und zog zu ihm in sein Haus in Dulwich, aus dem seine vorige Frau vor ungefähr einem Jahr ausgezogen war, unter Zurücklassung ihrer sehr geschmackvollen, langweiligen, unverwüstlichen, reinwollenen, meergrünen Teppichböden, ganz zu schweigen von dem Mixer, in dem noch immer ein Schnitz verschimmelter Karotte steckte. Man fühlte sich in dem Haus wie auf der »Marie Céleste«*.

»Hatte sie es denn so eilig?« fragte ich.

»Nicht eilig genug für mich«, war alles, was er düster äußerte, und ich überlegte, womit sie ihn gekränkt haben mochte. Es hätte mich warnen sollen.

»Aber was hat sie denn *getan*?« fragte ich.

»Was Ehefrauen so tun«, sagte er. »Nichts.« Das hätte

* Ein amerikanisches Schiff, das 1872 auf dem Atlantik angeblich verlassen, aber unter vollen Segeln aufgefunden wurde. In Wirklichkeit hatte der Finder, ein spanischer Kapitän, wohl die restliche Besatzung aufgenommen und das Schiff als »herrenlos« gefunden bezeichnet.

mich noch mehr warnen sollen. »Aber du wirst nicht so sein, nicht wahr? Du wirst dich weiter für Dinge außerhalb des Hauses interessieren. Für deine kleine Sendung.«

Jetzt, wo wir verheiratet waren, war meine Sendung kein größerer Beitrag zu den irdischen oder himmlischen Angelegenheiten mehr, sondern nur mehr eine »kleine Sendung.« Aber was hatte ich erwartet? Warum sollte es für mich anders sein als für die Frauen im allgemeinen. Ich leistete meinen Beitrag zu den Gesprächen bei Tisch, Ideen für das Programm des nächsten Monats wurden aufgeworfen bei Parmaschinken mit Melone, über der Himbeermousse bestätigt und über ziemlich minderwertigem Ziegenkäse verworfen. Ich bot einen ganz netten Anblick am Ende des Eßtischs, und allmählich waren weniger Anwälte und dafür mehr Richter zu meiner Linken und Rechten. Das, so schien es, war der Zweck der Übung, der Zweck der Heirat. Matthew wünschte zum Richteramt zugelassen zu werden. Es war, wie ich fand, kein zu schlechter Handel. Matthew zahlte mir Kost und Logis, und ich konnte mein nicht unbeträchtliches Gehalt sparen. Das Fernsehen zahlte mir zumindest einige meiner Kleider, und der Steuerprüfer war freundlicherweise damit einverstanden, daß ich alle übrigen als Sonderausgaben absetzte, und Matthew ermutigte mich geradezu, mir die gewissen kleinen Schwarzen zu kaufen, die er bei einer vollendeten Gastgeberin von Dinnerpartys für passend hielt. Ziemlich langweilige Designerzeitschriften kamen und machten Innenaufnahmen von unserem Haus. Die ›Mail‹ wählte uns für eine Folge von ›Wer kommt sonntags zum Essen?‹ Und Matthew trommelte vier Richter und deren Ehefrauen zu einem sehr traditionellen Roastbeef zusammen.

»Gut gemacht, Sandra«, sagte er bei dieser Gelegenheit. »Ich bin sehr stolz auf dich. Wenn du nun noch die Presse dazu bringen könntest, mit diesem ›Sterndame‹-Blödsinn aufzuhören.«

»Sie würden schon aufhören«, sagte ich rasch, »wenn du sie nicht immer ermutigen würdest.«

»Du liebe Zeit«, schnaubte er – ich war sicher, daß er sehr bald Richter wurde, er sah bereits so aus, hatte etwas Gespreiztes und die Gewohnheit, Dinge falsch zu interpretieren und ganz plötzlich mitten im Satz einzuschlafen, brauchte sich also wirklich keine Sorgen zu machen –, »ich ermutige sie nicht. Diese windige Blase, dieser Medientrottel, diese Rinnsteinpresse, deines-, nicht meinesgleichen.« Dabei glaube ich nicht, daß er zwischen ›Schöner Wohnen‹ und ›Welt der Frau‹ unterscheiden konnte.

»Jedenfalls«, sagte er etwas schwach, »ist es eine prekäre Geschichte. ›Sandra‹ ist schon schlimm, ohne daß man ›Sterndame‹ davorsetzt.« Ich war eine Deklassierte. Nachdem wir einmal verheiratet waren, machte er mir das sehr klar. Ich hatte keine anständige Familie. Susans Vater, mein Urgroßvater, war Bischof gewesen, doch das war lange her und zählte nicht mehr. Die Frauen um den Eßtisch (Freundinnen möchte ich sie nicht nennen) trugen die Namen aus englischen Grafschaften: Melissa und Amanda und Fiona – aber Sandra? Woher kam denn das? (Clare war diejenige unter den Gästen, die ich liebgewann. Auch sie hatte ihren Anwalt geheiratet, mehr oder weniger zufällig, und ihre prinzipiell schuldbewußte Miene half mir über manchen sprühend-gräßlichen Abend hinweg).

»Ich will ja nur sagen«, sagte Matthew, »mach ja keinen Wirbel.«

Er setzte den Satz in Anführungszeichen und lachte sehr selbstzufrieden. Wie schlau er doch war. Die Sprache der Straße! »Nicht gerade jetzt.«

»Wie meinst du das?«

»Keinen Skandal!« sagte er. »Nicht oben ohne baden, keine durchsichtigen Blusen. Nichts, worauf die Presse sich stürzen kann.«

»Ich pflege mich nicht öffentlich zur Schau zu stellen.« Das stimmte. Im Grund genoß ich die Sittsamkeit meiner Kleidung, überhaupt den Eindruck von Solidität und Verläßlichkeit, den ich auf dem Bildschirm machte. Ich wußte, daß es nur ein Witz war, aber nur sehr wenige andere wußten es, die (was selten vorkam, denn ich hatte viel Arbeit und war müde vom Kochen) mir den Rock hoben und die roten Strumpfbänder entdeckten, zu einer Zeit, in der andere Frauen Strumpfhosen trugen und Strapse eindeutig nicht mehr dazu dienten, Strümpfe zu befestigen. Für Matthew zog ich ein altes Flanellnachthemd an – es schien kaum der Mühe wert, etwas anderes zu tragen. Grunz, grunz, ächz, ächz – und ewig die gleiche Stellung.

»Was für Missionare gut genug ist, ist auch gut genug für mich.«

Wäre nicht die enteilende Zeit gewesen, die Frauen mit Geist und Ehrgeiz so sehr zusetzt – hätte ich mich mit Matthew gut amüsiert. Es war nicht die Hölle. Irgendwo muß man ja leben.

Es war ungefähr einen Tag nach seiner Bitte, kein Aufsehen zu erregen – es muß ein generelles Schuldgefühl sein, weswegen die Männer so überzeugt davon sind, daß ihre Ehefrauen stets drauf und dran sind, ihren Sturz herbeizuführen – man denke nur an Adam, der den Apfel aß und Eva dafür die Schuld gab – und das, nachdem er sich seinen früheren Frauen gegenüber so schlecht benommen hatte, Lilith (die widersprach) und Talith (die unaussprechlich töricht war), daß er keinerlei moralische Verantwortung mehr für sich übernehmen konnte –, daß wir zu der Festivität bei der Astronomical Society im Observatorium fuhren. Irgendeine Hundertjahrfeier, eine PR-Aktion.

Es war ein wunderschöner Frühlingsabend. Das Essen wurde im Freien unter einer Markise serviert, die Themse floß majestätisch vorüber und hatte damals auch noch hie und da einen lebendigen Fisch aufzuweisen und nicht diese scheußlich mit dem Bauch nach oben treibenden. Was Rang und Namen hatte, war da. Sie wissen ja, wie das bei solchen Anlässen ist. (Wenn Sie es nicht wissen, haben Sie nicht viel versäumt außer vielleicht der Gelegenheit, sich fein anzuziehen). Bei so was trifft ein Mädchen sehr selten den Mann ihrer Träume. Die Männer sind zu sehr in festen Händen. Streit bricht fast nie aus, das Essen ist unauffällig, Kollegen treffen Kollegen und vergleichen ihre Notizen, Kontakte werden geknüpft, man bekommt Informationen über freie Stellen in der Welt der Astronomen. Immer sind ein paar Fotografen dabei und Kameraleute und Toningenieure von einem regionalen Sender, nicht von einem nationalen, ein paar ziemlich gelangweilte, gähnende Presseleute und die Stützen der Klatschkolumnen, selten was Gescheites. Dabei war neuerdings natürlich auch öfter ich, Sterndame Sandra, immer gut für ein, zwei Schnappschüsse, und für die Frage, was für sie in den Sternen steht, – nicht daß es jemand draußen interessierte, aber wenn die nicht interessant ist, wer denn dann? Von ein paar milden Ausnahmen abgesehen sind Astronomen insgesamt langweilige, unansehnliche Leute, nur untereinander von Interesse – zumindest bis ich und

Athena in die Schlagzeilen gerieten, was, wie ich zugebe, die Leute etwas aufrüttelte. Wie auch immer, ich war dabei, in einem dünnen weißen Seidenkleid mit einer hochanständigen, bis obenhin zugeknöpften Vorderfront, aber ein ganz kleines bißchen zu eng – nach all diesen Dinners, was erwartete Matthew denn? –, und meine Brüste, wenn auch klein und kaum der Mühe wert, in einen Büstenhalter gepfercht zu werden, was ich deshalb nie tue, haben etwas kühne Brustwarzen.

»Also, Sandra, hör mal –«

»Was? Was ist denn?«

»Nichts. Nichts.« Brüste brachten ihn in Verlegenheit. Brustwarzen noch mehr. Ich war eigentlich erstaunt, daß er so eisern bei der Missionarsstellung blieb, die ihn so in intimen Kontakt mit diesen Fleischhügeln brachte. Ich glaube nicht, daß ich damals Matthew so wenig gern hatte, wie es jetzt scheint, nur daß er am nächsten Tag allerlei Unverzeihliches beging.

Da war ich also, und da war die Band und ergänzte das Brady Quintett, das sehr ordentlich spielte, Auszüge aus der Wassermusik und (natürlich) ›Jupiter‹, aus Holsts ›Die Planeten‹ und ein bißchen Mozart, und ein schottisches Dudelsack-Ensemble, das sentimentale schottische Weisen zu Gehör brachte. Dann setzten die Citronella Jumpers lautstark ein. Ich trinke nie bei solchen Anlässen, ich gehe gern mit klarem Kopf heim, um die ganze Sache am nächsten Morgen ohne Kater gut und gern hinter mir lassen zu können. Diesmal aber dachte ich, zum Teufel, und trank. Ich trank ein Glas Champagner nach dem anderen und beobachtete die Band.

Karl war der klassisch schönste, Pedro der seelenvollste, und Sandy warf geile Blicke in die Menge im allgemeinen und auf mich im besonderen, Jack der verrückte Trompeter aber war der Richtige für mich.

Lassen Sie mich erwähnen, daß ich für gewöhnlich Männer nicht mit gierigen Raubtierblicken mustere, aber an diesem Abend überwältigte mich die Aussicht, die Frau eines Richters zu werden, und ich kämpfte dagegen an. Ich wollte Matthew ärgern. Sie finden es vielleicht banal und töricht von mir, aber was soll ein armes Frauenzimmer tun? Das heißt, eine Frau, eben zweiundvierzig und nie ein Kind gehabt und auch keins gewollt und keins gebraucht; deren Leben irgendwie unbefriedigt ist: die Vergangenheit so fest und ordentlich weggepackt, vergessen, Begeisterung und auch Niedergeschlagenheit geleugnet, durchgestrichen mit dickem schwarzem Strich. Mit dem eigenen Glück einen Kompromiß geschlossen, wie Frauen es oft tun, weil sie müssen. Doch für mich gab es kein »müssen« – ich hatte beschlossen, in dieser speziellen Rolle mit dem Strom zu schwimmen, ich tat wie eine Frau, ohne wirklich eine zu sein, weil ich, wie ich immer glaubte, infolge meiner Geburt kein Recht auf eine Durchschnittsexistenz hatte. Deklassiert, denaturiert, annulliert – verzweifelt, wenn Sie so wollen. Ich klammerte mich an Jack, den verrückten Trompeter – Jazzmusiker sind aus freien Stücken deklassiert, rechtlos –, als sei er ein Baumstamm und ich im Begriff, eine Felswand hinunterzustürzen. Ach, ein Baumstamm, wie passend, aber ich glaube, damit hatte es nichts zu tun. Ich glaube, auch wenn ich mit jemand verheiratet gewesen wäre, den ich aufrichtig liebte, mochte und bewunderte, ich wäre an diesem Abend trotzdem mit dem verrückten Jack durchgegangen. Sagen Sie meinetwegen, gleich und gleich gesellte sich. Nur gleich und gleich erkennt sich.

Es war Greenwich, wo die mitteleuropäische, die mittelmäßige Zeit herkommt, da strahlen die Sterne besonders hell, weil sie dort zum erstenmal dem Studium der Menschen ausgesetzt waren. »MEZ, mitteleuropäische« Zeit sang ich in unserem Haus in Greenwich vor mich hin, wenn ich eine Untertasse zerbrochen oder die Sauce hatte anbrennen lassen, zu Matthews Ärger. Ich erklärte ihm, das sei ein Witz, aber das konnte er nicht einsehen. Ach, sprechen wir nicht mehr von Matthew, vergessen wir ihn. Der grüne Rasen leuchtete unter meinen silbernen Sandalen, und mein Kleid war viel zu eng. Es klebte mir am Körper, es umschlang mich, als hätte der Stoff die Rolle des Liebhabers übernommen. Jack sah mir tief in die Augen, gab mit dem Fuß den Takt vor, hob die Trompete zu einem kaum noch unschuldigen Steigungswinkel und ließ sie singen, für mich, vor mir, über mich, an mich, von mir – ich würde sagen: in mich hinein. Was sollte ich tun? Ich konnte nur eines tun, für ihn tanzen. Bei nicht vielen von uns kommt es zu so etwas. Nicht vielen von uns kommt es dabei, wenn Sie mir den unpassenden Ausdruck verzeihen. Am Schluß der Nummer lächelte Jack, und ich sah, wie Matthew sich nervös, aber auch angriffslustig durch die tanzenden Astronomen und ihre Groupies drängte, oder besser gesagt schlängelte, wie ein Schiff im feindlichen Hafen – man bekommt Astronomen nicht leicht dazu, daß sie tanzen, ich glaube, die Wassermusik des Brady Quintetts hatte ihre Energie vollständig erschöpft –, um mich nach Hause zu bringen oder wenigstens mit mir zu tanzen, damit meine Vorstellung mit Armeausbreiten, Händewedeln, Hüftrollen – mein Solotanz – nicht mehr Aufmerksamkeit erregte als unbedingt nötig. Sterndame Sandra benahm sich selten so, deutete aber manchmal an, sie könnte, wenn sie wollte, und man würde sie vielleicht eines Tages dabei erwischen, wenn man nur genau genug hinschaute: diese Mrs. Sandra Sorenson, Sie wissen schon, die Frau des Oberrichters – durfte sich nicht erwischen lassen. Daher erwiderte ich Jacks Lächeln nicht, das wäre zu ordinär gewesen, warf ihm vielmehr einen ernsten, entschlossenen Blick zu, mit dem sofort alles besprochen ist, von der gleichen Art, aber natürlich mit einem anderen, interessanteren Zweck, wie Autofahrer an der Kreuzung, die mit Hilfe der telepathischen Kommunikation dieser Blicke beschließen, wer die Vorfahrt hat, und unfehlbar danach handeln. Jack deutete mit einer Kopfbewegung auf das Gebüsch, und ich folgte ihm dorthin. Matthew blieb glotzend zurück.

»Weißt du auch, was du tust«, war das erste, was Jack mich fragte.

»Ja«, entgegnete ich. Mein Kleid war aufgeknöpft und lag mir um die Füße, und ich trat aus ihm heraus.

»Du hast doch nicht getrunken?« war das zweite.

»Nicht nennenswert«, sagte ich.

»Ich möchte keine Situation ausnützen«, war das dritte, als er meine Brüste küßte und an meinen Brustwarzen knabberte. Weiter möchte ich nicht berichten, denn ich liege hier im Schatten und versuche meine Vergangenheit zu bewältigen und will nicht total in erotischer Betäubung versinken. Meine Aufgabe ist jetzt, die Wahrheit auszusprechen, nichts vor mir zu verheimlichen und die Schichten meiner Vergangenheit eine nach der anderen abzuschälen wie bei einer Zwiebel, ganz gleich, wie sehr ich dabei weinen muß. Sex ist das große Vergessen, die starke Droge, der große Trost, der große Tränentrockner, der Antreiber, der Mutmacher, ein Meßglas für das eigene Ich. Es zeigt voll an oder leer oder einige Grade dazwischen. Ich verändere meine Lage auf dem harten Boden. Das Gras ist nicht weich genug. Ich will ein Bett, und darin Jack.

Genug. Ich bin eine, die keine Zeit verschwendet. Dieser Urlaub, dieses Davonlaufen, dieser Anfang eines neuen Lebens muß mir, was auch daraus wird, die Zeit zur Selbstfindung liefern. Jeder Tag besser als der vorige, ein Schritt weiter auf dem Weg zum Verständnis. Wenn die Sterndame Sandra auf dem Rücken und mit geschlossenen Augen in der Sonne liegt, glauben Sie ja nicht, daß nichts geschieht.

»Ich liebe dich«, war dann das nächste, was ich zu Jack sagte. Nun bin ich nicht so dumm, daß ich das beim Sex jedem Mann sage (außer dem Verlobten oder Ehemann, der notwendigerweise zuhören muß, wenigstens von Zeit zu Zeit). Einen fremden Mann bringt es total aus dem Takt, die Aussicht auf Komplikationen, die Angst vor künftigen weiblichen Leiden. Da ich es aber so empfand, sagte ich es.

»Das kannst du doch nicht sagen«, sagte er verblüfft.

»Warum nicht?«

»Du kennst mich doch kaum.«

»Gut genug.«

»Du bist demnach ein Mensch von raschen Entschlüssen?«

»Ja.«

Ich sah ihn lächeln, oder fühlte ich nur, daß er lächelte? Der Mond stand hinter einer Wolke in Form eines Wiesels, doch ist das Licht des Großen Bären über Greenwich nicht zu verachten – ich könnte es gesehen haben.

Stimmt, es ist absurd, so geduldig und ernsthaft die Wahrheit zu erforschen, wo doch Selbsttäuschung so viel angenehmer ist. Die Wahrheit ist in jedem Fall nichts Bleibendes, sie verändert sich von Tag zu Tag. Selbst daß zwei und zwei vier macht, worauf wir immer vertraut haben, ist nicht länger verläßlich. Durch die Annahme, daß zwei und zwei vier sind, erreichen wir den Mond und kommen damit durch, denn für alle praktischen Zwecke sind zwei und zwei immer noch vier, aber es ist Tatsache, daß sie nur *ungefähr* vier ausmachen. Das Addieren bringt die unseligen Zahlen aus dem Lot. Versuchen Sie doch mal, sich der Vier durch immer mehr und mehr Bruchteile zu nähern – Sie werden nie im Leben hinkommen. Die Komponenten des Universums sind zu verschwindend klein, zu sehr damit beschäftigt, ihre verschwindende Kleinheit zu vergrößern, jedwede Energie darauf zu verwenden, sich zu vereinigen. Wir großen, klobigen, schwerfälligen Kreaturen, die wir uns im Makrokosmos bewegen, nach dem Mond greifen, wissen wenig oder nichts von jenen anderen Mikro-Ordnungen. Hol's der Teufel, Jack lächelte. Ich könnte schwören, daß er im Licht des wieder hervortretenden Mondes lächelte. Es gefiel ihm, schreckte ihn nicht ab, er wußte, wie selten dieses Gefühl war, und daß ich die Wahrheit sagte. »In diesem Fall«, sagte er, »bleiben wir am besten zusammen. Wie heißt du denn?«

»Sandra Harris«, sagte ich. Jeder konnte so heißen. Er äußerte auch nur: »Hallo, Sandra.«

»Hallo, Jack«, sagte ich. Seinen Namen wußte ich. Er hatte sich vorgestellt, als er die Band vorstellte. »Jack der verrückte Trompeter« hatte er sich genannt. Was für ein Genuß, nach meiner Mutter, nach Robin dieses Wort so unbekümmert verwendet zu hören. Nicht die pechschwarze teuflische Seite in uns, sondern die perlende Munterkeit des Geistes, die in seiner verrückten Musik durchklang.

»Du bist mit deinem Mann da, nehm' ich an«, sagte er als nächstes.

»Nein«, sagte ich. »Er ist mit mir da. Ich bin astronomische Schreibkraft.« Nun ja, in gewisser Hinsicht stimmte das. Ich war den Royal Astronomers verantwortlich. Lügen müssen der Wahrheit immer so nah wie möglich kommen.

»Ich muß zurück, zur nächsten Nummer«, sagte er; »bleib du hier«, und ich lag auf dem Rücken in den Ästchen und Blättern, von seinem Jackett zugedeckt und sah hinauf zum Großen Bären und lauschte ›Hindustan‹ und ›If you knew Susie‹ und Jack, der für mich spielte, und ich dachte an nichts, nicht einmal daran, wo Matthew war.

Nach der letzten Nummer traf ich mich mit Jack in dem alten Ford-Transit-Wohnmobil, in dem er lebte, und blieb die ganze Nacht bei ihm.

»Wie sieht es denn bei dir aus?« fragte er. »Bist du bereit, bei mir zu bleiben?«

»Ja.«

»Und dein Mann hat nichts dagegen?«
»Wir gehen getrennte Wege.«
»Keine Kinder?«
»Nein.«
»Gott sei Dank.«

Der Wagen war zum Behelfswohnwagen umgerüstet. Das Bett bestand aus einer Schaumgummimatratze auf dem Boden, es gab Fächer für ein, zwei Bücher. Er las über Wirtschaft und ›Small is beautiful‹ und ›The maggot‹ von John Fowles. Seine Garderobe war nicht umfangreich, aber sauber zusammengelegt. Ebenso sauber war das Geschirr gestapelt. Ein Wasserbehälter aus Plastik hing an einem Haken: er war ein ordentlicher Mensch. Der Wagen roch nach Sex, Knoblauch und Zahnpasta, eine gute Mischung, fand ich. Wir blieben auf dem Parkplatz, kämpften die ganze Nacht am Boden und schliefen ein ganz klein wenig, eng umschlungen.

Wir frühstückten Eier mit Speck in einem Café hinter Kings Cross. Ein Lokal sah für mich so ziemlich aus wie das andere. Ich ging aufs Klo und wusch mir dort am Waschtisch das Gesicht. Über meinem weißen Kleid trug ich ein Hemd von Jack. Es war fünf bis zehn Zentimeter länger als das Kleid. Ich fand, es sähe recht gut aus. Mein Mund war geschwollen und mein Kinn zerkratzt, und das fand ich gut und schön. Meine Arme und mein Hals waren von Bissen gezeichnet.

»So, wie du aussiehst, kannst du nicht nach Hause«, sagte er.

»Ich weiß«, sagte ich.

Er erzählte mir etwas von Anne: Er hatte sie vor einem Jahr verlassen – auf ihren Wunsch. Ungefähr einmal im Monat ging er hin, um nachzusehen, wie es ihr ging, und um die Waschmaschine zu reparieren. Sie schliefen nicht miteinander. Seine Tochter Frances arbeitete für die Prüfungen zur mittleren Reife. Sie waren getrennt, aber frei und blieben Freunde.

»Da muß es doch noch etwas gegeben haben«, sagte ich.

»Sie hat mich vor ein Ultimatum gestellt«, sagte er, »meine Musik oder sie.«

»Und du hast die Musik gewählt.«

»Ich wollte nicht ihr dressierter Pudel sein«, sagte er.
»Natürlich nicht«, sagte ich.

»Jetzt habe ich dich gefunden«, sagte er, »und möchte dich ungern wieder verlieren. Komm und leb mit mir und sei meine Liebste, in einem über einem Gully geparkten Wohnwagen.«

»Einverstanden«, sagte ich.

»Kannst du denn so ohne weiteres deine Stellung aufgeben?« fragte er erstaunt.

»Doch ja«, sagte ich. »Sie bedeutet mir nicht viel.« Tat sie auch nicht.

Wir gingen zurück in den Wohnwagen. Er hatte Vorhänge an den Fenstern – im Hippie-Stil. Wir liebten uns. Ich brauche diesen Ausdruck absichtlich. So etwas kommt vor. Busse zischten vorbei, Taxiuhren tickten draußen, die Sirene eines Streifenwagens ließ uns beide hochfahren. Die Köpfe der Vorübergehenden waren in Fensterhöhe. Wenn sie herein- oder herunterschauten – was kümmerte es uns. Wir schufen das All neu, sie waren also nur das Rohmaterial für unsere Träume.

»Du nimmst doch irgendwas«, sagte er. »Ich meine, du triffst doch Verhütungsmaßnahmen.«

»Ja.«

»Gut.« Von Aids hatte er nie gehört, oder wenn, wollte er es nicht zur Kenntnis nehmen. Und ich erinnerte ihn auch nicht daran. Es wäre ein Tod, für den zu leben sich gelohnt hätte. Mit Jack vögeln und dann sterben? dachte ich. Vollkommen richtig, dachte ich. Jederzeit.

»Ich fahr jetzt lieber heim und hol mir ein paar Sachen«, sagte ich. »Du bleibst hier stehen, und ich nehme die U-Bahn.«

»Ich fahr dich«, sagte er. »Ich muß noch einiges wissen. Außerdem gibt es vielleicht Schwierigkeiten.«

Unterwegs fragte ich ihn: »Lebst du immer im Wagen?«

»Oder bei Bekannten«, sagte er. »Meine Sachen sind noch bei Anne. So viele es eben sind. Ich reise mit leichtem Gepäck.«

So viel war klar. Er war auf der Universität von Manchester gewesen, von einer Süd-Londoner Volksschule aus. Er hatte Wirtschaftswissenschaften belegt, rauchte zu viel Haschischzigaretten, flog beinahe raus, spielte Trompete, machte sein Examen. Unterrichtete eine Weile, heiratete Anne, kaufte ein Haus, gründete eine Familie, wurde hinausgeworfen. Was taten andere mit ihrem Leben? Was konnte man tun, außer sich durchwursteln und sich dabei amüsieren?

Und ich hatte doch immer gemeint, die Menschen sollten mehr aus ihrem Leben machen. SS-Offizier werden und wissenschaftlich experimentieren, sich zum Psychiater ausbilden und Robins Krankheit behandeln, Rosen züchten und die Vergangenheit betrauern wie meine Großmutter Susan, solide Heime mit Teppichböden gründen und ehrgeizig sein wie Matthew, Planeten entdecken und hochkarätige Stellungen bei den Medien einnehmen – Examen bestehen und immer noch weitere bestehen – ich hatte dies alles nicht zu tun mit Irresein gleichgesetzt, denn das war die Beschäftigung meiner Mutter. Jede Kontrolle, jedes Gefühl für die Zukunft in den Wind schlagen und Stimmen hören. Als ich Jack zuhörte, wurde mir plötzlich klar, daß es eventuell noch andere Möglichkeiten gab. Ich behaupte nicht, die Erkenntnis sei mir wie ein Blitz gekommen, aber ich habe bestimmt auf dem Weg nach Greenwich ein-, zweimal mit den Augen gezwinkert. Es war ein Diesel und ziemlich alt: er bewegte sich ruckartig und ganz anders als Matthews Mercedes.

Der stand in der Einfahrt, als wir ankamen. Er war also nicht zur Arbeit gefahren, wie ich fast gehofft, ja sogar als sicher angenommen hatte. Ich brauchte meinen Paß, mein Scheckbuch, ein, zwei Kreditkarten, ein paar Jeans, die noch nicht richtig eingetragen waren, und meinen Lieblingspullover. Das war alles. Ich warf die Vergangenheit ab.

»Na schön«, sagte Jack und betrachtete das Haus, zu dem eine geschwungene Auffahrt führte, mit seinen zwei falschen Säulen, die eine langweilige dunkelblaue Tür flankierten, und ein paar faden Hortensientöpfen hie und da, die andeuten sollten, das Haus stünde irgendwie in der Natur, was es selbstverständlich nicht tat – nachgemachter georgianischer Stil aus den Zwanzigerjahren. Und doch hätten allein von der Miete dafür manche von Matthews Mandanten herrlich und in Freuden leben können und wären nicht gezwungen gewesen, zu rauben und zu morden.

»Das also ist dein Zuhause«, sagte Jack. »Na, schön«, wiederholte er.

»Gar nicht schön«, sagte ich und ging hinein.

Matthew las die ›Times‹ im Salon oder tat so. Er trug noch die gleichen Sachen wie gestern. Er war ebenfalls nicht zu Bett gegangen. Sein Gesicht war an den ganz falschen Stellen gerötet, sein eckiges englisches Kinn zitterte, als sei alles Fleisch drumherum plötzlich knapp geworden und würde als Rahmen für seine überzeugenden Ansichten nicht mehr gebraucht. Ich schämte mich, daß ich so viel Zeit mit ihm im Bett verbracht hatte, und sei es auch nur in Missionarsstellung.

»Ach, du bist es«, sagte er.

»Wer sonst?« fragte ich.

»Ich nehme an, du bist erstaunt, mich zu sehen«, sagte er. »Schleichst dich nach Hause nach einer durchsumpften Nacht. Und tisch mir keine von deinen Lügen auf, du seist bei Bekannten gewesen. Deine Lügen durchschaue ich! Das ist mein Beruf. Mich kannst du nicht täuschen, wie alle anderen. Ich kenne dich durch und durch.«

»Ja, ich habe die Nacht durchgesumpft«, sagte ich. »Das leugne ich nicht.«

Ich glaube, wenn er freundlicher gewesen wäre, das heißt, erschütterter und weniger selbstgerecht, ich hätte ihn womöglich um Verzeihung gebeten und wäre geblieben. Die Kraft, den Status quo zu erhalten, ist bei Frauen so stark wie die Anziehungskraft der Erde für den Apfel. Nämlich außerordentlich. Es war sein »Ich kenne dich durch und durch«, was mich traf. Er kannte mich nicht, weil er überhaupt so wenig kannte, glaubte aber ehrlich, mich zu kennen. Vielleicht hätte er mir auch gar nicht verziehen. Ich neige dazu, so etwas zu vergessen – wiederum wie alle Frauen. Sie vergessen, daß der Wunsch des Mannes, eine Ehe bis zur Zerreißprobe zu erschüttern, vielleicht genau so stark ist wie der ihre. Wenn Sie mich fragen, ist es im wirklichen Leben gar nicht Eva, die Adam mit dem Apfel in Versuchung führt, es ist der Ehemann, der seiner Frau einen Liebhaber zuschiebt und hinterher sagt: »Da! Da sieht man's. Ich kann dir unmöglich verzeihen. Das ist das Ende, und alles ist deine Schuld.« Ich warne vor dem Ehemann, der blind ist für den Liebhaber; er weiß es, natürlich weiß er es, er plant seine eigene Freiheit. Und wenn man ertappt wird und ihm (wahrheitsgemäß) sagt: »Aber daran siehst du doch nur, wie sehr ich Zärtlichkeit, Liebe, Zuneigung brauchte, wie verzweifelt ich war, können wir nicht bitte darüber reden und unsere Ehe retten?« sagt er: »Welche Ehe? Unsere Ehe hast du zerstört.« Und weiß Gott, das hat man.

Damit will ich nicht sagen, daß Matthew mir Jack in Weg gelegt hätte, das nicht, er hatte kaum Zeit dazu, und woher sollte er es wissen – wie ein Ehemann oft weiß, ein wieviel besserer Gatte für seine Frau sein bester Freund wäre, ehe er sie zusammenspannt; es paßte nur eben recht gut in seine Pläne, mich loszuwerden. Wieder fielen meine Aktien. Ich hatte seine intelligenten Freunde ein paarmal zu oft reden hören: vergessen war die öde Quälerei mit Tatsachen und Ideen, die jedem einigermaßen wertvollen Programm vorausgeht – ich habe großes Vertrauen zu Lesern und Zuschauern, den Konsumenten von Kultur. Man kann sie ein bißchen betrügen, eine gewisse Zeit, aber nicht zu sehr und nicht zu lange, sonst schalten sie bald ab. Sie hassen – mit Recht – »Wiederholungen«. Da fühlen sie sich verachtet. Und wer will denn, wenn er wieder daheim ist, sein *Filet Sole bonne femme* von einem Fernsehstar serviert bekommen, der schon nicht mehr »in« ist, von der Sterndame Sandra, einer Ehemaligen, die von der Presse bereits als solche bezeichnet wird? Ach, es ist ein schweres Leben an der Spitze.

Da stand ich nun, rannte auf die Klippe zu, hatte den Mund zu einem schiefen O aufgerissen, wie die Frau bei Munch, hielt mich krampfhaft an den Sternen fest, stand da in Jacks Hemd und suchte nach Worten, um meinen Ehemann zu beschwichtigen.

»Ich bin nur zurückgekommen, um mir ein paar Sachen zu holen«, sagte ich. »Bin gleich wieder weg.«

Er legte seine Zeitung weg. Er las die Börsennachrichten. Er wurde von Minute zu Minute reicher und glaubte, es stünde ihm zu.

»In diesem Fall«, sagte er, »bin ich dich gottlob los. Je eher, je lieber. Und räum bitte deine Fetzen aus dem Schrank.

Diese kleinen Schwarzen, wie Ladenmädchen sie tragen. Du warst nie etwas anderes als ein aufgedonnertes Ladenmädchen.«

Das war verletzend. Was hätte mein Vater dazu gesagt? Ein Kind seiner Offizierslenden ein aufgedonnertes Ladenmädchen?

»Mach, daß du rauskommst mit deinem Geruch«, sagte er. »Ich kann deinen Geruch nicht aushalten. Du bist dreckig.«

Ich schwöre, ich bade so oft wie alle anderen, aber man weiß natürlich nie. Achselhöhlen? Wo sonst? Ich hatte keine Mutter, die mir so etwas sagte. Und meine Großmutter konnte keine Rose von einer Jauchegrube unterscheiden, das jedenfalls nahm man an, wenn man durch ihren Garten ging. Meine Freunde hielten sich die Nasen zu.

»Du riechst nach Sex«, sagte er angewidert. Das beruhigte mich.

»Gut«, sagte ich.

»Widerwärtig«, sagte er. »Mit wem? Mit wie vielen? Das wäre dir doch egal. Nicht wie viele, sondern wieviel, darauf kommt es dir an. Deine Sorte kenne ich. Die sitzen dauernd auf der Anklagebank. Du versagst dich einem Mann, um ihn zur Ehe zu verführen, um einen lebenslänglichen Essensbon zu erwerben, dann lehnst du dich zurück und schaust zu, wie er sich quält. Aber du kannst nicht lange von der Straße wegbleiben, so wie du nun mal bist. Denn im Grunde bist du eine Dirne, eine Hure, eine Prostituierte. Dein Vergnügen besteht darin, dich zu verkaufen. Aber das ist dein Untergang, weil dich schließlich durch einen glücklichen Zufall irgend so ein armer Teufel, den du zum Wahnsinn getrieben hast, mit deiner Strumpfhose erwürgen wird.« Ich trage Strümpfe. Trotzdem, es war verletzend. Je näher etwas der Wahrheit kommt, desto verletzender ist es.

»Und ich sag dir noch was«, sagte er. »Einem Mann, der so was wie dich umbringt, gäbe ich ein Jahr mit Bewährung. Dieses Kleid gestern abend. Diese – wie nennst du sie – Tittchen?«

Eines weiß ich sicher, daß ich meine Brüste nie als Tittchen bezeichnet habe. Warum sollte ich?

»Jedenfalls«, sagte ich, »hörst du dann von meinem Anwalt.«

»Darauf freue ich mich«, sagte er, und ich ging in den ersten Stock hinauf und packte eine Reisetasche in dem Bewußtsein, daß Jack draußen wartete, und mein Herz klopfte in einer Mischung aus Angst, Heiterkeit und Staunen über meine Kühnheit. Ich öffnete den Schrank und sah, daß er wenig für mein künftiges Leben enthielt; aber ich mag keine Verschwendung. Also erweiterte ich meine Bedürfnisse um einen Kaschmirpulli und einen noch recht guten, schwarzseidenen Rock mit lustig schwingendem Saum, und Gesichtscremes. Nein wirklich, mit zweiundvierzig konnte ich nicht leugnen, daß sie wichtig waren. Ich glaube fest an Cremes und Salben für die Haut, je teurer, desto besser. (An irgend etwas muß man glauben, und die Astrologie war mir verschlossen.) Ich fing an, kostbare Döschen und Fläschchen sorgfältig in Seidenpapier zu wickeln. Ich fand eine Schuhtasche von Raymond, in der man sie bruchsicher unterbringen konnte, dafür nahm ich ein besonders hübsches Paar hochhackiger, kaffeebrauner Schuhe heraus. Ich würde Clare anrufen, sie konnte sich, wenn Matthew nicht da war, hereinschleichen und mitnehmen, was sie wollte.

Natürlich hätte ich wissen müssen, daß nicht alles so glatt verlaufen würde, ich glaube, ich wollte es nicht einmal, sonst hätte ich nur rasch einiges gegriffen, was ich wirklich nötig hatte, und wäre auf und davon, statt mich mit Seidenpapier und Einwickeln aufzuhalten. Es machte bumm-bumm-bumm die Treppe heraus, und Matthew riß die Tür auf und brüllte, er warf Döschen und Fläschchen in die Spiegel, versuchte mich dann umzubringen, indem er mir ein Kissen in den Mund stopfte – ein Jahr mit Bewährung bei einem milden Richter, nehme ich an, vermutlich einem, der mal bei uns zum Essen war, wenn es ihm gelungen wäre. Ich riß mich los und rannte hinaus, er weinte und sah kaum, was er tat, daher schaffte ich es wahrscheinlich, und obwohl die Umstände damals wohl kaum so drastisch gewesen waren, erfaßte mich wieder das »Marie-Céleste«-Gefühl wie damals, als ich das Haus zum erstenmal betrat: der Eindruck von etwas, das in größter Hast verlassen worden war. Der verschimmelte Karottenschnitz im Mixer. Ich war zu dem Schluß gekommen, daß Sylvie (so hieß seine erste Frau) den Putzfimmel gehabt hatte, und sah in der nicht gereinigten Küchenmaschine das Gegenstück zu meinen überall herumliegenden zerknüllten Kleidern, die er aus dem Schrank gerissen und wieder und wieder zerfetzt hatte.

Nun, was von all dem brauchte ich denn? Oder von ihm? Ich hatte mein Scheckbuch und die Scheckkarte in der Tasche und auf der Bank einige fünfzigtausend Pfund Erspartes. Doch seine Stimme schrillte mir noch immer in den Ohren. »Du gefühllose, ordinäre kleine Hure. Ohne Herkunft und Geschmack. Wenn du wüßtest, wie die Leute hinter deinem Rücken über dich gelacht haben, wie ich mich bemüht habe, dich vor dir selbst zu schützen. Aus der Gosse habe ich dich aufgelesen, um etwas aus dir zu machen! Aber du kannst ja nicht anders. Du mußt ja huren gehen!«

Wie wenig kennt man sich: Sterndame Sandra, berühmt durch Athena, aus der Gosse aufgelesen (das war der Fernsehsender). Aber nun Schluß damit. Matthew ging mir wirklich auf die Nerven. Fünf Jahre meines Lebens lösten sich in Beleidigungen auf.

»Na«, sagte Jack, als ich zum Wohnwagen zurückkam, »du scheinst ja nicht viel mitgenommen zu haben.«

»Nein«, sagte ich. »Es erwies sich als nicht der Mühe wert.«

»Ich nehme an, er war außer sich«, sagte er. »Ich wäre es gewesen. Direkt vor seiner Nase, und alle sahen, wie wir weggingen.« Ich fragte ihn nicht, auf wessen Seite er stand, weil ich weiß, daß in gewissem Sinne immer alle Männer solidarisch sind, ganz gleich, was geschieht.

Er sah seinen Terminkalender durch und sagte: »In ein paar Monaten muß ich mit der Band nach Frankreich, zu einem Folklorefestival. Ich würde hier bei dir bleiben, aber ich kann die Band nicht im Stich lassen. Also kommst du besser mit.«

Deshalb lag ich nun hier auf dem grasbewachsenen Hang unter einem sonnigen Himmel und hörte Jack sagen: »Ach, da bist du ja. Ich hab dich gesucht.« Und es war Musik in meinen Ohren, und Leben und Bewegung begannen von neuem. Ich stand auf, schwindlig und schwankend, und er umfaßte mich mit seinen langen, mageren Armen und die Vergangenheit holte die Gegenwart ein.

Doch am folgenden Tag war ich wieder an das spukhafte Hotel de Ville gefesselt, diesmal nicht aus Gekränktsein und Eigensinn, sondern wegen ein paar Tropfen Blut und Bauchschmerzen, die, wie ich fürchtete, noch vor Abend schlimmer werden würden. Ich habe tatsächlich manchmal die gräßlichsten Menstruationsbeschwerden; ich glaube, das kommt davon, wenn man so konzentriert nach den Sternen Ausschau hält. Der Körper ist entschlossen, einen hier auf Erden festzuhalten, bringt sein abscheulichstes Argument: Weib, Weib, weiblich, sagt er ständig angewidert. Wie kommst du darauf, solche wie du könnten je ganz Geist sein, könnten jemals mehr begreifen als einen Bruchteil dessen, was es zu wissen gibt? Da hast du's, da. Pfui. Pfui. Oder vielleicht ist es auch die quälende bohrende Rache des Ungeborenen: Dich werde ich lehren, mich auszusperren, hier ein Kneifen, dort ein Zwicken, krümmen sollst du dich, die du mich derart dezimierst, ja, das sollst du. Ich habe oft in Erwägung gezogen, mir die Gebärmutter ganz entfernen zu lassen. Irgend etwas hält mich zurück. Ich glaube, dieses Etwas sollte man jetzt näher betrachten.

Jennifer war sehr teilnahmsvoll und nett, sie machte es mir auf dem Rollbett bequem, lieh mir ein Federkissen, ohne das sie nie reist, bestand darauf, daß Frances bei mir blieb und mich versorgte. Merkwürdigerweise protestierte Frances nicht zu sehr. Aus irgendeinem Grunde schien sie sich heute außer Reichweite der Soldateska halten zu wollen. Ihre Augen hatten etwas Verschleiertes, Argwöhnisches. Nun, sie würde mir erzählen oder auch nicht, was geschehen war. Sie saß an meinem Bett und kratzte ihre Wanzenbisse und erzählte mir von der Schule: Sie hatte mir vergeben. Das mußte sie auch, sie hätte sonst niemand gehabt, mit dem sie reden konnte, und sie gab zu, daß sie das Hotel de Ville irgendwie gruselig und gespenstisch fand.

»Gespenster gibt es nicht«, sagte ich, obwohl ich kurz, nachdem Jack mich zum Abschied geküßt hatte – recht schnell und nervös, denn mein Unwohlsein war für ihn in unserer Beziehung nicht vorgesehen – und gegangen war, bemerkt hatte, daß der Aufpasser wieder da war. Mein gespenstischer Liebhaber. Ruf mich nicht an, ich ruf dich an. Und ich hatte doch den Hörer nie abgehoben.

Ich lag flach auf dem Rücken, denn das schien gegen die Schmerzen zu helfen, und spürte seine Hände auf meinem Bauch, auf meinen Brüsten, seinen Atem auf meiner Wange. Oder war es vielleicht nur der Schatten von Jack, der zurückgeblieben war? Ich schloß die Augen, ich versuchte zu schlafen, selbst gespenstische Liebhaber schlafen, tut man es selbst, so tut es auch der andere, ich war nicht in Stimmung für die Liebe, dazu tat mir der Bauch zu weh. Die Hände – wenn es welche waren – schienen auf einer Reaktion zu bestehen, die ich nicht zu bieten hatte.

Aber endlich gaben sie auf. Mein Körper gehörte wieder mir. Ich hatte die unwillkommene Heimsuchung abgewürgt. Ich hatte das Gefühl, allein zu sein. Die Schmerzen waren nicht schlimm, ja, sie hatten beinahe aufgehört. Es stand mir frei, nachzudenken. Und sicherlich war es die Frage nach meiner Geburt, über die jetzt nachzudenken war. Die Ärzte fanden keinen medizinischen Grund für meine akuten Monatsbeschwerden. »Unterdrückter Streß«, sagten sie, als ob ich das Vorhandensein von etwas Ungewöhnlichem leugnete, und bis heute hatte ich ihre Diagnose verächtlich abgelehnt.

Eine sexuell aktive, kinderlose Frau im Alter von zweiundvierzig kann, wenn es um die gynäkologische Vorgeschichte geht, nur eine Anhäufung von Negativem sein. Eine Geschichte von Schmerzen, Krämpfen, Blutfluß, Ausfluß und Fehlschlag, die niemand hören will, weil ja doch alles sinnlos war. Eine Zeitlang nahm ich die Pille, die mich soweit zur Ruhe brachte, daß ich eine kurze, regelmäßige, berechenbare Periode hatte, die aber die Gedanken in meinem Kopf verwirrte – ich kann es nur so beschreiben, daß mir zwei gleichzeitig kamen, statt des raschen, energischen, geordneten Nacheinanders, an das ich gewöhnt bin und mit dem ich umgehen kann.

Wie oft habe ich auf hohen, harten Tischen gelegen, mit gespreizten Beinen, mit männlichen Medizinerhänden –

wenn ich Glück hatte, in Gummihandschuhen – in meinem Inneren, die dies und jenes ertasteten. Was können die schon *wissen*? Wonach können sie schon tasten? Hier herrscht ein Ritual jenseits aller Vernunft, das zu dem männlichen Wunsch gehört, sich am weiblichen Schöpfungsakt zu beteiligen; und selbstverständlich sind meine Erfahrungen gar nichts, verglichen mit denen meiner Freundin Alison – die mit den Zwillingen und der genetischen Beratung. Und doch führt das männliche Interesse am weiblichen Inneren, die Entschlossenheit, zu helfen, mit Skalpell, Lampe, Pinzette, chemisch getränkten Wattebäuschen, Hormonspritzen und was auch immer, zu gar nichts, außer einmal mehr zu zeigen, daß wir alle ohne Leitfaden, Führer, Ersten Beweger – nämlich Gott –, daß wir alle hoffnungs- und hilflos zufällig sind.

Genau das, glaube ich, wollte mein Vater beweisen, als er meine Mutter schwängerte, wie er es tat: auf eine Weise, die kaum zu einem friedlichen normalen gynäkologischen Ablauf hätte führen können. Aber bedenken Sie: normale Menschen sind – meiner Meinung nach – verhältnismäßig selten. Nur weil etwas unwahrscheinlich ist, kann es trotzdem geschehen. Das Leben auf der Erde ist so unwahrscheinlich, daß es laut Statistik so etwas wie achtundvierzig zu einer Trillion Chancen hat, und dennoch sind wir da. Und ich war auch da, die Tochter eines Mannes, der mit Ende vierzig, vor der Erfindung des Computers – der echte genetische Experimente überflüssig machte – sein Bestes tat, um dies und das über Erbgut herauszufinden und sich – ich las es in Zeitungsausschnitten oder habe es von seinem Verteidigungsoffizier – weniger für das Wie und Was der menschlichen Rasse, als vielmehr riesig für das Warum interessierte. Polygene! Polygene! Was ich da erbte, war eine großartige Mischung von Charakteristika. Seine mörderische Natur, seine Begabung, zu töten, sind bei mir nicht wieder aufgetaucht (so wenig wie sein ungewöhnlich langer Penis, weil ich ja weiblich bin), könnten aber in der nächsten Generation wieder durchschlagen. Ein Grund mehr, meine Gene für mich zu behalten. Ein Glück, daß ich blutete, sicherer Beweis dafür, nicht schwanger zu sein. Nicht viel, nur wenig blutete, aber gelegentlich mit einem schmerzhaften Krampf. Weiß der Himmel, was im Inneren vorgeht, in den dunklen dumpfen Winkeln, welche physische oder psychische Unruhe Jack dort ausgelöst hatte, so daß ich nun zu Hause bleiben mußte.

Zu Hause? Dieses zerfallende Gebäude, in dem es spukte, mit seinen übereinanderliegenden quadratischen Räumen, alle leer bis auf die Rollbetten in den vier Ecken, die zweifellos auf einen gräßlichen schlimmen Notfall warteten: Feuer, Explosion, Überschwemmung – oder die Ankunft einer unerwarteten Jazzband, deren Mitglieder einen schwachen moralischen Anspruch auf Unterbringung haben, weil sie sich bereit erklären, unter dem Kriegerdenkmal zu stehen und die Bewohner zum Jubeln anzuregen, in einer bereits überfüllten Gemeinde. Zu Hause? Wohin war es mit mir gekommen?

Nun war mein Vater zweifellos ein kluger Mann, zu schlau und zu kultiviert, um in die obersten Ränge der Nazi-Mörderbande aufzusteigen. Er wurde Sanitätsoffizier in einem jener Lager, in denen unerwünschte Rassen – diejenigen, die den Affen am nächsten stehen, nämlich Zigeuner und Juden und andere, an deren Schädelform man schon die Verwandtschaft zu den Schimpansen erkennt und die im Evolutionswettlauf nachhinken – als Arbeitstiere benutzt wurden. Meinem Vater und seinen Spießgesellen schien es eine famose Idee: Man bekam die minderwertigsten Menschen dazu, in den Fabriken zu arbeiten. a) würde es ihnen nichts ausmachen und b) ermöglichte es den übrigen, sich kulturellen und künstlerischen Projekten zuzuwenden. Durchaus fair. Unser Erziehungssystem erreicht ungefähr das gleiche, wenn auch nur durch I. Q.-Tests und nicht infolge von Rassenmerkmalen, über die das Individuum ja sehr wenig Kontrolle hat. Aber die Juden und die Zigeuner hatten nicht die notwendige Widerstandsfähigkeit, und es freute sie auch nicht, und so wurden die Lager zu Todeslagern, in denen die Unerwünschten und diejenigen, die die genetischen Tümpel verunreinigten, ausgemerzt werden konnten – um der Zukunft willen. Nun, das geschieht fortwährend. Viele Generationen müssen für eine allgemeine Verbesserung leiden. All die jungen Männer im Ersten Weltkrieg, die für eine Welt starben, in der es keinen Krieg mehr geben würde. All die Bewohner von Hiroshima, die starben, damit die G. I.s leben konnten. O ja, es geschieht fortwährend. Wenn sie mich fragen, hat der Verteidiger meines Vaters schlechte Arbeit geleistet: Er machte nur das aufrichtige wissenschaftliche Interesse geltend, das meinen Vater motiviert hatte, und das war nicht genug.

Es stimmt, daß man meinem Vater mehrmals eine höhere Stellung außerhalb des Lagers angeboten hat – ein Punkt, von dem der Ankläger viel hermachte –, aber er blieb freiwillig. Das bedeutete, er wurde nicht zum Bleiben kommandiert, wie es beim Militär üblich ist. Er lehnte ab – und auch hieraus machte die Verteidigung jämmerlich wenig – mit der Begründung, er gedenke eine gute Tat für die Menschheit zu tun. Er handelte im gleichen Sinne wie die Chirurgen von Alison, als sie ihr eine selektive »Termination« vorschlugen: Krieg nur den einen Zwilling, Mutter, nicht alle beide! – und einer ganzen späteren Generation von Müttern ›Sophies Wahl‹ aufbürdeten. Sie erinnern sich doch noch an Sophie in dem Roman von Styron, die ein Nazioffizier aufforderte zu wählen, welches ihrer beiden Kinder am Leben bleiben sollte? Dies wurde (von einem Mann) als bestialisch rohe Alternative bezeichnet, aber wenn Sie mich fragen, war es besser als gar keine. Warum hat sie nicht einfach die Zähne zusammengebissen und es hinter sich gebracht oder sich und ihre beiden Kinder umgebracht, mit dem, was gerade zur Hand war, wenn sie es nicht ertrug? Stöhne, ach, stöhne, Sophie. Ich bin die Tochter meines Vaters und habe seinerzeit eine ganze Menge meiner Kinder eliminiert und dem Mann, der das Skalpell führte, viel Geld dafür bezahlt. Auch das geschah zwecks Vervollkommnung der Rasse, aus der ich den Samen meines Vaters heraushalten wollte.

Die Gerichtsverhandlung gegen meinen Vater füllte nur zwei Spalten der ›Times‹, die zugegebenermaßen damals kleiner gedruckt war. Sie wurde von weniger Leuten, aber dafür um so aufmerksamer gelesen.

Der Name meines Vaters war Oskar von Stirpit. Der meiner Mutter Tamara Wells. Sie war zur Hälfte Zigeunerin. Meine Großmutter Susan, die Tochter des Bischofs, hatte mit einem Zigeuner eine Begegnung à la Lawrence hinter den Büschen. Auf und davon, heißa, mit dem braunen Zigeuner ... Doch sie war nicht mit ihm auf und davon, nein. Sie blieb daheim und gebar Tamara, und jedermann war riesig freundlich und nachsichtig.

Und ist mir nicht gelungen, was meiner Großmutter nicht gelang? Ich bin auf und davon, mit dem Bandleader, dem König aller Zigeuner, und habe mich nicht zu Hause verkrochen. Ach du lieber Gott, gerade als mir dieser Gedanke kam, hörte ich das Telefon läuten, auf die englische Art – irgendwo, nirgends. Wie konnte ich antworten: Hör auf, ruf mich nicht an, ich ruf dich an. Kommst du heut abend, Liebling. O Herr, der du nicht existierst, errette mich!

Ich steckte den Kopf unter Jennifers Kissen, aber das dämpfte das Geräusch nicht. Ich zählte. Nach dreißigmal nichtexistentem Klingeln verstummte die nichtexistente Klingel. Dreißig. Warum dreißig? Dreißig Silberlinge? Das Sinnbild des Verrats? Oder hatte es zu tun mit der imaginären Linie, die eine Frau unter dreißig von der über dreißig trennt? Ist es die erhöhte Zahl anomaler Geburten? Suchen Sie sich was aus, das Ihrer therapeutischen Richtung entspricht, Freud, Adler oder Jung.

Meine anomale Geburt. Okay. Soll ein Witz sein. Ich war kein anomales Baby, hatte alle Gliedmaßen dank meines Vaters Geschick – ich war nur anomal gezeugt. Obwohl, wenn ich es mir jetzt überlege, so etwas heutzutage schon ganz alltäglich ist: ein bißchen Narkose, willige Patientinnen, Dutzende von Eiern rausrupfen, ein paar davon befruchten und wieder einpflanzen und selektiv terminieren oder aber sie für später einfrieren: Ersatzmütter, Retortenbabys und andere Errungenschaften. Dank dir, Vater, du Erster auf diesem Gebiet. Nur daß die jungen Frauen damals nichts davon begriffen, es lieber auf die gewohnte Weise getan hätten, im Bett, mit ausgeknipster Deckenbeleuchtung, ausschließlich beim sanften Licht des Nachttischlämpchens, nicht im Licht meines Vaters, im harten, grausamen Licht der Zweckmäßigkeit. Das war es: Sie begriffen nicht. Ich bin stolz auf dich, Vater, trotz des Registers deiner Kriegsverbrechen. Ich werde stolz auf dich sein, auch wenn es mich einmal im Monat fast umbringt und ich mich vor Schmerzen krümme.

Jetzt höre ich draußen Schritte. Wer streicht da herum? Nimm allen Mut zusammen und schau aus dem Fenster. Keine Seele. Stille. Etwas Klebriges, Rotes am Fensterbrett, wo mein Ringfinger ruht, der keinen Ring trägt, nicht tragen wollte, nicht tragen konnte. (Der von Matthew verursachte einen Ausschlag am Finger.) Mein eigenes Blut? Nein. Bräunlich und alt, ein Fleck, ein Spritzer. Nein, nicht einmal Blut. Das Licht täuscht. O Gott, o Frances, irgendwer, ist denn niemand da? Was ist hier im Hotel de Ville einmal passiert? Die kleinen Dellen in der Fassade – sind es Kugellöcher? Konnte Blut so hoch hinaufspritzen? Und haben Regen und Wind und Zeit einfach nicht geschafft, es abzuwaschen? Bestimmt nicht. Eine Greueltat ist nicht mehr als die Summe ihrer Teile und kaum eine Entschuldigung für Spuk. Sterben müssen wir alle. Einige sterben jung. Viele sterben sinnlos. Was ist daran Besonderes? Es ist ein Problem beim Studium des Makrokosmos, daß seine Größe und seine Kleinheit immer ins Unendliche geht, und der Mikrokosmos, der sich mit vergleichsweise handlichen Maßeinheiten abgibt, besteht dafür, wie ich ständig beklage, aus zuviel Mittelmaß, mit seinen unbeholfenen Gestalten, groben Geistern und primitiven Empfindlichkeiten, denen es an Wucht fehlt, an Schrecken. Besonders wenn man auf seinen Vater stolz sein möchte. Mamma können Sie vergessen. Ich sehe noch einmal hin: der Fleck ist weg.

Nein, Mamma dürfen wir nicht vergessen, obwohl sie immer versucht hat, mich zu vergessen. Tamaras struppiger Papa, der dunkeläugige Zigeuner, blieb in Kontakt mit dem Mädchen, das er entehrt hatte. In Lied und Märchen passiert so etwas nie, da sinken die Mädchen zurück auf ihr dorniges Lager und weinen sich die Augen aus nach einem guten Ehemann, der jetzt noch schwerer zu finden ist, weil sich bei ihnen die Schürze wölbt. Im Jahr 1939, als sie zehn war, wurde Tamara von meinem Großvater mütterlicherseits, dem bescheuerten Bischof, auf Besuch zu ihrem Zigeunervater gebracht, dessen Heimatadresse irgendwo in Böhmen war, schon damals eine Touristenfalle. Der Vater meiner Großmutter, Bischof Edward, reiste mit dem Kind durch ganz Europa und danach noch weiter nach Italien, um sich die Kirchenkunst Venedigs anzusehen und erst zum Monatsende heimzukommen. Es muß meiner Meinung nach eine ziemlich traumatische Erfahrung für meine Mutter gewesen sein, doch damals achteten die wenigsten auf emotionale Empfindlichkeiten und Marotten bei Kindern. Auch schien der Bischof nicht zu bemerken, daß laut den Zeitungen ein Kriegsausbruch unmittelbar bevorstand und jedermann gut daran tat, zu Hause zu bleiben. Während also mein Urgroßvater mütterlicherseits, Edward, den Canale Grande besichtigte, wurde mein Großvater mütterlicherseits mit seinem ganzen Stamm inhaftiert, um künftiger Generationen willen, denen man die Zigeuner mit ihrem nicht seßhaften, dreckigen Untermenschentum ersparen wollte. Und die kleine Tamara mit ihren dunklen Augen, dunklem Haar und olivfarbener Haut endete im Laboratorium meines Vaters.

Sonderbar, nicht wahr, diese Vorstellung von sich nicht vermischenden Genen? Ich glaube, meinem Vater war die Vorstellung irgendwelcher Erbmasse-Partikel fremd, und in der Annahme, daß es ein Gen für dunkles Haar und eins für blondes gebe, versuchte er, die Mendelschen Gesetze mehr oder weniger akzeptierend, die ja auf anderes schließen lassen, herauszufinden, wie weit der alte Limerick stimmt:

Ein weißer Mann namens Starkie
nahm eine Schwarze, ein Darkie.
Raus kamen dabei
auch noch vier, nicht nur zwei,
eins weiß, eins schwarz und zwei khaki.

Nun fördern ja Wissenschaftler und Ärzte oft Wahrheiten zutage, die Politikern und Arbeitgebern gelegen kommen. Denken Sie nur an den bösen alten Lysenko, der die Vererbbarkeit erworbener Charakteristika bewies, weil es den Marxisten so gut in den Kram paßte. Hör mal: du brauchst dich nur wie ein guter Revolutionär zu betragen, tapfer, stark und wahr zu sein, dann werden deine Kinder genauso werden! Und was ist mit den Ärzten der Imperial Tobacco, die jahrzehntelang behaupteten, Zigaretten wären gar nicht schädlich, sondern wenn überhaupt etwas, dann gesund, ein mildes Desinfektionsmittel. Die Nazipartei *wollte*, daß Gene sich mischten. Vater half ihnen zu beweisen, daß sie das tatsächlich taten. Offenbar galt: je jünger die Frauen, die die

Kinder kriegten, desto besser, und je blonder der Spender und je dunkler der Empfänger, desto leichter waren die verschiedenen Merkmale durch Generationen zu verfolgen. So gab man den sehr dunklen kleinen Mädchen, besonders Zigeunerkindern, die oft hübsch waren, Östrogen aus frischer Plazenta, die man anderen Müttern in verschiedenen Stadien der Fötusentwicklung entnahm. Dadurch wurden sie rascher geschlechtsreif. Dann ließ man sie – die Techniken künstlicher Befruchtung waren noch nicht entwickelt – auf natürliche Weise vom Besten und Blondesten schwängern. Bedenken Sie, genau das macht man dauernd in den Laboratorien der ganzen Welt mit Tieren, und die Tierschützer würden geltend machen, das sei nicht besser, sondern schlimmer, als wenn man Menschen dazu benutzt, um etwas zu erforschen. Menschen haben schließlich Stimmen, sie könnten protestieren:

»Nein, nein, nein.« Ich glaube, sie haben sich daran gewöhnt, obwohl Plazentabrei recht widerlich gewesen sein muß, besonders wenn man ihn manchmal direkt aus Schläuchen lutschte, die an noch lebenden Frauen hingen. Das ist das Schlimmste daran. Doch es funktionierte, und das war doch immerhin etwas. Neunjährige bekamen Kinder. Auch war es interessant festzustellen, welche Auswirkung die Unreife der Mutter auf den Fötus hatte, daher wurden viele studienhalber entnommen. Meine Mutter hatte wirklich Glück, sie war ganze fünfzehn, als ich geboren wurde, ganz zum Schluß des Krieges, sie war schwierig zu befruchten (ein Anzeichen für natürliche Überlegenheit) und eine der Auserlesenen, die ihre Schwangerschaft behaglich und ruhig verbringen und dabei Mozart hören durften. Ich denke gerne, daß mein Vater sie lieb hatte, obwohl ich nicht recht weiß, wieso. Sie war nie sehr liebenswert, wie ich bereits im Zusammenhang mit ihrer Krankheit genauer ausgeführt habe. Als ich sie das letzte Mal besuchte, fragte sie mich, wer ich sei, und als ich erwiderte, »deine Tochter«, holte sie eine der Nonnen, erzählte ihr, ich hätte behauptet, der Gasmann zu sein, und das sei doch komisch, weil sie nur elektrisch kochte, daher sollte sie mich wohl lieber nicht hereinlassen, oder? Mit anderen Worten, sie redete wirres Zeug. Und obwohl, wie gesagt, ihre frühen Erlebnisse gewiß traumatisch waren, die meines Bruders Robin waren es nicht, und doch wurde er schließlich genau so wunderlich wie sie. Oder hat

Lysenko doch recht, und auch erworbene Merkmale sind vererbbar? Vielleicht war es auch einfach nur ein, wenn auch unwahrscheinlicher Zufall (doch unwahrscheinlich sind alle Zufälle), in welchem Fall mindestens 50 Prozent meiner Begründung dafür, keine Kinder kriegen zu wollen, verpufft sind.

Die anderen 50 Prozent meiner Begründung, die Verurteilung meines Vaters durch die Welt, beginnen an Bedeutung zu verlieren. Ich wollte, ich selbst könnte ihn als einen vernünftigen, wohlmeinenden Menschen sehen.

Natürlich gab es noch andere Anklagen gegen ihn in Nürnberg, andere als nur die der Vivisektion von Frauen und Kindern (um die Frauen und Kinder Berlins, die damals von den Bomben zerfetzt wurden, scherte sich kein Mensch, denn die waren ja Deutsche, keine unschuldigen Opfer), doch das versuche ich als Gerücht abzutun. Diese SS Offiziere sahen sich sehr ähnlich. Der eine blonde Gott (oder Teufel, je nachdem) sah aus wie der andere. Mein Vater (oder jemand anders) hatte eine ulkige Art, hin und wieder zu erscheinen und aus der nach Suppe anstehenden Reihe der Lagerinsassen jeden zehnten, sechsten, fünften oder dritten zu erschießen. Es lag kein erkennbares System zugrunde, es wurde nicht einfach eine Zahl addiert oder abgezogen, es hatte nichts zu tun mit geraden oder ungeraden Zahlen, den Wochentagen, der Anzahl der Wachmannschaften, die sich jemand hätte ausrechnen können, daher wußte man nicht, wo in der Schlange man sich ungefährdet einreihen konnte. So stellten sie sich, weil sie Hunger hatten, einfach auf gut Glück an, und an schlechten Tagen sogar nochmals ans Ende der Schlange, da infolge der Aktivitäten meines Vaters noch Suppe übrig war. Ich habe keinen Grund zu leugnen, daß dieser Schlächter mein Vater gewesen ist, denn man darf annehmen, daß er im Lager wieder mal dabei war, die willkürlichen Todesfälle der Evolution nachzuäffen, die einer Spezies einfach durch Zufall zustoßen – etwa der Untergang eines Kontinents durch eine Eiszeit –, willkürlich, und dort eventuell wirksame Evolutionskräfte zum Stillstand bringen. Ja, das ist durchaus möglich. Oskar würde, wenn er am Leben geblieben wäre, jetzt über achtzig sein, glaube ich. Ich bin froh, daß ich ihn nicht besuchen muß. Heute wäre Oskar ein alter Mann im Lehnstuhl mit einem Schal um den Hals, der die Abenteuer der Vergangenheit wiederkäut. Er wäre begeistert von all dem neuen statistischen Material, den Computermodellen, den heute von den Darwinisten präsentierten raffinierten Beweisen, daß es keinen Erstbeweger, keinen Schöpfer, keinen zielbewußten Geist des Universums gibt. Wetten, er wäre erfreut, recht behalten zu haben, daß Gott nicht existiert? Und er würde sich sicherlich immer noch für einen rechtschaffenen Menschen halten, wie Edward Teller, der Vater der Bombe. Für einen Erneuerer. Einen Retter.

Ich überlege, warum ich ihn mit einem Schal um den Hals sehe? Besteht vielleicht ein Zusammenhang zwischen der Henkerschlinge und dem Schal, und ich sehe im Geiste, wie ich den alten Wollfetzen packe und zuziehe, in einer Wolke von Staub und Fusseln, aber mit eben noch genug Festigkeit, um seinen Zweck zu erfüllen? Wir haben fast alle eine ambivalente Haltung gegenüber unsern Vätern. Man hat den meinen – wohlverstanden – nicht gehängt, sondern erschossen. All das ist passiert, und am Ende ist nichts bewiesen: aber selbstverständlich zählt hier der Weg und nicht das Ziel, nicht wahr? Ein Versuch, das Universum neu zu erschaffen, ist gewiß immer der Mühe wert.

Meine Mutter wurde von den Amerikanern befreit und in ein Wohnheim gebracht, wo die Kost weniger befriedigend war als in ihrer kleinen üppigen Oase und die Musik nicht von Mozart, sondern vom AFN. Trotzdem wurde ich einen Monat später ohne Komplikationen geboren, in jeder Hinsicht das perfekte Ebenbild meines Vaters. Wie hatte ich das fertiggebracht? Hatte er eine Ahnung von den Mechanismen der Klone? War mein Aussehen ein Zufall, wobei alle, oder fast alle Gene, die zu seinem Aussehen gehörten, sich bei mir zeigten und die meiner Mutter verhüllt blieben und darauf warteten, erst in künftigen Generationen wieder aufzutauchen? Hätte Daddy doch bloß von der Unvermischbarkeit des Männlichen und Weiblichen gewußt, er hätte das Herumbasteln lassen und meine Mutter in aller Ruhe genießen können.

Es darf mich also wirklich nicht wundern, daß meine Mutter mich vierzig Jahre später beschuldigt, ein verkleideter Gasmann zu sein, ein Eindringling, der an ihre Tür klopft, um sich unter falschen Vorspiegelungen Zutritt zu verschaffen, und ihr desto bequemer eins über den Schädel zu geben und ihr alles zu nehmen, was sie besitzt. Ihr niedliches kleines, blondes Baby, ihren Feind, der aus ihrem Inneren hervorbricht wie die Kreatur in ›Alien‹. Kein besonderer Spaß, wie Sie zugeben werden, nicht für sie und natürlich auch nicht für mich, die sich immer gewünscht hat, daß sie mich lieb und sanft anschaute, was sie niemals tat, bis auf einmal, als sie mich für eine junge Katze hielt, und dann böse wurde, weil ich nicht schnurrte. Ich weiß es noch genau. Ich war damals fünf und nahm mir ihre Ablehnung sehr zu Herzen. Sie schleuderte mich durch das ganze Zimmer.

»Vierzig Jahr', und man wird immer alter...« Den Rest des Liedes habe ich vergessen.

Mein Urgroßvater, der freundliche Bischof, war damals im November 1939 gut wieder nach Hause gekommen, wie ich annehme, mit schlechtem Gewissen, aber, fürchte ich, auch erleichtert, weil er seine zigeunerische Enkelin so leicht losgeworden war. Ihm blieb keine andere Wahl als sie samt ihrem Abkömmling wieder zu sich zu nehmen. Nach dem Krieg kam das überall vor: Verwandte, die man dankbar verloren hatte, tauchten wieder auf, während (nach der Art des Schöpfers, der eine Schwäche für Ironie hat, zweifellos ein Zeichen hoher Intelligenz) diejenigen, die man ehrlich vermißte, nie mehr zurückkamen.

Tamara wuchs heran und ritt gern Parforcejagden mit (sie liebte Tiere), bei denen der Fuchs in Stücke gerissen wurde (eine mindere Rasse, denke ich immer: widerliche, stinkende, knochige Kreaturen mit seltsam geformten Schnauzen, wenn auch zugegebenermaßen prachtvoll buschigen Schwänzen), und dabei lernte sie Simon kennen, einen angenehmen, aber in finanziellen Dingen eher unsteten Menschen, der eben versuchte, dem Oberstallmeister ein tückisches Pferd zu verkaufen. Er nahm sie und ihr lediges Baby – also mich, die kleine Sandra – zu sich. Robin wurde geboren.

Tamara wurde von Männern in weißen Kitteln abgeholt. Und eines Tages auch Robin. Ich hoffentlich nie.

Englisches Telefongeklingel in Frankreich, gespenstische Schritte, Blutflecke! Kein Irrsinn, nur ich, die ich mit mir selber sprechen will. Sandra Harris hat eine dringende Botschaft für Mrs. Sandra Sorenson. Lieber Gott, mach, daß ich nicht verrückt bin.

Vater Unser, Grausamer Gott, Allmächtiger Simulator eines unerfreulichen Universums. Du, nach dessen Bildnis ich geschaffen bin. Er schuf sie Mann und Weib, der Mistkerl! Das ist der springende Punkt. Sie haben dich erschossen, *ihn* aber gekreuzigt. Sie konnten es nicht ertragen. Ganz mit Recht. All dieses Elend, dieses unbeabsichtigte Menschenleid, diese willkürliche Grausamkeit – von der Lawine bis zur Scheidung, zur Kinderverwahrlosung, zum Taifun, zu der Raserei, die Kriege auslöst, alles schuf er. Widerlich, wenn Sie mich fragen, vom Schmatzen der Kopulation bis zum Einsaugen von Plazentabrei mit einem Strohhalm. Teufel auch, Daddy, he, vielleicht bist du es, der da anruft.

17 Ich zerkaue dich und spucke dich aus

Mir wurde besser. Die Schmerzen waren weg. Ich stand aus dem Bett auf und fühlte den staubigen, zersplitterten Boden unter meinen Füßen. Ich zog ein T-Shirt und Jeans an. Ich wusch mich. Ich sah mich nicht um. Nicht daß ich Angst gehabt hätte. Ich wollte nur nicht sehen, was dort vielleicht doch zu sehen war.

Eugenie fiel mir ein, unsere hübsche Nachbarin in meiner Kindheit, als unsere seltsame Familie in einem ehemaligen Pfarrhaus wohnte und sie in der Kirche, die angeblich nicht mehr geweiht war, obwohl ich persönlich glaubte, es lebte noch immer ein rächender Gott darin. Sie hatte große Augen, war sehr mager und muskulös und webte Wandbehänge mit ländlichen Idyllen. Ihr Bett stand da, wo einmal die Sängerempore gewesen war und ihr Webstuhl an der Stelle, an der einmal der Altar stand. Gedenktafeln, auf denen toter Kinder gedacht wurde, und Messingplaketten für dörfliche Wohltäter waren in die Wände eingelassen, und an Todestagen stellte Eugenie (ursprünglich hieß sie sicher Joan oder so) kleine Blumentöpfe unter die Tafeln, mehr in der Hoffnung, die Geister soweit zu beruhigen, daß sie nicht lästig wurden, als aus echter Sentimentalität. So jedenfalls schien es mir schon als Kind. Eugenie stießen, solange sie in der Kirche wohnte, serienweise Unglücke zu, seelische und finanzielle. Naheliegenderweise schob sie das auf das Bauwerk. Schon als Kind erkannte ich, daß das Unsinn war: wenn man in einem feuchtkalten, schwer heizbaren Gebäude wohnt, bekommt man Rheuma; wenn man sich in einem Beruf betätigt, der nichts einbringt (und Kunstgewerbe wird eben schlecht bezahlt), dann macht man Schulden; wenn man glaubt, man braucht nur einen Mann, um ein erfülltes Leben zu haben, wird dieser Mann nicht auftauchen, und wenn doch, nur eine Nacht bleiben und einen flugs wieder verlassen, ehe man Anspruch auf seine Seele erheben kann. Und eine Nacht oder so ist noch kein Verhältnis, berechtigt einen nicht, öffentlich von gebrochenem Herzen zu sprechen, wie Eugenie es tat. Doch sie war eine gute Nachbarin und freundlich zu mir und Robin und ließ uns manchmal das Bad benutzen, das in der ehemaligen Sakristei, dem einzigen warmen Raum der Kirche, installiert worden war. Das Fenster in unserem Pfarrhausbadezimmer war zerbrochen und blieb es jahrelang. Durch das Loch pfiff im Winter eisiger Wind, im Sommer kamen Wespen hereingeflogen, aus einem Nest im Apfelbaum, von dem ein Ast durch die offene Scheibe in den Raum gedrungen war. Wir badeten selten. Mit fünfzehn sägte ich den Ast ab, ging zum Glaser, kaufte Kitt und setzte eine neue Scheibe ein, worüber sich meine Großmutter sehr aufregte. Sie schimpfte und keifte und sagte, ich sei nicht ihr Fleisch und Blut. Am nächsten Tag entschuldigte sie sich. Ich glaube, es war einfach so, daß ihr die Summe der männlichen Eigenschaften an mir zuviel wurde: all diese geballte Fremdheit. Von meiner Großmutter lernte ich, wie wenig die Menschen Änderungen leiden können und wie hoch sie die Probleme einschätzen, die sie der eigenen Unfähigkeit verdanken. Das wurde mir wieder lebhaft vor Augen geführt, als die Citronella Jumpers durch Frankreich reisten.

Eines Sonntagmorgens rannte Eugenie schließlich aus der Kirche und weigerte sich, dorthin zurückzukehren. Sie hinterließ sie in wirklich fürchterlichem Zustand, so daß der nächste Käufer, ein Architekt, sich beim Makler beschwerte und darauf bestand, daß ein paar hundert Pfund vom verlangtem Kaufpreis nachgelassen würden. Das Haus war zerfressen von Trockenfäule, Naßfäule, Klopfkäfern. Eugenie hatte es verwahrlosen lassen. Er wollte, daß sie kam, um ihr das zu beweisen, um sein kompetentes Messer in die verfaulten Balken zu stoßen, in den bröckelnden Gips, damit sie nicht mehr zu widersprechen wagte.

»Ich kann nicht dorthin zurück«, sagte sie. »Dort spukt es.«

»Sagen Sie so was nicht«, meinte der Makler, »sonst kommt der Verkauf überhaupt nicht zustande.«

Also verlor Eugenie die paar hundert Pfund, für die sie sich einen netten Kleinwagen hätte leisten können, und wenn sie den besessen hätte, wäre sie nicht sechs Monate später als Fußgängerin an einem der neuen Zebrastreifen umgefahren und getötet worden. Der Fluch der Spukkirche! Der Architekt, ein gerissener Mann, wie man sieht, führte keine Klage über gespensternde tote Kinder oder darüber, daß ihn das Unglück auf Schritt und Tritt verfolgte: sein Geschäft blühte, und seine Kunden dinierten sehr gern unter der gewölbten Balkendecke. Bedenken Sie, er hatte eine ordentliche Zentralheizung einbauen lassen, Scheinwerfer beleuchteten die Steinmetzarbeiten, und weil hin und wieder Dorfbewohner in seinen Garten eindrangen, um Blumen auf die Grabsteine zu legen, die er als Gartendekoration beibehielt, protestierte er bei der Gemeindeverwaltung und sorgte dafür, daß das aufhörte. So muß man mit der Vergangenheit umgehen! Sie in ihre Schranken weisen, sonst holt sie dich ein, auch wenn sie dich durch Land und Stadt verfolgen muß, um dich dann unter einen Bus stolpern zu lassen: die eigene Vergangenheit oder die von jemand anders. Und vor allem eins: man muß das Haus in Ordnung halten, um es dadurch zu beschwichtigen.

Eugenie hatte es versäumt, das Haus in Ordnung zu halten, darum erwischte es sie. Es dehnte sich aus und erwischte sie. Vielleicht war es gar nicht meine Vergangenheit, die mich so bedrückte und heimsuchte, sondern das Hotel de Ville selbst.

Also nahm ich Jennifers Besen und kehrte damit ein, zwei Wände ab. Ich befestigte herunterhängende Tapeten mit Reißzwecken. Ich ging hinaus auf die Wiesen und pflückte ein paar wilde Blumen. Ich stellte sie auf den Tisch in einem Marmeladenglas, in dem die ausgezeichnete französische Aprikosenkonfitüre gewesen war. Doch das genügte nicht. Das Gefühl der Verlassenheit verstärkte sich noch. Was war es, das ich auf dem Rückweg vom Platz zum Hotel de Ville aufgelesen hatte und das sich mir anschloß, vorüber an den Bungalows mit den vorgelegten Läden und den hübschen Töpfen voll lila Hortensien, roten Geranien und gelben Dahlien, die so brav stramm standen wie Napleons Große Armee 1814, ehe sie ins Gemetzel zog: ein Sommertraum, niedergestreckt vom russischen Winter. Wie leblos war Frankreich im Sommer! Hinter jeder Hecke die Geister von Toten, von jedem Laternenpfahl baumeln die Leichen der Erinnerung. Die Menschen haben vergessen, das Land selbst nicht. Es trauert noch immer. Mein gespenstischer Liebhaber, irgendein junger Mann, der dem Tod nicht verzeihen konnte, ihm die Freuden des Lebens vorenthalten zu haben.

Wie auch meine ungeborenen Babys mir nicht verzeihen können. Ach, alles und jedes konnte ich unterwegs aufgelesen haben.

»Jack«, sagte ich an diesem Abend, »Jack, erzähl mir von deiner Frau.« Wenn ich mit Jack im Bett war, vergaß ich alles Gespenstische.

»Meine Ex-Frau.« Er knabberte an meinem Ohr, als wollte er die Worte dämpfen.

»Ex nach dem Gesetz oder in deinem Herzen?« fragte ich.

»In dem Sinne, der am wichtigsten ist«, sagte er. Da wußte ich, daß er noch verheiratet war.

»Hast du sie wirklich aufgefordert, mit dir auf Tour zu gehen?«

»Ja.«

»Warum?«

»Frag mich keine Warums, dann sag ich dir keine Darums.«

Meine Ohren waren blockiert von seinen Fingern, mein Mund von dem seinen, all meine Öffnungen waren aufs angenehmste blockiert und daher vorübergehend die Gefühle in meinen Inneren das Entscheidende. Aber das dauerte nicht ewig. So was kann nicht ewig dauern.

»Und was machen wir, wenn wir erst wieder zu Hause sind?« Ich spürte eine argwöhnische Stille in ihm. Ich hätte nicht fragen sollen. Aber konnte ich denn anders? Wenn man sein Leben mit dem eines anderen vereint, muß man wissen, was in seinem Kopf vorgeht, und sei es auch nur, um das eigene Handeln dem seinen anzupassen Hierin liegt die Strafe für die Gemeinsamkeit. Allein leben heißt frei sein, aber wer will schon allein leben? Ich hatte mein Leben sogar dem von Matthew angepaßt, um nur nicht allein zu sein. Der Kosmos ist eine Art Gesellschaft, ein nie endendes Puzzle, macht aber den Eindruck von etwas entsetzlich *Stillem,* ja, einer Art Gericht – obwohl man ja weiß, was für ein kreiselnder, schwirrender, brüllender, tanzender Malstrom er ist. Wenn man alle Teilchen nur etwas näher aneinander rückte, sie von der Vorstellung der Unendlichkeit befreite, würden wir das ganz deutlich sehen. Hört mal, Leute, das alles ist winzig, verglichen mit – ja verglichen womit? Leider wissen wir es nicht. Wir wissen nur, daß es vorhanden ist, über unsere Vorstellungskraft hinausgeht, hinaus über weitere, größere Schemata, die nicht aus göttlicher Absicht entstanden sind, sondern aus endlosen Äonen sich gegenseitig potenzierender Zufälle. Und weil das Kleine das Echo des Großen ist, und der Unterschied zwischen der Welt schlichter Felsen, Steine und Isotopen und lebendiger Materie nicht gar so groß ist – bis auf die größere Vielschichtigkeit der letzteren und ihrer Fähigkeit, sich in mehr oder minder identischer Form zu reproduzieren (wobei natürlich das mehr oder minder die Crux ist, denn das führt letztlich zum Unterschied zwischen der Amöbe und der Giraffe), sollte es mich nicht wundern, wenn zu allem, was zwischen Jack und mir geschieht, die Illusion gehört. Mehr (oder weniger) als durch Auge, Nase, Ohren, Mund und Fingerspitzen zu erfahren ist, oder auch durch jenen anderen Sinn, den wir gewöhnlich ignorieren, die sexuelle Resonanz irgendwo in unserem Inneren, diesen siebten Sinn. Denn wenn Sie mich fragen, ist es genau das, was die anderen sechs zu dem eigenartigen Gefühl kombiniert, so, so und nicht anders soll es sein.

Sie werden möglicherweise den frommen Einwand erheben, es sei ganz natürlich, daß meine monatlichen Blutungen aufhören, meine schrecklichen Schmerzen, die ungehörigen Tricks, die mein Pessar und ich gegeneinander anwenden, meine Version der Flutbarriere der Themse: absichtlich den Strom der Geschichte in die Zukunft zu versperren, zu rufen, zum Teufel damit, was ist mit mir, mit mir? und ihn anderswohin zu lenken, bis die Flut verebbt, aufgibt. Nichts Natürliches, sage ich, Illusion.

Jack und ich reden wenig miteinander in dem Sinne, daß wir Gedanken austauschen, unsere speziellen Weltanschauungen vergleichen. Eher weniger als früher, meine ich, ehe er herausfand, daß ich die Sterndame Sandra bin, die den Himmel beherrscht. Aber das macht mir nichts aus. Obwohl ich gerne Freunde, Bekannte, Vertraute habe, spüre ich doch nie das Bedürfnis nach sogenannter geistiger Gemeinschaft. Die Mathematik ist eine einsame Beschäftigung. Schon früh gewöhnte ich mich daran, meine Gedanken zur Privatangelegenheit zwischen mir und einem Blatt Papier, einer Tafel, später einem Computer zu machen. Natürlich durften andere sie anschauen, aber es war nicht zu erwarten, daß sie etwas dazu beitrugen. Raumfahrtwissenschaftler und Astronomen sind ohnehin nicht gerade die lebhaftesten Menschen der Welt: sie neigen dazu, nur Details zu sehen, nicht das Wunder des Ganzen (hier muß ich schnell erwähnen, daß es selbstverständlich, selbstverständlich Ausnahmen gibt!). Möglicherweise haben sie recht: wenn man zu lange ins Herz der Dinge schaut, wird man blind. Da ist es klüger, auf Zehenspitzen ganz weit außen herumzugehen und nur heimliche Seitenblicke darauf zu werfen und so zu tun, als täte man das nicht. Erst als ich an Matthews Tafel präsidierte, lernte ich Menschen kennen, die leicht und eifrig mit Ideen jonglierten, aber das mit einer Herablassung, einer ironischen, raffinierten Überlegenheit, daß mir ganz schlecht wurde. Sie machten ihren Lebensunterhalt zum Mittelpunkt der Welt, und das gefiel mir nicht. Da sind mir doch die Citronella Jumpers lieber, die sich auf primitivster Ebene dauernd kabbeln und katzbalgen, jedoch eine Art Intuition, eine Art wortloser Weisheit gern großmütig austauschen. Was können sie schon für Schaden anrichten, die Sänger und Tänzer dieser Welt?

Einmal sagte ich zu Matthew:

»Du kannst genausogut einen Stein zu drei Monaten Haft verdonnern, weil er dir im Weg stand und dich stolpern ließ, wie einen Mann dafür, daß er betrunken ein Fenster eingeworfen hat.«

»Unsinn«, sagte er. »Der Mensch hat einen freien Willen, ein Stein nicht. Wo ist mein Dinnerjackett?«

»Darüber läßt sich streiten«, sagte ich, »kein Mensch hat einen freien Willen.«

»Streit nur zu«, sagte er. »Wo ist meine Freimaurerschürze? Steck den Betrunkenen ins Gefängnis, und er tut es nicht wieder.«

»Computerstudien beweisen, daß eine Gefängnisstrafe so und so nichts ändert«, sagte ich. »Wenn du Steine ins Gefängnis steckst, würdest du trotzdem noch deinen Unterhalt verdienen, und die Wärter sparen sich das Wegtragen von ekelhaften, stinkenden Eimern.«

»Du bist unmöglich«, sagte er, »heb dir solche Sachen für dein Programm auf. Gib mir meinen Schlips herüber. Nein, doch nicht den, du Dummes. Den Abendschlips, nicht die Fliege.«

So in der Art. Mit anderen Worten, er war nicht recht bei der Sache. Meine gute Freundin Alison deutete an, er sei nicht bei der Sache, weil ich eine Frau bin, aber ich glaube, so weit brauchen wir nicht zu gehen. Die meisten Menschen wollen lieber mit dem weitermachen, was sie gerade tun, und zum Teufel mit dem Sinn des Ganzen, geschweige denn der Moral.

Jack und ich sind getrennt und versuchen, eins zu sein. »Frag mich keine Warums«, sagt er, »dann sag ich dir keine Darums.« »Jack«, sage ich, »was tun wir, wenn wir wieder zu Hause sind?« Jack, der verrückte Trompeter, der Bandleader, der Ehemann von Anne, der Vater von Frances, der Liebhaber der Sterndame Sanda, der Astronomin und Medien-Sklavin. »Jack, Jack, was tun wir, wenn wir wieder zu Hause sind? Was soll aus uns werden?«

»Tun? Womit?« sagt er, ein Mann weniger Worte und doch warnend. Wenn man zu viel über die Zukunft nachdenkt, hat man keine Gegenwart mehr. Dann lebt man morgen und nie heute, und ehe man sich's versieht, ist man tot. Das Lieblingslied der Wanderer, der Nomaden, der Reisenden, derer, die auf dem Weg leben, selbstgerecht, wie alle solchen Lieder. Ich habe recht, so zu leben, wie ich es tue, und du bist dumm, und hier sind die Worte, die es beweisen. Hört nur! Wie sie singen!

»Wir müssen doch irgendwo wohnen«, sage ich hartnäckig, und er seufzt. »Frauen sind doch alle gleich«, möchte er sagen, ich spüre es, aber ich höre es nicht. »Sie brauchen unbedingt ihre Kochtöpfe und Waschmaschinen.«

»Schön wär's, wenn das hier ewig weiterginge«, sagt er. »Aber es geht nicht. Ich muß zu Hause was tun.«

»Was denn?«

»Auftritte«, sagt er, »Hochzeiten, eine Beerdigung, irgendeine Feier. Das Übliche. Bis auf die Beerdigung. Das ist nicht üblich. Bei Beerdigungen gibt's selten Jazz. Nur Klavier. Aber der Klavierspieler ist tot, vornüber auf die Tasten gefallen, als er ›Body and soul‹ spielte. In der falschen Tonart. Verstehst du, es ist heikel: dreimal Tonartwechsel. Aber er war nie ein großartiger Musiker. Und jeden Montag im ›Bell‹. Das ist in Cardiff.«

»Viel Fahrerei.«

»Ja. Jetzt, wo ich weiß, wer du bist: willst du immer noch mit?«

In seiner Stimme ist eine Spur Besorgnis, nur eine Spur.

»Meinst du, weil ich bin, die ich bin, oder weil du weißt, wer ich bin?«

Er lacht und zieht mich an sich. Dumm ist er nicht, dieser Jack, dieser verrückte Trompeter. Fix genug im Kopf. Doch er gibt keine Antwort.

»Natürlich möchte ich mitkommen.«

»Dann ist das geklärt«, sagt er. Er klingt erleichtert. Wie er es haßt, sich an Pläne zu halten, eingeengt zu sein durch die Erwartungen anderer. Selbstverständlich ist gar nichts geklärt. Ich bin gewöhnt an Dienstpläne, Terminkalender, Speisefolgen, Gästelisten, Weihnachtskarten, die man kriegt und erwidert (Matthews Gebiet), Produktionstermine und die Gewißheit, wo ich jede Nacht ins Bett gehe, und was noch wichtiger ist, daß ich ein sauberes Nachthemd habe. Schau, ich wüßte gern, wo ich wohnen werde.

Selbst Godfrey, der Ziegenhirt, der mit den *vibes* und der Volkskunst, mit dem ich fünf elende Jahre verbrachte, begriff die Notwendigkeit, ein Dach über dem Kopf zu haben, wenn auch ein strohgedecktes: uraltes Stroh, in dem sich Insekten aller Art tummelten und ihre speziellen, von der Evolution für sie vorgeschriebenen Pläne durchführten. Woodentop Cottage (ich bitte Sie!) lag 27 km von der Universität Manchester entfernt, was jeden Tag eine ermüdende Fahrerei für mich bedeutete, aber Godfrey konnte das Stadtleben nicht ertragen und war überhaupt der Ansicht, wenn ich meinem Beruf weiter nachgehen wollte, so wäre ihm das recht, aber wirklich nötig wäre es nicht, da er uns glücklicherweise ernähren könne. (Glücklich darüber, mich zu ernähren, wäre er sicher gewesen, aber er verdiente kaum genug, für sein eigenes vegetarisches Futter, geschweige denn für mich. Eine seiner Theorien war, daß wir notfalls von Gras leben könnten wie König Nebukadnezar). Arbeit war, so sagte er, eine Ersatztätigkeit, es sei besser für mich, sie aufzugeben und naturnah und im Einklang mit den Jahreszeiten zu leben.

Godfrey der Ziegenhirt »betreute« schizophrene junge Männer und schaffte es irgendwie, meine Verwirrung und meinen Schmerz vor und nach Robins Tod in Grenzen zu halten. Deshalb zog ich zu ihm. Später wurde ich skeptisch hinsichtlich dieser »Betreuung«, die sich anscheinend darauf beschränkte, mit Leuten herumzusitzen, die er selber als »irre Typen« bezeichnete, Wein zu trinken, Marihuana zu rauchen, R. D. Laings ›Phänomenologie der Erfahrung‹ zu lesen und gelegentlich Ratschläge von sich zu geben, wie sie einer, der betrunken und high ist, einem anderen gibt, wofür er von den Fürsorgeämtern ein kleines Gehalt bezog. Doch er machte es offenbar weder besser noch schlechter als die orthodoxeren Psychiater, auch aus diesem großartigen Projekt stiegen die Patienten in ermüdender Weise aus und wieder ein, zogen Normale und Unnormale in ernsthafte Gespräche, waren mit der Realität so locker verbunden wie eh und je, aber doch größtenteils freundlich benebelt wie Godfrey selbst. Hin und wieder kam es zu Gewalttaten und Schrecknissen, aber nicht oft. Die Ziegen, die auf der Wiese hinter dem Haus lebten, wurden dauernd hinaus- und hereingeführt, und manchmal gingen sie durch und fraßen die verbotenen Pflanzen unter meinem Küchenfenster, und manchmal kam ich von der Universität heim und fand sowohl Männer wie Ziegen auf dem kaputten Sofa im Wohnzimmer.

»Verrückt«, weinte ich einmal, als ich Kräutertee für alle kochte, einschließlich der Ziegen.

»So was darfst du nicht sagen«, sagte Godfrey sanft und nahm mich bei der Hand – er hatte einen Bart und seelenvolle Augen; wenn ich es mir überlege, hatte er viel Ähnlichkeit mit Pedro, dem Gitarristen –, »diese Leute darf man nicht verrückt nennen. Sie betreiben Selbstfindung. Du tust weder dir noch ihnen einen Gefallen, wenn du sie so etikettierst.«

»Nicht sie, sondern du«, sagte ich und weinte noch mehr. Ich weine sehr selten, aber ich war schwach, ich hatte kürzlich wieder eine Abtreibung vornehmen lassen, Godfrey hatte dabei meine Hand gehalten und meine Ablehnung gegenüber der Lebenskraft beklagt – aber nicht zu laut geseufzt, für den Fall, daß ich meine Meinung änderte, denn selbst er sah, wie ungelegen eine Schwangerschaft mir kam. Meinen Entschluß, mich nicht fortzupflanzen, den ich ihm unbesonnenerweise zu erklären versuchte, begriff er nicht, denn er sah im Irresein eine Gnade und keine Tragödie, aber wir brauchten mein kleines Assistentinnengehalt zusätzlich für seinen Unterhalt und den seiner Hasch rauchenden, Kräutertee trinkenden, Ziegen haltenden Patientenschar. Außerdem saß ich seit einem Jahr an meiner Doktorarbeit – einem mathematischen Modell der sexuellen Selektion: Wie weit werden Größe und Gewicht des Menschen durch Polygene beeinflußt, unter Aussparung von Ernährung und Umwelteinflüssen. (Große Gruppierungen von Genen, die einzeln nur einen winzigen Effekt auf den wachsenden Organismus haben, gemeinsam aber Bedeutung bekommen, nennt man »Polygene«.) Damals mußte ich oft bis spät nachts an meiner Doktorarbeit sitzen, und das bei Kerzenlicht. Godfrey fand, Elektrizität hätte etwas mit den immer häufiger werdenden Geisteskrankheiten zu tun (oder dem, was man so nannte), und in unserer modernen Gesellschaft müsse man vorsichtig sein. Da er außerdem glaubte, Speisefarben und Konservierungsmittel könnten unsere Denkvorgänge beeinflussen und dafür von den damaligen Ernährungsspezialisten schallend ausgelacht wurde, ist es möglicherweise zu früh in der Weltgeschichte, ihm in punkto Elektrizität unrecht zu geben.

Wo war ich stehengeblieben? Ach ja, bei meinem abschließenden Gespräch mit Godfrey. Ich weinte, wie gewöhnlich. Er war wohlwollend und väterlich.

»Verrückt«, schluchzte ich.

»Sag das nicht«, tadelte er, »diese Menschen sind genau so normal wie du, vermutlich normaler.« (Oder Worte in diesem Sinne.)

»Ich hab doch nicht von ihnen gesprochen, sondern von dir«, erinnere ich mich unter Tränen gesagt zu haben.

Er holte tief Luft, rollte seine großen braunen Augen nach oben in dem Versuch, einen Wutausbruch zu verhindern und sagte dann:

»Arme Sandra, du bist erschöpft. Warum gibst du deine dumme Arbeit nicht auf und hilfst mir bei etwas wirklich Lohnendem?«

Kurz darauf verließ ich ihn. Doch ich empfinde immer noch etwas wie Hochachtung vor Godfrey. Er und seine Leutchen haben gewissermaßen die Jalousien hochgezogen vor den langen, dunklen, einsamen Korridoren des Irrsinns, haben es fast zu einer Gnade, einem Segen Gottes gemacht, Irrsinn in der Familie zu haben. Natürlich haben sich seitdem die Jalousien wieder ein bißchen gesenkt: die Irren werden zu den gesellschaftlich Unangepaßten gezählt und ganz sicher nicht mehr bewundert, wie noch in den sechziger und siebziger Jahren, ihre Asyle sind geschlossen, man läßt sie an Straßenecken stehen, gelegentlich irre reden und unberechenbare Zuckungen vollführen und von Zeit zu Zeit auch Vorübergehende vergewaltigen, verstümmeln oder erwürgen, aber man versteckt sie nicht mehr, steckt sie nicht mehr in Zwangsjacken, macht sie nicht mehr zum Anlaß verborgener Scham und Schmach.

Mein Stiefvater Simon starb, als ich zwanzig war, an Magenkrebs. Krebs war damals noch ein kaum ausgesprochenes Wort: ein gedämpftes Flüstern, ein Unglück, und zugleich eine Familienschande. Aber nach und nach kam nicht nur das Irresein aus dem Geheimkabinett hervor, sondern auch der Krebs. Sterbende krochen aus ihren Hinterzimmern und setzten sich an den Familientisch, es kamen sogar Gäste zum Tee, und Nancy Reagan offenbarte der Welt, daß sie Brustkrebs hat. Einiges ändert sich eben doch zum Besseren.

So viel über Godfrey den Ziegenhirten, sage ich, mögen seine Herden gedeihen und sein Haschisch stark und grün heranwachsen, aber nicht mit mir. Nein. Nach Godfrey lebte ich kurze Zeit mit meinem Professor, und als das auseinander ging, allein, bis ich in einem schwachen Augenblick, nach dem ganzen Theater mit dem steinharten kleinen Planeten Athena Matthew heiratete.

»Jack«, sage ich, »Jack, wo werden wir wohnen?« Wie schwer ist es doch, ein freier Geist zu sein.

»Wieso?« sagt er. »Im Wohnwagen.« Ich soll also leben wie eine Zigeunerin, was, ohne Adresse?

»Deine Wäsche bringst du deiner Frau«, sage ich. »Das werde ich kaum machen können.«

»Nein«, sagt er. »Sie würde deine Feinwäsche zur Kochwäsche werfen. Bei mir macht sie das auch, wenn sie wütend ist. Ich hab keine Socken mehr, die nicht eingegangen sind.«

»Ich nehme sie mit in den Waschsalon« sage ich, »mit meinen zusammen. Künftig kriegst du weiche, schonend gewaschene Socken.« Alles werde ich für ihn tun, alles: für jenen Teil von ihm, der jede Nacht so wundervoll zu meinem Ich wird. Ich werde, wenn es sein muß, in der städtischen Badeanstalt baden.

»Deine Arbeit wird dir fehlen«, sagt er. »Deine Freunde.«

»Ich werde im Wohnwagen sitzen und ein Buch schreiben«, sage ich. »Ich fahr mit dir zu jedem Auftritt. Ich werde mich nie langweilen. Wir könnten uns ja«, sage ich vorsichtig, »ein kabelloses Telefon anschaffen.«

»Könnten wir«, sagt er, »aber es wäre vielleicht der Anfang vom Ende.«

»Dann schaffen wir uns keines an«, sage ich. »Es wird nur dich und mich geben.«

»Meinen Terminkalender führt Anne«, sagt er. »Alle Anfragen laufen über sie. Ich ruf sie einmal in der Woche von einer Telefonzelle aus an. Oder ich schaue schnell bei ihr vorbei.«

»Mir wäre es lieber, du rufst sie an«, sage ich.

»Ich glaube, das muß ich«, sagt er. »Wenigstens eine Weile. Sie hat sich richtig hineingesteigert, vielleicht sollte ich morgen schon anrufen, um sie zu beruhigen.«

»Es wäre mir lieber, du tätest es nicht«, sage ich.

»Ich muß jemand haben, der meinen Terminkalender führt«, sagt er.

»Das mach ich«, sage ich.

»Wie denn, vom Wohnwagen aus?« fragt er. Und er fängt mit heiserer Stimme wie ein alter schwarzer Volkssänger zu singen an: ›Smoke gets in your eyes‹. Ich merke, daß er ein bißchen betrunken ist. Er schafft mindestens zwei Flaschen Wein pro Tag und eine ganze Menge Bier. Trompete spielen macht durstig. Matthew trank nie mehr als eine halbe Flasche pro Tag und unbegrenzte Mengen Mineralwasser.

Eine Art Kälte kriecht mir ins Herz. Noch schlimmer, ich habe das Gefühl, als sei das heiße Werkzeug aus Fleisch, um das mein Fleisch sich schmiegt, kein Fleisch mehr, sondern kaltes Metall, eine Art Notbehelf, Kleiderbügel aus Draht, nicht Wünschelrute. Der Effekt ist der gleiche, der Draht krümmt sich und schlägt aus wie die Rute, und doch ist der Vorgang ein anderer.

»Was ist denn?« fragt er. »Gefällt dir meine Stimme nicht?«

»Ich liebe deine Stimme«, sage ich. »Und ich liebe dich.« Und das Wunder geschieht, und er ist wieder warm und der Gespensterliebhaber, der Grabbewohner, der einen Augenblick da war, ist verschwunden.

Jennifer sagt ...

»Aber wo werdet ihr wohnen, du und Jack?« fragt Jennifer.

»Hinten im Wohnwagen«, sage ich.

»Das dauert nicht lang«, sagt sie.

»O doch«, sage ich.

»Er wird zu seiner Frau zurückkehren.«

»Wird er nicht«, sage ich.

»Sie führt seinen Terminkalender«, sagt Jennifer. »Er wird müssen. Und man muß auch an Frances denken, und so führt eins zum anderen. Normalerweise lebt er den ganzen Sommer im Wohnwagen und im Winter bei Anne.«

Wir flüstern. Wir sind in der Küche. Es ist vier Uhr morgens. Ich konnte nicht schlafen und stand auf und ging, allen Gespenstern zum Trotz, nach unten. Ich fand Jennifer in eine Decke gewickelt, den Kopf auf dem Tisch, sie döste. Sandy sei zu heiß und zu verschwitzt, um sie neben sich im Bett auszuhalten, sagte sie. Also sei sie aufgestanden.

Als ich das höre, spüre ich einen Ausdruck auf meinem Gesicht, der mich einigermaßen erschreckt. Er läßt mich an meine Großmutter denken. Ich borge mir Jennifers Spiegel – sie hat natürlich einen in ihrer Handtasche – und studiere mein Gesicht. Tatsächlich, da ist es. Auf meinen vorwurfsvoll geschürzten Lippen, den schmalen, makellosen Gestapo-Lippen meines Vaters – er muß der schönste SS-Offizier der ganzen deutschen Armee gewesen sein –, auf ihnen liegt der Ausdruck meiner Großmutter, wenn sie sagte: »Das paßt mir nicht« oder »Nein, nein, das gehört sich nicht«. Ist das nun das Ergebnis wechselnder Umwelteinflüsse oder der gefürchteten Polygene? Zum Teufel damit. Ich nehme mich zusammen. Wenn Jennifer die Masochistin spielen will, so geht mich das nichts an. Ich ordne mein Gesicht neu, damit es weniger mißbilligend aussieht.

»Sie wird ihn nicht wiederhaben wollen«, sage ich.

»Doch, das wird sie«, sagt Jennifer. »Sie gehört zu denen, die meinen, ein halber Mann ist besser als gar keiner. Und er hat nicht das Recht, dich aufzufordern, im Wohnwagen zu leben. Was sollen die Leute von dir denken. Was giltst du denn dann noch?«

»Im Wohnwagen gefällt es mir ausgezeichnet«, sage ich. Ich, Sandra Harris, oberste Sternguckerin, Astronomin, zweiundvierzig, die Rasse nicht fortführend, selber ein Endpunkt und nicht jemand, der das Leben bloß weiterreicht, werde bis zum Ende meiner Tage in einem Wohnwagen leben, wenn Jack, der verrückte Trompeter, es so bestimmt.

Die Frau, die ich kaum kenne und die anscheinend ich bin, geht wieder ins Bett und schmiegt sich an einen Mann, den sie kaum kennt. Seine behaarten Arme schlingen sich um ihren glatten Rücken. Sie mag zweiundvierzig sein, aber ihre Haut ist glatt, blaß und ebenmäßig wie eh und je, und sie ist auf und davon, heißa, mit dem braunen Zigeuner, oh und oh und nochmals oh.

»Psst«, sagt er, »denk an Frances.« In manchen Dingen, das muß man ihm lassen, ist er zartfühlender als sie.

»Deklassiert« ist ein Wort, das heutzutage selten benutzt wird, aber um die Jahrhundertwende sehr in Mode war. Es bezeichnet Leute, die durch persönliche Entscheidung »zufällig« (ein derzeit sehr gebräuchliches Wort) ihre Stellung in der Welt verloren haben. Oder die es vorzogen, alles über Bord zu werfen und in Wohnwagen zu leben. Sie mögen dabei trotzig sein oder elend oder es zu verheimlichen suchen, aber diejenigen, die fest und sicher ihre Position in der Welt wahren, die dauerhafte, vernünftige Ehen schließen, die ihr Geld umsichtig verwalten, die saubere Tischtücher auf ordentlich gedeckten Tischen haben, erkennen sie sofort als das, was sie sind und nehmen ihre Taschen und Töchter in acht. Oft, wenn auch nicht immer, ist es eine Geldfrage.

Die Klassenbewußten schlafen mit den Deklassierten, aber sie heiraten sie nicht, denn sonst würden sie selber zu Deklassierten.

Zu den Deklassierten gehören:

Jeder, ob Mann oder Frau, der jemand auf der gesellschaftlichen Stufenleiter weit über oder unter sich stehenden geheiratet hat.

Jede Frau, die geschieden ist und nicht schnellstens wieder heiratet, vorzugsweise ihren Liebhaber.

Jeder, der Sozialfürsorge bezieht.

Jeder, der an einer unheilbaren Krankheit stirbt.

Jeder »in den Medien«, das heißt, jeder, der seine Gesellschaftsschicht auf zersetzende Art in Frage oder bloßstellt.

Schauspieler, Maler, Schriftsteller, Musiker und dergleichen, die sich in Gesellschaft von Deklassierten wohler zu fühlen scheinen als in der von Etablierten und die eine Art von Halbwelt bilden, für die sich Etablierte nicht interessieren, obwohl sie manchmal einen oder zwei aus dieser Welt zum Essen einladen. (Besonders Maler bemühen sich seltsamerweise oft, den Anschein zu erwecken, sie seien »Klasse«. In England ernennen sie sich gegenseitig zu Mitgliedern der Royal Academy, tragen Smoking, rauchen Zigarren und machen kritische Bemerkungen über den Wein, doch so ganz richtig funktioniert es nicht.)

Jeder, dessen Eltern keinen festen Wohnsitz haben oder nicht verheiratet sind.

Jeder, der als Ergebnis eines genetischen Experiments geboren wurde oder im Reagenzglas gezeugt oder Retortenbaby ist.

Verstehen Sie? Es geht hier nicht um Snobismus (ein Busfahrer kann genau so »Klasse« sein wie ein Börsenmakler), sondern um Zugehörigkeit oder Nichtzugehörigkeit. Entweder absichtlich (das wäre immerhin schon etwas) oder unabsichtlich, infolge seiner Geburt, was auf Französisch ausgedrückt *bas de gamme* wäre. Die Deklassierten sind Abschaum, das ist Tatsache. Aber wir sind so viele, wir werden täglich mehr, seit überall im Lande Reagenzgläser auftauchen.

Astronomen sind an und für sich nicht deklassiert. Aber Sandra Harris, Astronomin, zweiundvierzig, die ihr Leben lang darum gekämpft hat, zu den »Klassifizierten« zu gehören, indem sie Examina bestand, akademische Grade erwarb, Partner wechselte, Umzüge unternahm, Geld verdiente und es sparte, so tat, als existierte ihre Vergangenheit nicht, wurde erneut deklassiert, als sie den modrigen Planeten Athena entdeckte (Modrig, ja, ich wollte, das wäre er, Moder setzt Feuchtigkeit voraus, Wärme, Pilzbefall, Leben) und für die Medien interessant wurde. Selbst daß sie Matthew Sorensen heiratete, macht es nicht besser. Sternguckerin Sandra!

Deklassiert zu werden ist – fragen Sie nur Sandra Sorenson, die Sterndame, oder jemanden, der zum erstenmal in der Warteschlange bei der Fürsorge ansteht – eine der schmerzlichsten Erfahrungen im Leben.

Und doch strebt Jack, der verrückte Trompeter, freiwillig nach Deklassierung, nimmt sie auf sich, um unser aller willen. Dafür liebe ich ihn.

21 Was machen deine Schmerzen?

»Was machen deine Schmerzen?« fragt Frances am nächsten Tag. Sie schien beim Sonnenbaden eingeschlafen zu sein, ihr Körper wirkte wie zweigeteilt, ihr langes linkes Bein war hellrot, ihr langes rechtes Bein blaß.

»Viel besser«, sage ich. Es scheint sie nicht besonders zu freuen.

»Soll ich dir einen Tampon leihen?« fragt sie, und ich merke, daß sie sich vergewissern will, ob ich auch wirklich blute. Was den Geschlechtsverkehr mit ihrem Vater verhindern würde. Sie hat ja keine Ahnung.

In Wahrheit blutete ich kaum noch. Vielleicht unternahm mein Körper, der wußte, wo sein größtes Vergnügen lag, Schritte, um Jack dem verrückten Trompeter uneingeschränkt zur Verfügung zu stehen. Analverkehr ist zwar okay, aber nicht ganz, nicht ganz die wahre Liebe. Was unter gewissen Umständen das Beste ist, läuft immer Gefahr eine Notlösung zu sein – Valium oder Heroin –, eine Sucht, die das Gegenteil bewirkt: das Vergnügen wird zur Notwendigkeit.

»Diese vermaledeiten Tage«, klagt Frances. »Warum, glaubst du, hat Gott sie erfunden? Als Strafe, nehme ich an. Geschieht den Frauen recht.« Wir sitzen nebeneinander im Bus. Jack sitzt vorne bei Sandy, und sie streiten sich über das Tagesprogramm.

»Aber warum sollten wir bestraft werden?« Ich glaubte schon, sie wüßte vielleicht etwas, besäße die Intuition ihres Vaters und würde den Finger auf die Wunde legen.

»Weil wir solch mißglückte Geschöpfe sind«, sagt sie. »Wenn du mich fragst, hat Gott uns nicht richtig hingekriegt, irgendwas ist verkehrt gelaufen. Und jetzt läßt er es an uns aus. Glaubst du, ich bin verrückt? Immer sage ich solche Sachen. In der Schule behaupten sie, ich bin verrückt.« Sie spricht mit der Selbstgefälligkeit ihres Alters: ich bin verrückt, na, großartig!

Ich überlege, wie es wäre, sie zur Tochter zu haben. Sie ist sechzehn. Ich zweiundvierzig. Sie ist in dem Jahr einer meiner abgebrochenen Schwangerschaften geboren, damals mit Godfrey dem Ziegenhirten. Ich revidiere meine Meinung über Frances. Ich habe sie recht gern um mich. Ich könnte ihr vielleicht sogar beibringen zu lesen, zu schreiben und zu denken, was ihre Mutter so seltsam versäumt hat. Ihr Vater kümmert sich naturgemäß nicht um die Erziehung einer Tochter. Im großen und ganzen glaubt er, je informierter jemand ist, desto langweiliger.

»Einen Planeten entdecken kann jeder«, hatte ich mich gestern abend entschuldigt. »Man braucht nur die richtigen Geldgeber zu haben und an der richtigen Stelle zu suchen.« Ich weiß, es ist nicht vielen von uns Frauen gegeben, genau dies von sich zu geben, aber Ähnliches äußern landauf und landab erfolgreiche Frauen in den verschiedensten Berufen immer, wenn männliche Glieder schlottern und sinken.

»Aber Schatz, es ist doch nur eine *kleine* Beförderung.«

»Ich verdiene wirklich nicht mehr als du, Liebling, wenn du bedenkst, was der Babysitter kostet.«

»Liebling, ich bin nur eine Art Aushängeschild beim Vorstand.«

»Schatz, die haben so wenig Frauen, denen sie den Titel geben können, daß sie einfach jede nehmen. Aber den Orden des Britischen Empire zu haben wie du, daß ist *wirklich* was!«

»Ich verdiene doch das ganze Geld nur, weil das Publikum keinen Geschmack hat. Je mehr man verdient, desto schlechter ist man! Das weiß doch jeder.«

Und Analverkehr ist in gewissen Kreisen die große Mode. Wenn Sie meinen, da bestünde eine Verbindung, so ist das Ihre Sache. Der männliche Frust, konstruktiv gebändigt. Ich beklage mich nicht. Sandra die Sternguckerin beklagt sich nicht, sie erwähnt es nur. Man überwindet es am besten, indem man einfach daliegt und es genießt. Auf diese Art geht das Familienleben weiter. Ich wäre mit Matthew vielleicht besser zurecht gekommen, wenn er davon auch nur gehört hätte.

Was, ohne festen Wohnsitz leben? Ich? Also, da bin ich nicht sicher. Keine Briefe bekommen? Ich bin an einen gewissen Rhythmus meines Lebens gewöhnt. Ich habe es gern, wenn die Zeitung durch den Briefschlitz fällt. Ich beginne den Tag gern mit sehr kaltem Orangensaft, ich spüre gern, daß mein Geist kalt startet, wie am Morgen mein Wagen, bis er freundlich schnurrt. Ich habe gern die Finger auf der Tastatur des Computers, den Stift in der Hand. Ich habe gern einen bodenlangen Spiegel an der Wand, ohne Flecken und Kleckse. Eigentlich fühle ich mich so ziemlich, wie meine Großmutter sich gefühlt haben muß, als sie es ablehnte, mit ihrem Zigeunerliebhaber durchzugehen.

Andererseits mag ich das stoppelige Kinn des verrückten Jack. Ich mag seinen breiten Mund, seine ebenmäßigen Zähne, seine hellen Augen und langen Finger. Ich mag die Musik, die er macht. Ich mag seine Vergangenheit, die zur meinen stößt, um diese mächtige Gegenwart zu bilden. Wenn ich muß, werde ich auch ohne meinen geregelten Rhythmus auskommen und das Vorrecht einer ständigen Adresse nur zu gern für die Liebe aufgeben.

Ich sitze am Fenster, an dem kürzlich die Blutflecken auftauchten und wieder verschwanden – jetzt ist davon keine Spur mehr zu sehen – das ist ein deutlicher Hinweis, wie man mit diesen kleinen Demonstrationen einer traumatischen Vergangenheit umgehen soll, die durch die von unserem Bewußtsein so vernünftig errichteten Sperren sickern. Man muß sie ignorieren, wie die Wutanfälle eines ungezogenen Kindes. Ich beobachte die Band, wie sie aus dem Wohnwagen steigt, ihre Instrumente blitzen im blassen Licht. Ausnahmsweise sind ihre Stimmen gedämpft – aus Rücksicht worauf? Auf mich? Auf Frances? Ich kann es mir kaum denken. Es ist sehr viel wahrscheinlicher der Mond. Jack, lang, mit mageren Schenkeln und flinken Bewegungen, etwas in die Länge gezogen, wie auf einem Porträt von El Greco. Mir stockt der Atem. Mein Herz schlägt bis zum Hals. Ich rede bedächtig. Es mag ja Liebe sein, aber die

Symptome von Liebe und Tod sind nicht so verschieden. Ich habe eine Aufzeichnung meines Herzens, die das beweist. (Wo hab ich sie? Wo sind meine Sachen? Wo sind die Spuren meiner Lebensgeschichte?) Ich bin ja immer mit leichtem Gepäck gereist, aber das geht zu weit. Ich hätte mehr mitnehmen sollen aus Matthews Haus. Ich hätte ihn nicht provozieren sollen. Jetzt hat er die Kontrolle über meine Vergangenheit, wie eine Hexe Macht über diejenigen hat, deren abgeschnittene Fingernägel sie besitzt. Ich dachte, ich sei ganz zufrieden mit dem Inhalt meiner Nylontasche, die ich in den Bus mitgenommen habe – ich dachte, daß etwas Geld auf der Bank, ein Scheckbuch, ein paar Kreditkarten, ein Adreßbuch mit den Telefonnummern von Bekannten und Kollegen und ein paar Höschen und ein Paar Jeans zum Wechseln alles sei, was ich brauche, denn schließlich hatte ich meine Vergangenheit ja im Kopf, wenn ich darauf zurückkommen wollte, und meine Gegenwart war eine Situation der Dauer, doch jetzt steh ich da und will etwas sehen, fühlen, physisch vor Augen haben und anfassen: einen Streifen liniertes blaues Wachspapier, der einen Teil der Krankengeschichte meines Herzens enthält. Ach, wieviel schwächer bin ich doch, als ich dachte: Wo ist mein Heim? Wo sind meine Pantoffeln? Und mir fällt ein, daß ich einmal mit Ende zwanzig ein Paar hochhackiger, pelzbesetzter lila Pantöffelchen besaß, wundervoll ordinär, die ich nur gekauft haben kann, um Godfrey den Ziegenhirten zu ärgern – was ist aus ihnen geworden? Und aus den Kochtöpfen mit kupfernen Böden, die ich so gern habe? Aus meinen Manuskripten? Mein angestammter Schreibtisch steht noch im Sender, das stimmt, und darin befinden sich die netten, vertrauten Sachen, die man in Büroschreibtischen verwahrt: Nagellack, Liebesbriefe, unbeantwortete Hörerpost, ein paar schlampige Disketten mit meinen schriftstellerischen Versuchen, aufgezeichnet von einer freundlichen Sekretärin des Wild Life Programms, dessen Produzenten so viel Zeit damit verbringen, über Erdhöhlen zu lauern oder auf Füchse zu warten – die Wunder der Natur wollen ja immer gefilmt sein –, daß sie nur zu froh ist, wenn sie etwas zu tun bekommt, und sei es nur, für mich zu tippen. Vielleicht ist mein EKG auch in meinem Schreibtisch im Sender?

Auf diesem Stück hellblauem Wachspapier, das ich nun so unvernünftig vermisse, ist das Muster meines Pulsschlags, aufgezeichnet bei einem meiner gelegentlichen Anfälle von Tachykardie, bei denen mein Herz zur Embryo-Frequenz zurückkehrt: etwa zweihundert Schläge pro Minute. Das Muster selbst ist ästhetisch schön: ein steter, überzeugender, regelmäßiger Schlag, der über das Papier fegt wie die Feder über eine Seite, nur daß die Auf- und Abstriche ungemütlich dicht nebeneinander stehen, wie es – um im Bild zu bleiben – auch in bestimmten Wortgruppen der Fall ist.

»Der Pipette pulsierende Plazenta« zum Beispiel oder die vielen S in Sterndame Sandra, Sandra Sorenson – aber das ist, ich gebe es zu, ein Hirngespinst. Diese Anfälle von Tachykardie werden (Sehen Sie, was ich meine: schon wieder diese Haarstriche, dieser überreizte Rhythmus?) je nachdem, zu welchem Arzt man geht, ausgelöst von: schwarzem Kaffee, Alkohol, Kaliummangel, Streß, unterdrückten Emotionen, dem Versuch, Vergangenes zu verdrängen oder durch Vorhandensein eines zusätzlichen Bündels Nemonen im Herzen, durch die eine Art Kurzschluß zustande kam. O Daddy, ist es deine Schuld? Ein Defekt, der durch deine Gene läuft, oder durch die meiner irren Mutter? Oder ist es nur ein Kopierfehler bei der DNA? Es ist eine Berufskrankheit, Ärzte, Schriftsteller, Journalisten und Fernsehleute haben sie, vielleicht eine Methode der Natur, diejenigen allmählich auszumerzen, die schlauer sind als für die Gattung taugt; die Kranken sollten wirklich absterben, ehe sie sich fortpflanzen können, und die Schwachen ungeschützt bleiben – diese Ansicht vertrat ich vor einem Notarzt, der gerade dazu ansetzte, mein Herz durch eine intravenöse Spritze Verapamil zu normalisieren, doch er machte weiter mit eisernem Gesicht und notierte nur etwas in mein Krankenblatt. (Ich fand später Gelegenheit es zu lesen: »Patientin erregt, redet Unzusammenhängendes.«) Medizinmänner lachen selten im Dienst. Auch mein Vater war im Lachen nicht groß. Tamara lachte natürlich viel, aber eher so wie die arme Mrs. Rochester, die dunklen Korridore entlang. Als Kind wachte ich häufig bei dem Geräusch auf. Meine Version eines Urerlebnisses. Mein Herz schlug sich, wie der Zettel es aufzeichnete, mit seinem Lieblingsphänomen herum, der kleinen Demonstration seiner traumatischen Vergangenheit. Ich versuche ehrlich, nur auf mich zu hören, und seine kindischen Koller zu ignorieren, und manchmal gelingt es mir auch, dann gibt es auf und kehrt zur Normalität zurück, neuerdings aber benötigt es dazu das väterliche Dazwischentreten der Ärzte mit Spritzen dieser und jener Art. Was ich auf dem blauen Zettel besonders vermisse, ist die Aufzeichnung von dem einen Mal, bei dem man mir statt des Herzmittels Strychnin einspritzte. Erst stockte mir der Atem, so wie jetzt, wo ich im Mondlicht auf Jack, meinen Liebhaber, warte, dann schlingerte mein Herz einmal und noch mal, und ich schrie auf, erst verliebt, dann entsetzt, und starb, ich schwöre Ihnen, ich starb und wurde wieder lebendig, und das ist aufgezeichnet auf dem Blatt, wie mein Herz stillstand, jawohl, stillstand und eine gerade Linie über die Seite lief, ohne Unterbrechung einfach weiterlief, ohne Auf- und Abstriche durch pulsierende Plazentas oder Sandra Sorenson oder die SS, und dann fing es Gott sei Dank, Gott sei Dank wieder an, die außer Kontrolle geratenen Herzschläge sprangen über das Papier hinaus wie seismographische Nadeln, die vom Blatt geschleudert werden, dann setzte wie durch ein Wunder der gewohnte Pulsschlag wieder ein: regelmäßig, gleichmäßig, wie es sich gehörte. Danke, Daddy, du hast mich gut konstruiert, was du auch sonst getan haben magst.

»Danke, Doktor«, sage ich, als ich dazu in der Lage bin. »Wie ich bemerke, bin ich wieder am Leben.«

Aber wie gesagt, Witze mögen sie nicht. Als er gegangen ist, sagt die Schwester: »Das Verapamil war uns ausgegangen, aber jetzt sind Sie wieder in Ordnung, das ist die Hauptsache.«

»Ja«, bestätige ich, »das ist die Hauptsache.«

Aber als mein Herz diesmal aus dem Rhythmus kommt, denke ich nicht nur an die Liebe, sondern auch an den Tod. Ich überlege, wo man zu Hause ist und warum ich nie eines gehabt habe. »Daheim ist man dort, wo das Herz ist«, sagte Frances heute. Sie spricht so ernsthaft, ihre großen Augen blicken so bedeutsam, als sie diese Mythen unserer Gesellschaft ehrfürchtig wiederholt. Ich möchte nicht Wasser in ihren Wein gießen und anfangen zu widersprechen. Oh, trippel-trappel, tripp-trapp, zurück in den pränatalen Zustand!

Sterndame Sandra Sorenson. S.S.S. Noch ein zusätzliches S, ein zusätzliches Häufchen Nemonen. Was mich ängstigt, ist die Art, wie all das zusammenhängt.

Zwischen den Musikstücken, zwischen Schlucken rotem Landwein, sagte Jack – wie nebenbei, aber ich weiß, es war nicht nebenbei –, »jemand hat in der Stadt nach dir gesucht.«

»Wer denn?« fragte ich erschrocken.

Ich wollte, daß wir ins Bett gingen, aber die Party war noch nicht zu Ende. Es war nach drei. Um sieben mußten wir wieder aufstehen. Es schien keinen zu kümmern. Jennifer unterdrückte das Gähnen und lächelte strahlend. Sie wußte, es hatte keinen Sinn zu protestieren. Die Band entspannte sich nach der Abendvorstellung. Nichts verachtet ein Musiker so sehr wie einen Spielverderber auf der Party, der nicht mithalten kann, sich Stöpsel in die Ohren steckt, die Getränke wegschließt, wegfährt oder sich zwischen ihn und das Mädchen stellt, das ihm in seinem Suff vorübergehend traumhaft vorkommt. Frances war am Tisch eingeschlafen – das war gestattet. Ihr rotes Haar breitete sich über eine Tischplatte, die bedeckt war von vergossenem Wein, abgegessenen Tellern, durchweichten Etiketten, Brotkrusten und Glasscherben. (Jennifer hatte den ganzen Tag Bohnen eingeweicht. Die kochte sie, als die Band zurückkehrte. Sie tat Salz ins kochende Wasser. An Bohnen darf man nie Salz geben, sonst wird ihre Haut zäh, sie werden noch schwerer verdaulich, noch mehr zum Fast-food. Na egal. Wer war ich, so etwas zu sagen. Ich bin Astronomin. Man wird mir verzeihen, wenn ich mich auf berufsspezifische Kenntnisse beschränke und bei fast allem anderen Unwissenheit heuchle, angefangen damit, wie man einen Mann behält, bis zu der Frage, wie man Bohnen nicht kochen darf.) Die schmale weiße Hand von Frances war im Schlaf um den verklebten Becher gekrümmt, der als Kelle diente. Sie hatte ihre Jungfräulichkeit nicht an Douglas verloren, nur ihr Herz. Er war verheiratet und hatte ihr das törichterweise gesagt. Ich war stolz auf sie: nicht weil sie tugendhaft war, sondern weil bei ihr der Wille über die Neigung gesiegt hatte. Irgendwie hielt ich das für mein Verdienst. Ich hatte ihr gezeigt, daß man auch durchkommen konnte, ohne allzu entgegenkommend zu sein.

Nun hatten alle ihre Instrumente bereit. Pedro spielte Volksmusik. Jack spielte New Orleans, Karl etwas, das klang wie der Birdie Song. Gläser wurden gefüllt aus riesigen Plastikcontainern, die wie Benzinkanister aussahen und deren Inneres meiner Überzeugung nach von dem darin enthaltenen unausgegorenen Wein angefressen war; es war genau der Essig, den man Jesus am Kreuze bot, durstlöschend, schmerzstillend. Viel davon wurde verschüttet, mit empörten Aufschreien weggegossen, und dann, optimistischer, doch eingeschenkt. Jennifer wischte nicht auf, wonach sie sich, wie ich wußte, sehnte. Der Anblick eines Scheuerlappens wäre kränkend gewesen. Das Gespräch drehte sich hauptsächlich darum, wieso sie alle in verschiedenen Tonarten spielten und wie man das abstellen könnte. Man konnte es nicht. Sandy war überzeugt, Pedros Gitarre sei ein Banjo. Pedro wurde böse. Wenn er böse wurde, schob er seinen Stiftzahn mit der Zungenspitze beiseite und starrte einen zahnlückig an, spielte aber weiter. Strähnen seines langen, fettigen Haars rutschten in seinen Wein, er warf zornig den Kopf zurück und spritzte damit im Zimmer herum. Ich war froh, mein schwarzes T-Shirt anzuhaben und nicht mein weißes. Es kam zum üblichen Gerede, daß die Festival-Organisatoren die Band nicht genügend mit Plakaten ankündigten. Man drosch mit Fäusten, man trampelte, man drohte mit Vergewaltigung und Mord. Bente saß ergeben lächelnd dabei, als sei das nichts Außergewöhnliches. Dann brach sie plötzlich in Tränen aus und verließ das Zimmer. Hughie folgte ihr. Um einen Mitspieler gebracht, begnügten sich die anderen mit der übereinstimmenden Feststellung, er sei sowieso ein lausiger Musiker und für niemanden ein Verlust.

Unter diesen Umständen wäre es einem Gespenst schwergefallen, sich zu materialisieren. Wäre ich eins, ich hätte es nicht getan, nicht wenn meine Ohren noch einigermaßen empfänglich gewesen wären. Ich überlegte, ob dies die richtige Gesellschaft für mich war, und dachte: vielleicht doch. Es war mir lieber als zwischen Matthews Freunden im kleinen Schwarzen herumzuschweben, Fragen nach dem Planeten Athena zu beantworten oder über die Hochkonjunktur bei Immobilien zu diskutieren und Muscadet zu trinken. Oder in Godfreys Welt in einem Hänger von Laura Ashley über Handlinien zu sprechen oder mir Blödsinn über Tierkreiszeichen anzuhören. Oder aber in Rock und Pulli mit befreundeten Akademikern lebhaft zu erörtern, wer wozu an der Uni ernannt werden würde, was die Kinder schon alles konnten und welches beim Wein die besten Jahrgänge waren. Andere Welten, andere Partys.

Ehrlich gesagt wäre ich aber lieber mit Jack im Bett gewesen, und es kränkte mich, daß er die Grenzen unserer stillschweigend vereinbarten Einflußsphären antastete – etwa wie die Sowjetunion bei der Invasion Afghanistans oder die USA beim Errichten von Stützpunkten in der Türkei –, indem er diese späten Stunden der Band widmete, statt sie für mich zu reservieren.

Das mit dem Wein war Jacks Idee. Es war auch Jacks Idee, mit dem Musizieren anzufangen, Jacks Idee, alle – nicht nur sich selbst – vom Bett fernzuhalten. Jack war mir böse. Jemand suchte mich. Wie kam ich auch darauf, einfach verschwinden zu wollen, für die Welt von so geringem Interesse zu sein, daß man das einfach hinnahm? War ich nicht eine Art Angelpunkt, der Punkt, an dem sich Gegenwart, Vergangenheit und Zukunft das Gleichgewicht halten, an dem die Toten den Lebenden begegnen, ganz zu schweigen von Himmel und Erde. Man würde mich nicht so ohne weiteres gehen lassen.

»Wer hat mich gesucht?« fragte ich noch einmal, als Jack ›The red flag‹ oder Marlyns ›Maryland‹ fertiggespielt hatte (es kam darauf an, wer für die Nummer bezahlte), während Pedro ›Strawberry fair‹ und Karl einen Fandango spielte. Sonderbarerweise klang es ganz gut.

»Ein Mann oder eine Frau?«

»Weiß ich nicht«, sagte er. »Es war nur ein Zettel mit deinem Namen am schwarzen Brett vom Festival.«

»Handgeschrieben oder getippt?«

»Handgeschrieben, mit grüner Tinte. Irgendein Liebhaber wahrscheinlich.«

»Wieso sollte ich einen Liebhaber haben, der grüne Tinte benutzt?«

»Weiß ich nicht«, sagte er. »Ich weiß doch nichts von dir.«

»Wenn es nach etwas Dringendem aussah, warum hast du es mir nicht mitgebracht?«

»Weil es mich nichts angeht. Wenn du so leben willst, daß deine Liebhaber dringende Nachrichten für dich in ganz Frankreich verstreuen, dann ist das deine Sache.

Karl hat ›Hindustan‹ angestimmt. Jack kann nicht widerstehen. Er spielt mit. Auch Pedro. Es gelingt ihnen eine ganz gute Interpretation. Ich gebe auf und gehe allein ins Bett. Gespenster erscheinen nicht.

24 In der alten Stadt geht es heute abend heiß her

Jawohl! Alle sind sie da: Jacks Frau, Matthew und Jude vom Fernsehen mit dem krausen Haar, der eindrucksvollen Persönlichkeit, dem unreinen Teint und der geraden Nase. Heute sind sie allesamt aufgetaucht.

Jude und Matthew bekamen die beiden letzten Zimmer in der Stadt. Jude im Hotel de Cheval Blanc und Matthew (natürlich) im Hotel de France, wo man American Express Karten nimmt.

Anne findet nirgends Platz, darum schläft sie Wand an Wand mit Jack und mir in Frances' Zimmer.

Ich schreibe dies bei Mondlicht, ich sitze im Gespensterfenster, den Schreibblock auf den Knien. Jack liegt in seinem Bett und schläft. Er hat heute abend eine Menge getrunken, außerdem haben die Ereignisse des Tages ihn erschüttert. Erloschen wie ein Licht. Der Glückliche.

Wie hatte ich nur glauben können, ich könnte einfach verschwinden? Ich bin der Punkt, an dem die Irren, die Schlechten und die Verrufenen zusammentreffen. Ich bin ein Durchschnittsmensch, aber ein zum Äußersten getriebener.

»Komm wieder ins Bett«, sagt Jack.
»Nein«, sage ich.

Folgendes ist geschehen.

Der Kleinbus verließ das Hotel de Ville um neun Uhr fünfundvierzig. Um zehn Uhr dreißig sollte der erste Auftritt unter dem *monument aux morts* stattfinden. Nach dem Frühstück hatte die Band sogar ein *meeting* abgehalten, bei dem diskutiert wurde, was man anziehen, was spielen sollte und verschiedene technische Einzelheiten bezüglich Tonartwechsel und Tonarten besprochen wurden. Nun dauerte die Tournee eine Woche, und sie schafften es allmählich. Ich aber demonstrierte Untüchtigkeit. Mir war eingefallen – vergessen Sie einmal die persönliche Befriedigung, die meine Fehler bei anderen wachrufen –, daß Tüchtigkeit in unserer modernen Welt weder erwünscht noch nötig ist. Es gibt nicht genug zu tun, und viel zu viele Leute tun es. Es wäre besser für uns alle, wir wurstelten uns irgendwie durch. Ich trug ein weißes T-Shirt – Frances hatte es netterweise für mich gewaschen – und Jeans. Sie hatte mir auch noch ein paar Bikini-Höschen geborgt.

»Geht's dir gut genug, um heute mitzufahren?« fragte Jennifer.

»Mir ist viel besser«, sagte ich höflich.

»Das ist gut«, sagte sie. »Man kann doch die arme Frances nicht als Pflegeperson hier festnageln, nicht? Wo sie doch nur einmal im Jahr Urlaub hat.« Womit sie meinte, solche wie du können das ganze Jahr Ferien machen mit den Ehemännern anderer Leute, von unsereinem kann man das nicht sagen. Ich fühlte mich wirklich recht gut, muß ich sagen (bis auf diesen gewissen Schmerz, der plötzlich von links hereinschoß bis irgendwo unterhalb des Nabels, eine halbe Sekunde anhielt und dann verging. Er konnte einen zwar erschrekken, tat aber nicht wirklich weh. Ich hatte ihn ganz gern.) Und ich sah auch recht gut aus. Zu viel Sex mag ja schwächen, gibt einem aber einen erfreulichen Glanz – und einen verschwollenen Mund. Ich sah besser aus als Jennifer. Sie hatte einen schlimmen Insektenstich direkt unter dem linken Auge. Vielleicht war es das. Ich bot ihr meinen Juckreiz-Stiller an, ohne den ich nie ins Ausland fahre. »Ich finde, ein Gutes hat das Älterwerden«, sagte Jennifer, »die verdammten Tage dauern nicht mehr so lang.«

Manche Frauen sitzen da und errechnen aus beiläufigen Bemerkungen, wie alt man ist: welche Filme man schon gesehen hat oder in welchem Alter man eine Bienenkorbfrisur trug. Zu denen gehörte Jennifer. Ich fand jedoch, ihr Ehemann Sandy sei daran schuld, er war einer von den Männern, die ihre Frau als »die Alte« bezeichnen und sich mit ihren derzeitigen sexuellen Eroberungen brüsten. Daher verzieh ich ihr.

»Ja, das stimmt«, sagte ich munter, nahm mir aber, obwohl ich mich so gut fühlte, doch vor, in Blasimon-les-Ponts zu einem Arzt zu gehen. Die Franzosen haben ein sehr gutes System: Man kann einen Arzt aufsuchen, für Diagnose und Behandlung sofort bezahlen und beides auf der Stelle mit ihm erledigen. In England behalten die Ärzte ihre Diagnosen für sich oder machen sich geheime Notizen. Man erfährt nicht einmal, welchen Blutdruck sie festgestellt haben. Ein sonderbar barbarisches Land. (Hier muß mein Vater aus mir sprechen. Manchmal, wenn mein Mund nicht durch meine Polygene mißbilligend verzerrt ist, spüre ich, wie er sich zu einer Art Dr. Strangelove-Grimasse verzieht – ti-hi-hi –, er bekommt etwas sadistisch Freudloses, und ich beeile mich, meine Gedanken und Gefühle umzuwandeln, mehr in meine eigenen als die meiner Ahnen. Was kann eine Frau schon tun?

Der Besuch beim Arzt würde außerdem die Zeitspanne zwischen elf Uhr dreißig und zwölf Uhr dreißig ausfüllen, die wir damit zubrachten, oben vor der Kantine auf unseren Gratislunch zu warten. Ungefähr zweihundert Musikern würden *salades de saison* serviert werden, dazu Schweinekoteletts mit weißen Bohnen, die Frances nicht ausstehen konnte, Jack liebte, ich mir gefallen ließ und die Musiker anderer Nationen mit starken religiösen Überzeugungen und kulturellen Neigungen lärmend ablehnen würden.

Jennifer und Sandy saßen vorn im Bus. Er fuhr. Sie spendete ihm Ratschläge, Trost und durch einen Strohhalm hin und wieder einen Schluck Mineralwasser, während er ihr alles mögliche vorwarf, wofür sie nichts konnte (das Wetter, ihren Busen) und einiges, wofür sie etwas konnte. (»Schau, da, da ist ein Parkplatz« – »Ist doch eine gelbe Linie davor, dumme Gans!«.) Es wäre noch für einen Dritten Platz vorne gewesen, aber zwischen ihnen reiste der Kontrabaß. Natürlich. Das war mal wieder typisch. Sie mußte sich über das Instrument hinüberlehnen, das ihr das Leben verbitterte, ihn zu allen Tages- und Nachtzeiten von ihr fernhielt, seine Treue brach, die sie ihm so freudig hielt. Zu Sandys Gunsten aber muß ich erwähnen, daß von ihm eine Aura großen, anregenden, sexuellen Selbstvertrauens ausging. Er blinzelte und zwinkerte ins Morgenlicht und sonnte sich in der Bewunderung seiner Frau.

Pedro saß hinter Sandy, die Augen geschlossen. Er schlief oder meditierte. Sein rötlicher Bart schimmerte in der Sonne. Überall an ihm baumelten Talismane verschiedenster Art. Er sprach nur selten mit Jack oder mir. Mit Jack deshalb nicht, weil der ihm gestern abend einen falschen Akkord gegeben hatte oder etwas ähnliches, was ich nicht ganz verstand. Jack aber hatte es, laut Pedro, einmal zu oft getan. Jack wiederum sagte nur, Pedro sei unmöglich und verstünde nichts von Jazz. Er sollte sich an die Volksmusik halten, in der er sich wirklich auskannte. (Die Jumpers verachteten Volksmusik fast so sehr wie Dixie.) Solche Streitereien flammten innerhalb der Band immer wieder auf, tobten eine kurze Zeit und klangen dann über einem Glas Bier in einer angenehmen Zwischenpause friedlich aus. Jennifer und Frances waren an sie gewöhnt. Ich nicht. Mit mir sprach Pedro deshalb nicht, weil ich es abgelehnt hatte, ihm sein Exemplar von ›Athena, die Friedensbringerin, Planet im Zeitalter des Wassermanns‹ zu signieren, das die Astrologische Gesellschaft veröffentlicht hatte. (»Ja, aber warum denn nicht?« hatte Jack gefragt. Und ich hatte erwidert: »Weil es ein Verbrechen gegen den gesunden Menschenverstand ist.« Darauf Jack: »Signier es ihm um Gottes willen, sonst reißt ihm heute abend wieder eine Saite. Dieser Mensch ist eine Nervensäge. Er macht die ganze Band fertig.« Aber ich wollte nicht). Nun waren also, wie gesagt, Pedros sanfte, freundliche Augen mit ihrem auf dem Grunde liegenden kalten Haß und Groll (ich hatte das Gleiche bei Godfrey beobachtet) geschlossen. Sandy gab Gas, um mit einem zusätzlichen Hopser über die Bahngleise zu fahren. So was tut er gern.

»Festhalten!« rief Jennifer, und alle hielten sich fest, und die Instrumente gaben einen schwirrenden Ton, die Weinflaschen klirrten, Frances kreischte, und eine starke Welle Körpergeruch kam von Stevie, dem Posaunisten, und Jack und ich hielten uns an den Händen.

Ich ging zu einem Arzt, der seine Praxis ein paar Häuser hinter dem Credit Lyonnais hatte, und saß nur kurze Zeit in einem weißen Zimmerchen zwischen Plakaten von Giftschlangen und Giftpilzen, ehe man mich ins Sprechzimmer einließ. Die Franzosen scheinen eine gesunde Rasse zu sein – oder zu geizig, um Ärzte zu bezahlen. Doktor Tarval war, so dachte ich anfangs, ein nicht sehr gescheiter junger Mann Mitte zwanzig mit einem Eulengesicht, kurzgeschorenem Haar und vollendeten französischen Manieren. Die Sprache war ein kleines Problem, da er kein Englisch konnte, aber das Vokabular der Schmerzen läßt sich auch mimisch ausdrücken. Er schien mich zu verstehen, bat mich, hinter einen Vorhang zu treten, in ein Gefäß zu pinkeln und um vier Uhr wiederzukommen. Ich fragte nach dem Grund, doch da war er genau so wenig mitteilsam wie ein englischer Arzt und sagte nur, es wäre nachher noch Zeit genug, darüber zu sprechen. Jennifer und Frances waren mitgekommen. Sandy hatte die Schlüssel im Minibus eingesperrt und dabei irgendwie die sinnreichen Konstruktionen der Firma Renault umgangen, die eben das verhindern sollten. (Die Band beschuldigte Pedro, der heute offensichtlich der Prügelknabe war, er habe sich im falschen Moment auf ein Schloß gelehnt.) Zum Glück waren Hemden und Instrumente vorher herausgeholt worden – nicht aber die Kassetten der Band. Es war Jennifers Aufgabe, sie anzubieten, und Sandy machte sie rundweg und in aller Öffentlichkeit dafür verantwortlich. Jennifer hatte auf einmal genug: in ihren Augen funkelten keine Tränen, sondern der Zorn, und sie schrie (zum Erstaunen der Vorübergehenden, die Franzosen sind zurückhaltende Leute): »Du verrückter, blödsinniger, widerlicher Macho, du kannst deine gottverdammten Kassetten selber verkaufen. Sie sind sowieso Dreck. Du nennst dich Kontrabassist? Du könntest nicht mal auf einer Mandoline klimpern.« Das würde sie eine ganze Weile nicht wieder gutmachen können, klar, besonders da sogar ich weiß, wie schwer eine Mandoline zu spielen ist.

Ich entführte sie daher in ein Café und spendierte ihr einen Cognac, und Frances ging mit, und Jennifer weinte und schrie noch eine Weile, und ich sagte, Sandy müsse sich idiotisch vorkommen, so blöd die Schlüssel eingesperrt zu haben – daran hatte sie nicht gedacht, ihre Treue war so in der Wolle gefärbt, daß sie glaubte, er müsse es irgendwie absichtlich gemacht haben –, und sie täte besser daran, darüber zu lachen als zu weinen. Und allmählich wurde ihr besser, und sie erzählte uns ein bißchen aus ihrer Vergangenheit: Einzelkind, erzogen von einem ältlichen Vater, ohne Talent zu Freundschaften, das andere Kinder aus großen Familien beneidete, in denen immer etwas los war: ursprünglich war sie Sandys Sekretärin gewesen, hatte dann seine Ehefrau entthront und deren drei Kinder übernommen, zu denen noch zwei eigene kamen, aber sie waren jetzt fast erwachsen, und die Einsamkeit fing wieder an hereinzubrechen. Wieviel die Menschen über sich wissen, dachte ich, und bleiben doch machtlos, wenn sie ihr Leben in den Griff kriegen sollen. Es erklärte Jennifers »Kommt schon, ihr alle«-Syndrom, das Bedürfnis, sich nützlich zu machen, ein abgekürztes Verfahren, um geliebt zu werden. Ich dachte damals, daraus ließe sich eine gute Geschichte machen.

»Seine erste Frau tut mir leid«, sagte ich. »Du bist herangebraust wie ein Schlachtschiff.«

»Du hast's nötig!« sagte Jennifer, und Frances schrie: »Nun hör dir das an!« und zeigte auf mich und kippte einen Brandy – als ginge sie auf die vierzig zu –, und wir lachten alle nur noch mehr. Es war eine gute halbe Stunde. Ich glaube, wir standen unter einer Art Spannung. Aber ich dachte, daß mit mir eine erstaunliche Metamorphose stattfand, ausgelöst durch die Sonnenhitze und die Musik und Jack und all das Niederschreiben der Vergangenheit; und daß es möglicherweise wirklich so etwas wie »Selbstfindung« gibt, durch die man zum Schluß netter ist, als man dachte, zumindest an der Oberfläche. Dann ging ich zum Arzt.

Als ich ins Freie kam, sah ich Matthews Wagen vor dem Hotel de France stehen. Glänzende Mercedesse sind in diesem Teil des Landes selten. Sie halten sich lieber an die Autobahnen und größeren Städte, wo sie nicht staubig und verkratzt werden. Er nahm zuviel Platz auf der Fahrbahn ein: die anderen Fahrzeuge stauten sich, um an ihm vorbeizukommen. Es gab keinen Zweifel: es war der Wagen meines Mannes. Ich lehnte mich an eine Mauer.

»Was ist denn?«

Ich sah mich um, vermutlich mit verstörtem Blick, denn für gewöhnlich bin ich recht beherrscht, aber jetzt schaute ich direkt in die Augen von Jude vom Fernsehsender. Da wurde ich ohnmächtig.

Ich bin noch nie ohnmächtig geworden. Ganz selten einmal habe ich geweint, aber ohnmächtig bin ich nie geworden. Es ist zugleich angenehm und unangenehm. Unangenehm wegen des kreiselnden, schwarzen, übelkeiterregenden Tunnels, der einem durch den Kopf wirbelt, einen einsaugt und verschlingt, und angenehm wegen der puren Sinnlichkeit, mit der der Körper den Geist ablöst und sich daran macht, ihn auszulöschen. Ich frage mich, ob wohl Tiere ein Großteil ihres Lebens in diesem erfreulichen durchaus erotischen Zustand verbringen. Ich hoffe es für sie.

Ich brauche Zeit, um alles zusammenzubringen, was innerhalb und außerhalb meines Kopfes geschah, obwohl ich meist nur dagesessen und geschrieben und darauf gewartet habe, daß mein Liebhaber auftaucht und die erotische Betäubung erneut einsetzt. Wie eine Drogensüchtige. Doch es war mehr geschehen, als selbst ich ganz begriff. Die Vergangenheit holte mich ein, das war schon in Ordnung, und ich hatte einfach stillgehalten und es zugelassen. Hier aber verkörperte sie sich faktisch und real in der massiven Gestalt von Matthew und der mageren, verhungerten von Jude – und damit hatte ich nicht gerechnet. Kein Wunder, daß ich in Ohnmacht fiel. Ich wollte Zeit gewinnen. Ich will es immer noch.

Wo war ich? Ach ja, im Café. Ich fühle mich bestens, habe meine fünf Sinne beisammen und blicke argwöhnisch, als Jude sagt, der Sender habe sie hergeschickt, um sich zu überzeugen, daß bei mir alles in Ordnung ist.

»Daß ich mit dem Programm für nächsten Monat herausrücke, meinst du«, sage ich.

»Mich zu überzeugen, daß bei dir alles in Ordnung ist«, wiederholt sie geduldig. »Du kannst Studienurlaub nehmen, meinen sie. Sie verstehen, unter welchem Streß du gestanden hast.«

»Was soll das heißen? Ich habe nie unter Streß gestanden.«

Das bringt sie zum Schweigen. Ich habe mich verliebt, in die Wollust, in Jack, ich bin durchgegangen. Ich stand nicht unter Streß. Ich war gelangweilt.

»Also Alison und Bobby haben mir das anders erzählt. Sie wären selber gekommen, wenn sie Zeit gehabt hätten. Jedenfalls bekommt die Sache so ein Gesicht«, sagt sie unbestimmt. »Wenn der Sender dir ein Jahr Studienurlaub gibt, müssen die das vor der Honorarabteilung verantworten. Damit es nicht wie Bestechung aussieht, sondern mehr wie etwas ärztlich Verordnetes.«

»Du meinst, die wollen mich ein Jahr los sein?«

»Ach, Gott, Sandra«, klagt sie, »du bist aber auch schwierig!«

»Ich bin nicht schwierig«, sage ich. »Ich will nur wissen, was los ist.«

Und so weiter. Es war ein kleiner Artikel in der ›Mail‹ erschienen, ich sei mit einer Jazzband in Südfrankreich. Schnüffler waren der Sache nachgegangen. Wer wohl den Artikel lanciert hatte?

»Jedenfalls«, sagte Jude, »so oder so, sie wollten wissen, was denn nun weiter wird. Die Produktionstermine rücken näher und sie haben nichts von dir gehört.«

»Ich kann mich jetzt nicht damit abgeben«, sage ich. »Noch einen Drink?«

Die Klänge von Dr. Jazz hallten vom Kriegerdenkmal her die Straße herauf.

»Du siehst sonderbar aus«, sagt sie. »Erschöpft und ein bißchen ungewaschen. Du lebst wohl recht primitiv? Magst du mit mir heimfahren? Von Bordeaux aus könnten wir um fünf zusammen abfliegen.«

»Die Sache ist die«, sage ich, »ich weiß nicht wohin, wenn ich erst wieder zu Hause bin. Mein Mann hat mich rausgeworfen.«

Sie sieht erstaunt aus.

»Das erzählt er aber anders. Er sagt, du hättest eine Art Zusammenbruch gehabt. Weißt du übrigens, daß er das Richteramt, oder wie man das nennt, nicht gekriegt hat?« Sie klingt streng.

»Nein, das wußte ich tatsächlich nicht«, sage ich. »Trotzdem: kein Baum fällt auf den ersten Streich. Eines Tages wird er es schon schaffen.«

»Weißt du auch, daß er hier ist, in Blasimon-les-Ponts?« fragt sie.

Worauf will sie hinaus?

Ich stehe auf.

»Ich geh jetzt lieber und helfe der Band wieder in den Minibus«, sage ich, »die haben sich sozusagen ausgesperrt. So was passiert eben. Ich seh dich doch noch, oder? Findest du diese Festivals nicht herrlich? Ab zwei Uhr heute nachmittag gibt es zwei volle Stunden bulgarische Nationaltänze. Sie finden im Stadion statt. Da klatschen sie sich prächtig auf die Knie. Diese Schenkel machen einen echt an.«

Noch während ich redete, überlegte ich, wen und was ich da verriet, denn ich hörte mich in das gewohnte Mediengeschwätz zurückfallen und Witze reißen, wo keine hingehören. Jack hatte recht: ich hatte mich mit dem fürchterlichen Virus urbaner Weltlichkeit infiziert, und an mir war nichts gesund. Eine lebenswichtige Empfindsamkeit war infolge langen Belichtens durch Studio-Scheinwerfer abgetötet worden. Ich konnte mein Interesse für bulgarische Hochzeitstänze nie länger als eine Stunde aufrechthalten. Jack begeisterten sie. Mich langweilten sie. Wir waren nicht einig. Damit mußte man sich abfinden. Mit Jude war ich ganz vertraut. Ich traute ihr nicht, aber ich war vertraut mit ihr. Wir redeten, wie man so sagt (die das sagten, verachtete ich am meisten) die gleiche Sprache. Mit der Band konnte ich lachen, der Band konnte ich zuhören und meine Nächte mit dem Bandleader verbringen und zu den Frauen der Band eine Beziehung haben und mich um sie zu kümmern, aber mit wem aus der Band konnte ich reden, wer hätte auch nur die blasseste Ahnung gehabt, worüber ich da schwatzte? Jude aber würde mindestens 80 Prozent von dem mitkriegen, was ich zu sagen hatte, und auf die anderen 20 Prozent einen Wissenschaftler ansetzen, der die Details überprüfte. Ja, eines Tages könnten Leute wie wir vielleicht sogar zu irgendeiner Schlußfolgerung über das Wesen der Erfahrung kommen, falls uns die Abteilung für Religiöses ein bißchen half.

»Hör mal«, sagte ich zu Jude und bediente mich der Sprache, die ich mißbilligte, von der ich aber wußte, daß sie sie verstand, »es tut mir leid, aber ich brauche Raum. Verstehst du, ich versuche hier zu einer Entscheidung zu kommen.«

Sie hatte vor kurzem eine Serie mit dem Titel ›Lebensentscheidungen‹ produziert, sie mußte es verstehen. Da überlegten Frauen, ob sie ihre Jobs wechseln, ihre Ehemänner verlassen, Kinder kriegen oder ihren Liebhabern gestehen sollten, daß sie Aids hätten – so in der Art. Wahrhaft langweilig, direkt aus den Seiten von ›Für die Frau‹ – so was ist natürlich nur dann hochinteressant, wenn man selbst entscheiden muß.

»Okay«, sagte Jude, »ich gebe dir Zeit bis morgen. (Beim Rundfunk ist man langsam, dort haben alle einen Siebenunddreißigjahresvertrag, und so wirkt es auch. Beim Fernsehen, heißt es, »kaum gegrüßt, schon gemieden«, also tritt jemand auf den Fuß, mach dir einen Namen, stoß jemand den Dolch in den Rücken, solang du kannst. Das liebe ich.) Aber geh wenigstens und rede mit Matthew. Er ist so weit gefahren, um dich zu sehen.«

»Rede du mit ihm«, sagte ich. »Und was noch wichtiger ist, heirate ihn.«

»Darum hat er mich bereits gebeten«, sagte sie.

Ich erinnere mich an den Augenblick, in dem ich Athena entdeckte, die arme Athena! Ich war so böse auf sie gewesen! Sie tat nichts als in einer einigermaßen unerwarteten Umlaufbahn herumwirbeln, ein primitiver Steinklumpen, unfähig, sich fortzupflanzen, hilfloses Opfer ihrer Eigenschaften, die sie zwischen Himmel und Hölle schweben ließen – wenn ich es mir recht überlege, nicht viel anders als ich selber. Und was war es für ein Schock, als man begriff, wie all diese Berechnungen zusammenführten, als man sich fragte, warum einem das nicht schon früher vollkommen klar geworden war: der gleiche Schock eigentlich wie das Ohnmächtigwerden. Kein unbedingt angenehmer Schock, weil man so blöd gewesen war, alles nicht viel früher erkannt zu haben, aber doch erfreulich, weil alles so gut klappte, so wunderbar ineinander paßte. Oh, welcher Lichtstrahl: Matthew und Jude.

»Moment«, sagte ich. »Du liebst doch diesen anderen, diesen Regisseur?« (Siehe Anhang III!)

»Das hat mir nie etwas gebracht«, sagte sie. »Und ich habe Matthew sehr gern, nicht auf die neurotische Art, wie ich Andreas liebe.«

Dieses Geschwätz über Liebe. Absurd!

»Aber ich möchte dich auf keine Weise verletzen«, fügte sie hinzu. Natürlich nicht, oder?

»Matthew muß man aufbauen«, sagte Jude. »Du hast sein Selbstwertgefühl wirklich untergraben.«

»Armer Matthew«, sagte ich.

Und damit verlasse ich diese Szene. Ich ging hinauf ins Gebüsch unterhalb der Burg, der verrückte Trompeter Jack und ich umarmten uns, die Sonne schien, die Schmetterlinge schwebten bläulich vor meinen verschleierten Augen, grünes Gras kitzelte mich an den Armen, und oh, oh und abermals oh, aber ich weiß nicht recht: ich war kaum bei der Sache. Selbstverständlich muß man das nicht sein, ja, es scheint oft, je weniger man es ist, desto besser geht es, nur kann man sich danach kaum daran erinnern, und ich habe es gern, wenn die Erinnerung da ist, der siebente Sinn den Input noch spürt, kaum gedämpft, und darauf wartet, daß es von neuem losgeht, etwa wie wenn ich in Greenwich die Kurbel drehe und den Himmeln die Kuppel öffne oder im Sender darauf warte, daß die Studioscheinwerfer aufflammen, oder der Computer im Imperial College sich einschaltet oder die Graphitstäbe sich heben (ich spreche natürlich vom alten Magnox, ich weiß, er ist jetzt so gut wie überholt) und der Reaktor anspringt und der Geist, den der Körper speist – ich schwöre Ihnen, bei aller Lust und Liebe ist der Körper nur etwas, das den Geist speist, durch die sieben Sinne – und damit er in Gang kommt –

Was tue ich an diesem Hang mit diesem Wandermusikanten, während ringsumher alles zusammenbricht? Jude hat vor, in mein gräßliches Haus einzuziehen, und sofort kommt es mir nicht mehr ganz so gräßlich vor, ist nur noch meines. Sie hat vor, meinen schrecklichen Ehemann zu übernehmen, und schon verblaßt das »schrecklich« und das »mein« erhebt sich bedrohlich.

»Ist was?« fragt Jack.

»Nein«, sage ich.

»Frances hat erzählt, du warst beim Arzt?«

»Ich hab ein bißchen Heuschnupfen«, sage ich. Ich gehöre nicht zu denen, die Mitleid für weibliche Leiden erwarten. Der Schmerz scheint vergangen. Die Ohnmacht hat ihn ganz aus mir herausgeschüttelt. Danach ging Jack weg, um die Band bei einer Parade durch die Straßen anzuführen, und ich ging ins Hotel de France, um Matthew die Stirn zu bieten. Jude war nicht da. Mein Mann war sehr formell und korrekt, in einem Hemd mit offenem Kragen, blauer Hose, weißen Socken und schweren schwarzen Lederschuhen.

»Hat Jude für dich gepackt?« fragte ich, neugierig wie immer.

»Jude hatte viel zu tun«, sagte er, »aber trotzdem: ja.«

»Das hatte sie sicher«, sagte ich, »ich bin ja erst drei Wochen weg.«

»Du hast nichts anbrennen lassen«, sagte er. »Du siehst aus wie die Schlampe, die du bist.« Es sah demnach nicht nach einer Versöhnung aus.

»Wie lang geht das schon zwischen dir und Jude?« Man wird doch noch fragen dürfen.

»Da geht gar nichts. Als du auf diese Weise auf und davongingst, blieb mir keine Wahl, als mich nach jemand anderem umzusehen.«

Sein Kinn beginnt sich anzuspannen, seine Lippe beginnt zu zittern, seine Nase ist entzündet, seine Wangen werden von Minute zu Minute rosiger. Jetzt begreife ich, warum er so weit gereist ist, um mit mir zu reden. Er will nicht reden, sondern verletzen. Wir sind aber in der Bar des Hotel de France und nicht in unserem Schlafzimmer. Er wird sich wohl beherrschen müssen.

»Du Luder«, beginnt er. »Du Hexe. Verstehst du, was du mir angetan hast? Erst demütigst du mich in aller Öffentlichkeit, dann bringst du mich um das Einzige, was ich mir je gewünscht habe. Du kaltes, eiskaltes Luder. Begreifst du nicht? Gibt es keine Möglichkeit, dir etwas klarzumachen?«

»Ich höre, was du sagst.« Das muß ihn wütend machen. Tut es auch. Ich mag mich selber nicht.

»Umbringen könnte ich dich«, sagt er. Ich bin sehr deprimiert. Ich begreife, daß dieser Wunsch bei ihm gerechtfertigt ist. Ich habe ihn geheiratet, weil es mir in den Kram paßte. Er hat das gleiche mit mir getan. Aber die Starken (ich) sollten für die Schwachen (ihn) sorgen und nicht den Eigennutz siegen lassen. Es tut mir leid, mitanzusehen, wie Jude in die gleiche Falle geht.

»Wieviel Zeit war zwischen dem Wegzug meiner Vorgängerin«, fragte ich, »und meinem Einzug?« Ich hatte nie daran gedacht, danach zu fragen. Das beruhigte ihn. Hier ging es sichtlich um den Stolz.

»Sieben Wochen und zwei Tage«, sagte er. »Sie war auch so eine.« Auch so eine wie ich, muß man annehmen. Gierig, eigennützig, hat nicht ihn, den Jungen, den seine Mutter liebte, geliebt, sondern nur sein großes Haus und seine Nase für eine gute Flasche Wein. Oder vielleicht hatte ihn auch seine Mutter nicht geliebt. Manche Leute sind von Geburt an wenig liebenswert.

»Es tut mir wirklich leid«, sagte ich halbwegs aufrichtig. Zu meinem Entsetzen fing er an zu weinen. Sieben Wochen und zwei Tage. Mit Jude hatte er seinen eigenen Rekord unterboten, nahm ich an. Ich hatte Jude wenigstens mehr zum Aufräumen hinterlassen als eine schimmlige Karotte im Mixer.

»Laß das«, sagte ich, »es ist mir peinlich.« Das war es auch. Die Bar begann sich zu füllen mit afrikanischen Tänzern, wilden, mageren Männern mit Federkopfschmuck und bemalten Körpern. Neben ihnen wirkte Matthew sehr seltsam. Ich bot mich an, hinauszugehen und ihm an einer der Marktbuden ein Paar Stoffschuhe zu kaufen. Daraufhin fing er von neuem an.

»Du hast mich nie auch nur gemocht«, sagte er. Ich will nicht weiter berichten. Bei diesem Zwischenspiel schnitt keiner von uns beiden gut ab. Er war wegen der neuen Scheidungsgesetze gekommen – die er natürlich selber mit entworfen hatte. Er wollte so rasch wie möglich die Scheidung und verlangte, daß ich eine eidesstattliche Erklärung unterzeichnete, der zufolge ich mich generell völlig unmöglich aufgeführt hätte, und ich unterschrieb pflichtschuldig. Er sagte, er habe gemeint, mich möglichst bald erwischen zu müssen, ehe ich irgendwohin verschwand, so drückte er sich aus, lächelnd; seine Laune hob sich sichtlich, seit er meine Unterschrift, meinen Namenszug hatte, als könne mich das irgendwie im Zaum halten und zügeln und er mich nun auch in meiner Abwesenheit verzaubern, in der blauen Ferne. Und damit hatte er vermutlich recht.

Um Punkt drei kam Jude herein, zweifellos war das vereinbart. Sie hatte im Café des Routiers gegessen. Ich war um meinen Lunch gekommen. Meine Jeans fingen an, um mich herumzuschlottern, und waren nicht mehr erfreulich eng. Sie hatte Schnecken gehabt, *faux-filet*, einen guten Ziegenkäse und Café noir. Ich hatte sie danach gefragt. Sie schien überrascht, aber Matthew erklärte ihr, ich liebte solche Details.

»Meine Kleider könnten dir passen«, sagte ich. »Du mußt nun zu all den Feierlichkeiten gehen und Dinnerpartys geben. Das gehört zum Job. Es gibt nichts Besseres als einen Gratislunch.«

»Wir werden sehr zurückgezogen leben«, sagte Matthew, »und Kinder haben.«

Na, dann. Sein Kinn und ihre Nase, ihr Temperament und seine Zielstrebigkeit.

»Hoffentlich ist es ein Junge«, sagte ich und ging. Was mir als sexuelle Beziehung zwischen Kinderlosen so trivial vorgekommen war, erhielt nun in meinen Augen eine gewisse

Feierlichkeit. Wenn Menschen, auch die unmöglichsten, sich zusammentun, um Kinder aufzuziehen, scheint das etwas Unausweichliches an sich zu haben. Und es ist interessant zu sehen, wie oft es gerade die unwahrscheinlichsten Paare, die scheinbar am wenigsten zu einander passenden sind, die Kinder haben wollen. Es ist, als ob die Natur ihr Fangnetz allen, die zu weit wegschwimmen, wieder überwirft, ob sie wollen oder nicht. Da! Du mit deinen Einszweiundneunzig und du mit deinen Einsachtundvierzig! Ihr wollt von der Norm abweichen, was? O nein! Du, jüdische Prinzessin, und du, Holzfäller, ihr habt geglaubt, es ginge jeweils nach eurer Nase weiter? Nicht um die Welt! Ihr kriegt Zwillinge! Sogar die Beteiligten an diesen evolutionären Dramen scheinen überrascht. So jedenfalls sehen sie auf den Hochzeitsfotos aus. Kein Wunder, daß die Gäste sich betrinken.

Matthew begleitete mich zur Türe. Ehe er die Bar verließ, gab er Jude die eidesstattliche Erklärung, zwar verstohlen, aber ich merkte es doch. Er meinte wohl, ich würde ihm das Papier wieder entreißen. Er konnte sein Glück nicht fassen. Sicher hatte ich mit meiner Unterschrift alles weggegeben, mein Heim, meinen Unterhalt. Doch das war mir gleich. Jack würde zufrieden mit mir sein. Kann man den einen Weg nicht gehen, muß man den anderen einschlagen.

»Dann seh ich dich also wieder im Sender?« fragte Jude.

»Ich werde es mir überlegen«, sagte ich.

»Überleg nicht zu lang«, sagte sie.

»Wieso, willst du auch noch meinen Job?« fragte ich. Doch in dieser Tonart kann man ewig weitermachen. Ich sagte daher Adieu, so nett ich konnte, und war von ihr enttäuscht. Ich hatte geglaubt, sie sei eine romantische Gestalt, und da willigte sie nun um den Preis einer gekiesten Auffahrt, eines hübschen Briefkastens und meines Badesalzes in die Missionarsstellung ein! Ich ging die Straße hinunter, folgte der Musik der Band, mußte mich an den Schaufensterfronten entlangdrücken, weil ganze Pulks von riesigen Lastwagen (hol sie der Teufel) nach dem Mittagessen unbedingt irgendwohin sausen mußten, und fühlte mich brüskiert wie Jane Austens Elizabeth Bennet, als der gräßliche Mr. Collins, nachdem er von ihr eine Abfuhr erhalten hatte, auf der Stelle von ihrer besten Freundin Charlotte übernommen wurde.

Ich überlegte, wieviel von alledem ich Jack erzählen sollte, und beschloß: sehr wenig. Einer der Vorteile, wenn man mit jemand lebt, der nicht mit unserem *way of life* und unserer Denkart vertraut ist, besteht darin, daß ein Austausch von Geständnissen und ein Ratsuchen sinnlos ist. In letzterem war ich schon immer sehr schlecht. Jack, der sich für meine Ehe nicht interessierte, konnte sich auch kaum für meine Scheidung interessieren. Ich durfte kaum erwarten, daß er Mitgefühl aufbrachte für den inneren Tumult, die Nervosität, zu der man neigt, wenn derjenige, den man zu verlassen gedenkt, einfach den Spieß umdreht.

Zu meiner Überraschung entdeckte ich eine stämmige, aufgeregte Person, die an Frances' Schulter weinte. Sie saßen auf einer Steinbank unter den Bäumen des Hauptplatzes von Blasimon-les-Ponts, wo die Wagen brav im Schatten parkten, so ordentlich aufgereiht, wie die Franzosen es lieben, wodurch aber ein ungenütztes Dreieck an beiden Enden der Reihe übrigbleibt. Die Engländer mit ihrem plumpen Vier im Quadrat finden wenigstens Platz für noch einen weiteren Wagen. Aber ich schweife ab, wie ich merke. Die weinende Frau war natürlich Anne. Die Band spielte weiter ›Hindustan‹, darauf folgte Jacks heiserer Gesang ›The girls go crazy about the way I walk‹ (wobei *walk* natürlich eine Umschreibung von Sie wissen schon was ist), unter gegebenen Umständen eine mutige Tat. Ich setzte mich neben Anne. Sie rückte abrupt weg, damit mein Fleisch nicht ihres berührte. Ich konnte es ihr nachfühlen. Als ich von Jude hörte, daß sie beabsichtigte, Matthew zu heiraten, hätte ich sie auch nicht berühren mögen. Er hatte mir zwar versichert, es »sei zwischen ihnen nichts«, aber er hatte mir so allerlei gesagt, das sich als unwahr erwies, als Wichtigstes, daß er alles in seiner Macht tun würde, um mich glücklich zu machen. Ich glaube zwar nicht an die Verpflichtung eines Mannes, eine Frau glücklich zu machen, und würde ihm das nicht vorwerfen – sie sollte lernen, sich selber glücklich zu machen –, aber er hätte es unterlassen sollen, mich ausgesprochen unglücklich zu machen.

Anne. Ich fragte sie, wie sie hergekommen sei. Sie sagte, mit dem Zug. Sie starrte mich böse an. Sie hatte verschwollene blaue Augen und war partiell, nicht ganz, in der Sonne gewesen. Die linke Seite ihrer Nase war besonders rosa.

»Sie haben in Fahrtrichtung gesessen«, sagte ich. Und Frances fragte interessiert, woher ich das wüßte, und ich sagte, nun ja, sie sei doch nach Südwesten gefahren und habe die Sonne von Osten bekommen, und Anne gab ihr eine Ohrfeige wegen genereller Treulosigkeit, und Jack sang immer lauter und lauter, und die Menge ließ sich mitreißen, klatschte und jubelte und stampfte. Mir gab Anne keine Ohrfeige. Ich hätte es an ihrer Stelle getan.

»Woher wußten Sie, wo Jack ist?« fragte ich.

»Er hat mir eine Postkarte geschrieben«, sagte sie. Anfangs glaubte ich ihr nicht, aber sie holte sie aus einer abgewetzten, sehr englischen Krokotasche mit steifer Metallschließe (die Leute sind schon komisch, wirklich) und zeigte sie mir: eine Ansichtskarte von Blasimon-les-Ponts. Sie erlaubte mir nur einen flüchtigen Blick auf die Rückseite, aber ich konnte doch Jacks Handschrift, eine Briefmarke und eine kurze Mitteilung erkennen. Ich bin nicht begriffsstutzig. Anne steckte ihre Trophäe wieder in ihre entsetzliche Handtasche.

»Ich bleibe«, sagte sie bockig.

»Sie können doch nicht so weit gefahren sein und dann nicht bleiben«, sagte ich vernünftig. Ich sah jetzt keinen Grund, nett zu sein. »Soll ich im Hotel de France fragen, ob die ein Zimmer frei haben? Ich fürchte, die Stadt ist total überfüllt. Frances hat es Ihnen wahrscheinlich gesagt: die Band und wir, ihr Anhang, sind im Hotel de Ville einquartiert, einem Rathaus, wissen Sie, kein richtiges Hotel, ohne den geringsten Komfort und meilenweit weg.«

»Ihr Anhang«, sagte sie. »Ihr Anhang. Sie kaltschnäuzige, schamlose Person, Sie. Ich glaube, Sie sind verrückt. Was machen Sie mit meinem Mann?«

»Ich vögle mit ihm.« Ich fürchte, das habe ich tatsächlich gesagt, und es nahm ihr irgendwie den Wind aus den Segeln. Sie sah ganz entsetzt aus und weinte noch mehr und drehte dabei den Kopf nach rechts und links, hoffnungslos, als gäbe es keinen Ort mehr, an dem sie sich verkriechen könnte, um ihre Scham und ihre Niederlage zu verstecken. Dieses Gefühl kannte ich auch, obwohl ich es lange nicht mehr empfunden hatte. Nicht seit ich Studentin war und eines Abends meinen Boyfriend besuchen kam, um ihm eine freudige Überraschung zu bereiten, und ihn mit einer Freundin im Bett antraf. Solche Freundinnen haben wir

Frauen! Man denke nur an Jude, die doch so intim war mit dem lieben Gott!

»Tut mir leid«, sagte ich, »aber so ist es nun mal. Er ist Musiker, und man kann ihn nicht festbinden.«

»Sie reden sich leicht.« Sie wurde wieder böse. »Mir so was zu sagen. Glauben Sie, das weiß ich nicht! Meine Francie, mein Colin!« Hatte Jack Colin je erwähnt? Nein, hatte er nicht. Ich sah Frances an. »Colin ist mein kleiner Bruder«, erläuterte Frances. »Er ist fünf. Er ist hyperaktiv. Und eine ziemliche Nervensäge –«

Anne bewegte die Lippen, aber die Worte wollten nicht recht kommen, es war, als hätte sie einen Schlaganfall gehabt. Der Mund wollte die Worte formen, brachte aber irgendwie nichts heraus.

Aber ich verstand mehr als genug von dem, was sie sagte. Eine Geschichte von Märtyrertum und Jammer, von Masochismus und fürchterlichen männlichen Manieren. (Die Ms waren diejenigen Konsonanten, die ihr seltsamerweise am meisten Schwierigkeiten machten.) Jack immer mit seiner Trompete unterwegs, kein richtiges Familienleben, den ganzen Tag üben und und dann die Klagen der Nachbarn, er nicht da bei den Geburtstagen seiner Kinder, weil er irgendwelche Auftritte hatte, sein Trinken, sein unseliges Talent, zu verschwinden, die Freunde, die es fertig brachten, ihn zu entführen, die Nächte mit anderen Frauen ...

»Natürlich«, sagte ich. »Aber natürlich. Haben Sie das denn alles nicht gewußt, als Sie ihn heirateten?« Das brachte sie nicht zum Schweigen. Sie murmelte und murrte weiter. Ein fürchterlicher Vater, wenn sie nicht da war. Eine Woche lang hatte sie ihn bei den Kindern gelassen, sie hatten von Kartoffelchips gelebt, und er hatte seine Freundin mit nach Hause gebracht.

»Aber wozu überhaupt Kinder haben, wenn alles so schrecklich ist? Warum sie austragen?«

Sie redete weiter. Jack spielte weiter.

»Ach nicht, bitte nicht«, bettelte Frances. Die Leute hörten nicht mehr der Band zu, sondern Anne. Das ging nicht an.

Jack beendete die Nummer. Seine Lippe war wund, das war der Grund, sonst hätte er weitergemacht, daran hatte ich keinen Zweifel.

Jack stand über ihr und seufzte. Sie schien alt, er schien jung.

»Was machst du hier?« fragte er. »Es regt dich doch nur auf.«

»Voriges Jahr bin ich mittendrin gekommen«, sagte sie, vollkommen deutlich, solange sie zu ihm, ihrem Opfer, sprach, »und da hast du sie weggeschickt.«

Sie? Meine Vorgängerin?

»Diesmal ist es etwas anderes, Anne.«

»Das hab ich schon hundertmal von dir gehört.«

»Hundertmal wohl kaum.« Wie amüsiert er wirkte! Wie sonst sollte er denn mir ihr umgehen? So eine öde alte Frau. Man wünscht sich eine anständige Rivalin.

Frances sagte, sie jedenfalls ginge jetzt weg, ins Café, aber ich rührte mich nicht. So blieb sie denn auch, sah aber niedergeschlagen aus.

»Als du mich aufgefordert hast, wußtest du, daß ich Colin nicht alleinlassen kann«, stöhnte Anne. »Er ist mitten in seinen Allergie-Tests.«

»Er braucht keine Allergie-Tests. Das einzige, was er braucht, ist, daß du gute Laune hast, dann geht's ihm prima. Du hättest nicht herkommen dürfen. Das war sehr ungezogen.«

»Aber du hast mir doch eine Postkarte geschickt.«

»Ich habe dir eine Postkarte geschickt, damit du alle paar Tage den Wagen anläßt, weil die Batterie sonst leerläuft. Von Kommen hab ich nichts gesagt.«

»Aber gemeint hast du es.«

Wie darf sie ihn so anschauen, so mit ihm reden, als wäre sie seine Vorgesetzte? Wie darf sie seinen Wagen in ihrer Garage stehen haben, wie sie es offenbar hat? Er hatte mir nie etwas von einem Wagen gesagt.

»Frances und ich gehen jetzt hinunter ins Café«, sagte ich, »und lassen euch beide allein. Laßt mich wissen, was ihr beschließt.«

Es wurde Zeit, zum Arzt zu gehen. So wie der Tag heute war, glaubte ich, er könnte mir Wichtiges mitzuteilen haben.

»Madame«, sagte er, »puis-je vous offrir mes félicitations. Vous êtes enceinte.« Oder in diesem Sinne.

»Pardon?«

»Seulement depuis deux ou trois semaines, mais vous êtes certainement enceinte.«

Schwanger. Aha. Man hat heutzutage sehr präzise Tests für zusätzliches Östrogen. Aber die Schmerzen? Eine Tubenschwangerschaft vielleicht? Ich mußte ihm eine Skizze zeichnen, ehe er begriff, was ich meinte. Dann schüttelte er energisch den Kopf.

»Mais non!« Etwas ganz Alltägliches: einer der Eileiter war ein bißchen geschwollen. Das kam vor. Nach ein, zwei Wochen würde alles wieder in Ordnung sein. Oh ja, dachte ich. Das würde es bestimmt.

»Alles okay?« fragte Frances, als ich wieder herauskam.

»Prima. Prima.«

»Mum hätte nicht hier herunterkommen sollen. Es ist für alle peinlich. Aber so ist sie. Dad hat immer Frauen gehabt. Ich habe mich daran gewöhnt, warum kann sie das nicht auch? Sie könnte doch ruhig zu Hause bleiben und für Colin sorgen und warten, bis er wiederkommt.«

»Aber Frances, diesmal wird er nicht wiederkommen. Diesmal ist es für immer.«

»Ach herrje, was für ein Schlamassel«, sang sie plötzlich gutgelaunt. »Schlamassel, Schlamassel!« Sie war wie ihr Vater, wie die ganze Band.

»Spielst du ein Instrument?« fragte ich mißtrauisch.

»Ja. Akkordeon«, sagte sie, »und ich singe ziemlich viel. Aber nicht mit dieser Band. Volkslieder.«

So also war das. Ich fühlte mich ein bißchen müde. Es war ja auch reichlich viel passiert. Ich ließ sie im Café, wo ein Ober auf sie einredete, und kam genau in dem Augenblick beim Bus an, als ein Mechaniker die rückwärtige Tür aufgestemmt hatte. Ich legte mich auf einen der langen rückwärtigen Sitze auf mehrere Mäntel übereinander. Ich schlief ein. Genug war genug.

Als ich aufwachte, befand der Kleinbus sich auf dem Heimweg ins Hotel de Ville. Anne saß neben Frances. Jack saß allein. Vorne saßen Sandy und Jennifer steif nebeneinander, ohne sich zu unterhalten. Offenbar hatte Sandy seiner Frau ihren Ausbruch von Undankbarkeit noch nicht vergeben. Pedro schlief. Stevie saß aufrecht und starrte mißbilligend hinaus in die wabernde Nacht. Ich schaute auf die Uhr. Es war zehn Uhr dreißig. Jack kam und setzte sich neben mich.

»Ich hab dich nicht wecken wollen«, sagte er. »Du weißt, ich liebe dich. Ich wollte wirklich nicht, daß das alles passiert.«

»Hm«, machte ich und schlief wieder ein. Sterndame Sandra; Jacks Geliebte, wieder einmal geschwängert! Östrogen macht schläfrig, selbst in den ersten Anfängen einer Schwangerschaft.

Wir stiegen vor dem Hotel de Ville aus dem Kleinbus. Anne weinte noch immer, aber leise. Ich rannte herum, organisierte ihr ein Bett für die Nacht, Decken, ein Kissen, eines von den gräßlichen harten französischen.

»Sie ziehen besser zu Frances ins Zimmer«, sagte ich strahlend. Die Band schwieg, sie verabscheute Anne wegen ihres Jammerns und mich wegen meiner Heiterkeit und meinem Organisationstalent. Niemand machte Jack einen Vorwurf. Es waren einfach wieder mal nur die Frauen, die Männern Ärger machten.

»Gute Nacht allerseits«, sagte ich betont und laut und legte mich in meine Hälfte von Jacks Bett, und nach einer Weile hörte ich Anne im Nebenzimmer zu Bett gehen und danach Frances, und ein paar gemurmelte Worte zwischen ihnen. Die Band nahm unten in der Küche noch einen Schlaftrunk und reagierte sich ab, nachdem sie den ganzen Tag gespielt hatte. Man weiß ja, wie Künstler sind. Es wurde zwei, ehe Jack ins Bett kam.

»Hallo«, sagte ich.

»Ich dachte, du schläfst«, flüsterte er. »Anne fährt morgen mit dem Zug zurück.«

»Danke für die Mitteilung.«

»Sei nicht sarkastisch.« Er hatte zuviel getrunken. Wieviel war zuviel? Ich wußte es nicht mehr.

»Nein, ich meine, danke, daß du es mir sagst.«

»Du bist zu elastisch, um dich deswegen zu grämen«, sagte er. Das erschütterte mich.

»Was ich an dir liebe«, sagte er, »ist deine Elastizität. Ich bin noch nie jemanden wie dir begegnet. Bei dir wäre ich sicher.«

Ja, das sah ich ein. Das wäre er. In seinem ganzen Leben mußte ihm nie wieder jemand leid tun, mußte er sich nie mehr verpflichtet fühlen. »Du wirst mich nie verlassen, nicht wahr?«, sagte er. »Ich brauche dich.«

Er schläft ein. Na ja, ich weiß nicht. Was macht es schon

aus. Die ganze Menschheit ist zum Untergang verurteilt. Wie kann eine Spezies überleben, wenn eine Krankheit auftaucht, die sexuell übertragbar ist und unweigerlich tödlich für Mütter und Säuglinge? Die Spezies wird noch, zwei Äonen weiterkämpfen, aber dann hat es sich auch. Sie wird sie zurückwerfen mit den Waffen der Zivilisation, mit Drogen und Impfungen, aber beim ersten Erdbeben, der ersten Eiszeit, dem ersten Krieg ist es vorbei. Eine solche Seuche hat, wenn Sie mich fragen, auch die Dinosaurier hinweggerafft. Menschen, Katzen, Affen, alles bekommt jetzt Aids: weiß der Himmel was noch, sie haben noch nicht angefangen zu testen. Viel Zeit gebe ich keinem von ihnen mehr. Nicht daß es viel ausmacht, auch die Erde muß eines Tages in die Sonne fallen, und alles das sind Wörter, Wortspiele, all diese Vorstellungen von Unendlichkeit, weil unser eigener Tod vorher eintritt.

Diese gräßliche Person liegt wach und schniefend im Nebenzimmer und ihre langweilige, akkordeonspielende Tochter auch. Und ich liege da, und was auch immer sich da in meinem Inneren spaltet und windet, verdoppelt und wächst: meines Vaters blaue Augen oder die braunen meiner Mutter; Jacks muskulöser Hals, meine hübschen, geraden Zehen, wir werden es nie erfahren. Wozu auch: die Spezies wird nie vollkommen werden, falls Vollkommenheit das Ziel wäre, was sie natürlich nicht ist, bloß unendlich viele, einsatzfähige Erscheinungsformen. Natürlich würden Jacks und meine Sets von Variablen funktionieren, würden atmen, essen, schlafen, vögeln, aber was würde es *bedeuten*? Wozu sich darüber den Kopf zerbrechen? Und was ist mit dem Kind Colin und seiner Hyperaktivität und seinem Asthma? Kennt seine törichte Mutter Additive? Speisefarben? Tartrazine? Wahrscheinlich nicht. Warum hat sie ihn daheimgelassen? Warum ist sie nicht daheimgeblieben und versorgt ihn? Die oberste Pflicht einer Mutter ist die gegenüber ihrem Kind, nicht die gegenüber ihrem Mann. Ich spüre, wie meine Großmutter vorwurfsvoll den Mund verzieht. Ich mache mir nicht einmal die Mühe, meine Gesichtszüge neu zu ordnen und meine Ahnen zu verleugnen. Hört mal, wer will schon ein Kind? Ich bin das einzige Kind, das ich wirklich kenne. Ich habe meinen Vater erschießen lassen, meine Mutter verrückt gemacht. Mein Bruder Robin hat seinen Vater vor Kummer umgebracht und mich, seine Halbschwester, beinahe auch. So sind eben Kinder. Ich denke an meine Großmutter Susan in ihrem Garten. Ihr plötzliches, jähes Lächeln. Das glitzernde Leben, erspäht hinter Hecken, zwischen Rosen. Kein Wunder, daß der Zigeuner trotz all ihrem frommen Getue über das Gartentor sprang.

Weint diese verdammte Anne, weil ich mit ihrem Mann hier bin, der sie nicht mehr liebt, oder weil sie an meiner statt in seinem Bett gewesen wäre, wenn er damals in der Nacht, als der Mond auf das Greenwich Obervatorium schien, anderswo einen Auftritt gehabt hätte? Haßt sie mich oder die Wechselfälle des Schicksals? Und was kann ich daran ändern?

Ich weiß sehr gut, was ich daran ändern kann. Ich bin der Angelpunkt, an dem sich Vergangenheit und Zukunft das Gleichgewicht halten, und darin bin ich wie jede andere. Aber ich bin auch der Punkt, an dem die Irren, die Schlechten und die Berüchtigten zusammentreffen, die Beseelten und die Besessenen. Ich muß das winzige Quantum moralischer Entscheidung richtig treffen, was offenbar von mir erwartet wird. Lasset uns beten! Großer Vater! Gestrenger Gott, Simulator des Universums, nach dessen Bildnis ich geschaffen bin etc. Nein, lieber doch nicht! Dort ist keine Hilfe, bei diesem Kerl. Zum Kuckuck, Daddy! Ich werde dieses Kind bekommen, auch wenn es mich aus deinen kalten blauen Augen anschaut, und die verdammte Anne kann ihren Jack wiederhaben, Jack, den verrückten Trompeter, und wenn es mir das Herz bricht. Frances kann in aller Ruhe Akkordeon lernen. Der Fernsehsender kann mich wiederkriegen, und ich werde weiter geduldig die Millionen belehren. Matthew und Jude können sich in aller Ruhe paaren und sowohl eine Zukunft planen als auch ihren persönlichen Ehrgeiz befriedigen. Ich werde mich nicht darüber lustig machen. Nein. Ich werde noch einmal den Citronella Jumpers zuhören und dann heimreisen – ich kann bei meiner Freundin Clare wohnen, während ich mein Leben neu ordne –, um dieses Baby zu ernähren und ihm seinen Weg ans Tageslicht zu ermöglichen, nachdem es so entschlossen ist, dorthin zu kommen. Sie oder er oder es! Das »es« ist es natürlich, um das ich mir Sorgen mache. Wer täte das heutzutage nicht?

Anhang I

Alisons Geschichte
Ein Blutopfer

»Mum«, sagte Alison, »gib mir einen Rat.« Mum war fünfundsechzig und Alison neununddreißig. Mum war verwitwet, was nie schön ist, aber was kann man schon erwarten. Frauen leben eben länger als Männer.

»Dir?« fragte Mum einigermaßen erstaunt. »Dir einen Rat geben?« Mum war mit sechzehn von der Schule abgegangen und zum Packen von Fallschirmen abkommandiert worden. Damit waren ihre Ausbildung und ihre Erziehung beendet. Alison aber war auf dem College gewesen, hatte einen Abschluß und dann ein Diplom in Sozialwissenschaften gemacht. Mum hatte nur ein Kind, Alison hatte drei. »Was kann ich wissen, was du nicht weißt?«

Alison weinte. Mum, sehr erstaunt, machte ihr eine Tasse Tee. Mum hatte eine leichte Arthritis in den Fingern. Sie wohnte, wie immer schon, in einem Bungalow am Stadtrand von Exeter. Dad hatte eine Fernsehreparaturwerkstatt gehabt und seine Frau wohlversorgt zurückgelassen. Seine Tochter konnte natürlich für sich selber sorgen. Sie wohnte in London, und es ging ihr recht gut, eigentlich sehr gut. Sie arbeitete bei der Wohlfahrtsbehörde, sammelte Geld für geistig behinderte Kinder und betrieb nebenbei eine kleine Spezialagentur, die Forschungsmaterial über Behinderte an ähnlichen Organisationen lieferte. Sie war groß, energisch, gut aussehend und lachte meist; nun saß sie plötzlich in Mums kleiner Küche und lachte und weinte zugleich.

»Tee ist keine Lösung«, sagte Alison. »Ach, Mum, du änderst dich auch nicht mehr!«

»Tee war noch nie eine Lösung«, sagte Mum, »aber immer etwas, um die Hände zu beschäftigen, während man sich seine Geschichte zurechtlegt.« Glauben Sie ja nicht, daß Mum mit ihren fünfundsechzig, ihrer geringen Bildung und keinem anderen Liebhaber (das wenigstens nahm Alison an) als ihrem Ehemann dumm gewesen wäre oder nicht auf dem laufenden. Fernsehen und Leibüchereien machen aus uns allen eine kenntnisreiche Nation.

»Und ob ich mich nicht verändere? Vielleicht. Jedenfalls weine ich nicht so oft wie du. Also, was ist passiert?«

»Ich weiß nicht, was in meinem Kopf vor sich geht, das ist es. Und wenn ich mir auf die Brust drücke, tut es weh. Glaubst du, ich habe Krebs?«

»Wahrscheinlich bist du schwanger«, sagte Mum, »so was wirkt sich auch im Kopf aus.«

»Ich kann unmöglich schwanger sein«, sagte Alison. »Bobby und ich sehen uns vor.« Vor einer Woche hatte Alison am Telefon geäußert, sie sei entschlossen, mit Bobby zusammenzuziehen; er war um die vierzig, sah gut aus, war im ganzen Land bekannt für guten Willen und gute Werke. Es war sogar von Heirat die Rede. Ein Wunder! Endlich die wahre Liebe und das bei einer Frau von neununddreißig, mit drei Kindern und zwei Ehen hinter sich. »Sehen uns vor, papperlapapp«, sagte Mum. »Kondome, papperlapapp. Wann wären die nicht mal gerissen. Was meinst du denn, wie es mit *dir* anfing?«

»Du bist so frivol«, klagte Alison. (Wer möchte schon gern seine Existenz einem Zufall verdanken?) Sie bat Mum, für eine Woche herüberzukommen und den Babysitter zu machen für die neunjährige Caroline und die fünfjährigen Zwillinge Wendy und Wyndham, weil der Vater der Zwillinge, William, unerwartet im Krankenhaus war, um sich die Krampfadern behandeln zu lassen und Williams neue Ehefrau Annabel es ablehnte, für sie zu sorgen, wenn William nicht zu Hause war, und weil Alison zu einer Sitzung mußte, und so kam denn eines zum anderen und daher –

»Jetzt beruhige dich erst mal, Alison«, sagte Mum, »ja? Du holst dir noch einen Herzanfall. Okay. Okay. Ich komme für eine Woche rüber und kümmere mich um die Kinder, aber du bist nicht so weit gefahren, nur um mich das zu bitten. Das hättest du telefonisch machen können.«

»Ich wollte im Zug ein bißchen Ruhe«, sagte Alison. »Ich wollte mal Platz für mich haben. Nur ein paar Stunden.«

»Wahrscheinlich bist du Erster Klasse gefahren, sonst würdest du nicht von Platz reden ...«

»Warum nicht? Ich kann es mir leisten.«

»Und dabei verhungern Tausende in Afrika«, sagte Mum. »Manchmal glaube ich, du verdienst mehr, als für dich gut ist.«

»Zu einem Mann würdest du das nie sagen«, meinte Alison und weinte wieder. Es stimmte. In ihrem Kopf war alles wirr. Sie war fest entschlossen gewesen, zu Bobby zu ziehen, ihr Haus aufzugeben, ihre Unabhängigkeit, alles – nur für die Liebe. Aber jetzt war sie nicht sicher, ob sie das auch wollte: Angenommen, alles lief verkehrt? Das könnte sie nicht ertragen. Besser etwas gar nicht erst versuchen, als es versuchen und Schiffbruch erleiden. So herum und andersherum liefen die Dinge in ihrem Kopf. Und doch: Würde sich die kleine Caroline nicht freuen, Bobby zum Vater zu haben! War das nicht beruhigend? Natürlich würde es William kein bißchen freuen, aber William, den Vater der Zwillinge, freute rein gar nichts. Nichts konnte Alison ihm recht machen: Das lag sicherlich an der Ohrenbläserei der selbstgerechten Annabel. Was machte es schon für einen Unterschied, ob die Zwillinge ihre Mutter an jedem zweiten Wochenende allein besuchten, oder ihre Mutter zusammen mit Bobby? Sie, Alison, ließ sich ja auch Annabel gefallen, ganz zu schweigen von den Horden mickriger Kleinkinder von Annabel, wenn sie ihre Zwillinge besuchen kam, warum also sollte William ihr Bobby mißgönnen? Oder war es so, daß sie ihn sich selbst mißgönnte? Alison wollte in Wahrheit einen Hauch von »Zuhause«, wo nie etwas passierte, außer im Kopf ihrer Mutter, wo alles sich gleichblieb, sogar die Teesorte: P.6.Tips.

»Das sind diese Mehrfachheiraten«, sagte Mum. »Veränderungen und doch immer dasselbe. Weshalb bist du nicht bei Andrew geblieben?«

Sie hatte Andrew gern gehabt, auf die Art, wie Mütter die ersten Ehemänner ihrer Töchter gern haben. Oder war es von Anfang an ein Spiel mit Namen gewesen? Alison und Andrew, Andrew und Alison – sie hatten sich daran gewöhnt, das war alles.

»Er war ein Massenmörder«, sagte Alison, »darum.« Andrew hatte als Designer für eine Firma gearbeitet, die unter anderem Prospekte für eine Zigarettenfabrik herstellte.

»Wer ist denn jetzt frivol?« fragte Mum. Andrew hatte sich als bisexuell bezeichnet, und Alison war schreiend in die Nacht hinausgerannt, Caroline unter dem Arm, und geradewegs in Williams wartende Mutterarme. War es richtig, war es falsch gewesen? Was ist unerträglich, was nicht? Andrew hatte keinen Kontakt mit Caroline gehalten, übrigens auch nicht mit Alison, obwohl er Mum von Zeit zu Zeit anrief, weil er das Bedürfnis nach einer Mutter spürte. Nun, wer tut das nicht, heutzutage?

»Wie kannst du auch nur mit ihm reden?« hatte Alison in den ersten Tagen nach der Trennung geschrien, als sie noch wund und dünnhäutig war.

»Aber du *wolltest* doch nicht, daß er Verbindung zu Caroline hält«, erinnerte Mum sie dann. »Er tut doch nur, was du willst. Und recht hast du, er ist ein sexuell sehr verwirrter junger Mann. Doch dafür möchte ich ihm keine Vorwürfe machen. Das wirst du doch sicher nicht wollen? Und jetzt, jetzt wendet sich doch mit William alles zum besten. Oder etwa nicht?«

Nun denn, nicht ganz. Alisons nächstes Baby, das von William, hatte das Down-Syndrom, und das Krankenhaus rettete ihm das Leben, und Alison wies es zurück und sagte, da das Krankenhaus es gerettet habe, solle es auch dafür sorgen, eine Reaktion, die Noble, gerecht Denkende sehr schockierte, und William war, wenn überhaupt etwas, ein Nobler und gerecht Denkender. Doch er behielt aus Liebe zu Alison seine Gedanken für sich – recht ostentativ – und unterstützte sie, und das Baby starb mit drei Monaten sowieso, es war ihm wohl nie gut genug gegangen, daß es nach Hause kommen konnte. Danach gab es eine Menge genetischer Tests und detailliertes Auflisten von Erbfaktoren, und es wurde festgestellt, daß die Chance, daß Williams und Alisons nächstes Baby ebenso behindert geboren würde, eins zu fünfzehn stand. Doch das Paar konnte ein ganz neues Verfahren nutzen, das Amniozentese hieß und mit dem die Kinder nach vier Monaten im Uterus geprüft und notfalls abgetrieben werden konnten. So brauchte man sich nur vier Monate lang Sorgen zu machen. Und konnte, wenn etwas verkehrt lief, die Schwangerschaft beenden. Das waren dann natürlich schon fast echte Wehen. »Im vierten Monat?« hatte Mum entsetzt gefragt. »Im vierten Monat abtreiben? Um die Zeit kann es praktisch schon lächeln.«

»Besonders wenn es ein Down-Syndrom-Kind ist«, sagte Alison. »Du weißt ja, wie spitzbübisch die lächeln.« (William zog die Brauen in die Höhe, wenn Alison solche Sachen äußerte, aber sie stand noch unter Schock, wie er jedermann wissen ließ, und er war wunderbar geduldig.) Vier Monate waren das Äußerste, was die Mediziner damals schafften. Und nicht einmal die Leutchen der Anti-Abtreibungsliga machten großes Theater um das Abtreiben mißlungener Babys, obwohl Alison ihre Logik nicht ganz begriff. Wo doch bei denen das Leben als solches so wichtig war und nicht die Lebensqualität. William wollte, daß sie einfach den Mund hielt. Und dann war Alison mit einem Mal, während sie noch um einen Entschluß kämpften, trotz ihres Pessars schwanger (von der Pille wurde sie so aufgeschwemmt, die Spirale tat ihr weh und rief Blutungen hervor). William und Alison jubelten – das heißt, sie jubelten beinahe. Man weiß, wie es bei solchen Dingen geht. Sie hätten sich lieber auf ihr Urteil verlassen als auf ihr Glück. Wer täte das nicht, wenn er gut und sachgemäß informiert ist?

Nach sieben Wochen diagnostizierten die Ärzte eine Zwillingsschwangerschaft, was bedeutete, daß die Chance, wonach mindestens ein Baby nicht gesund war, auf eins zu acht stieg, und wenn es eineiige Zwillinge waren, sogar auf eins zu sechs. Und Alison war nicht nur morgens übel, sondern auch mittags, um die Teezeit, beim Abendessen und die ganze Nacht, und die fünfjährige Caroline war voller Mitgefühl, bohrte immer wieder den Kopf in Mutters Bauch und verkündete, sie hasse das Baby. Niemand hatte den Mut, »die Babys« zu sagen, und die Versuchung war groß, der Sache jetzt und nicht erst später ein Ende zu machen. Zisch, das gelungene Baby zusammen mit dem mißlungenen raus, wenn ein solches vorhanden war –, obwohl die Wahrscheinlichkeit, daß beide das Down-Syndrom hatten, nunmehr auf eins zu fünf gestiegen war, weil nämlich Mum sich an einen Großonkel mit Down-Syndrom erinnerte, von dem bisher nie die Rede gewesen war, plus eineiige Zwillinge bei den Großtanten auf Williams Seite. Großer Gott, die Sitzungen bei der Genetikberatung! William starrte Alison an, Alison starrte William an, und jeder fragte sich, von wem der schlechte Same stammte, und die Gesellschaft (von William ganz zu schweigen) lastete ihn der Mutter an. Dabei kam es häufig genug vor, daß alte Väter und alte Mütter Down-Kinder kriegten, wie der Spezialist sich bemühte ihnen auseinanderzusetzen. Nicht daß das mütterliche oder väterliche Alter in ihrem ganz speziellen Fall eine Rolle spielte. Doch das wollte Mum nicht wahrhaben.

Mum sagte später: »Das Dumme bei William ist, er ist einfach alt geboren.« Sie hatte Andrew eben gern gehabt, ob er nun sexuell ambivalent gewesen war oder nicht – so stand die Sache. Andrew hatte eine Mutter gebraucht, und William war selbst die Mutter, die er brauchte. Man mußte nur gesehen haben, wie er sich eine Schnittwunde am Finger verband, so zärtlich und tröstend! Jedenfalls verloren William und Alison nicht den Mut, und Alison nahm sich öfter von der Arbeit frei, (»Caroline braucht dich in solchen Zeiten zu Hause«, sagte William), schaffte auch die Fruchtwasseruntersuchung nach vier Monaten, nur daß sie dann erst einmal die Grippe bekam und die Klinik wegen irgendeinem Virus schließen mußte, so daß die Zwillinge vor dem Test schon die neunzehnte Woche erreicht hatten und Alison eine Beziehung zu ihnen aufgebaut hatte, obwohl sie fest entschlossen gewesen war, das nicht zu tun. Also hinein mit der Nadel in die Fruchtblase – ping! – das eine Baby und noch mal hinein mit der Nadel – das zweite Baby.

»Na, hören Sie mal«, sagte Alison, »wie Sie in das erste gestochen haben, hat es sich bewegt, wissen Sie! Hat ihm gar nicht gefallen! Sie haben nicht nur die Fruchtblase, sondern auch das Baby erwischt. Hoffentlich nicht gerade ins Auge.«

»Unsinn!« hieß es. Was war das für eine Mutter? Der arme Vater konnte einem leid tun mit einer Frau, die in einer solchen Situation Witze reißen konnte.

»Witze?« sagte Alison. »Ich habe keinen Witz gemacht.« Man gab ihr ein Beruhigungsmittel, bis die Ergebnisse vorlagen. Sie war sehr mager nach dem vielen Erbrechen und der Grippe und weil Caroline jedesmal die Ärmchen um ihre Beine schlang, wenn sie aus dem Zimmer wollte. Aber nach ungefähr zehn Tagen waren die Testergebnisse da: zwei Jungen, beide in Ordnung, kein Down-Syndrom, keine gespaltene Wirbelsäule. (»Gibt's Tests für Blindheit auf einem Auge?« fragte Alison)

»Ist es nicht wundervoll?« fragten die Ärzte. »Jetzt sind Sie aber erleichtert, was? Es war ja immerhin ein ziemliches Risiko.« Ach, die Wunder der modernen Wissenschaft!

»Wundervoll«, sagte Alison, aber das eine oder andere der Babys drückte auf den Ischiasnerv, vielleicht wechselten sie sich auch ab, die zwei gesunden, beengten Knaben, und es tat fürchterlich weh.

Nun ja, Alison machte sich Sorgen. Das ist ja nie eine Hilfe, nicht wahr? Das Trauma der Geburt des vorigen Babys lastete noch auf ihr, natürlich, doch das nicht allein: die Natur des Universums machte ihr zu schaffen. In anderen Krankenhäusern als ihrem, so hatte man ihr erzählt, strengte man sich nicht ganz so an, schwerbehinderte Babys zu retten. Das reine Glücksspiel, alles ein Glücksspiel. Dieses Krankenhaus, ein anderes. Ihre Geburt, Andrews Bisexualität, (genetisch bedingt, wie er behauptete, ganz gleich, wie laut sie schrie: Das machst du mit Absicht!) Carolines schlappes Wesen, das Überleben ihres geschädigten Babys, die Zwillingsschwangerschaft, und daß William mit ausgebreiteten Armen bereitstand, um sie zu trösten, Glückssache, nur Glückssache. Die Arbeit war keine Glückssache. In Büros gab es nur Ursache und Wirkung. Anstrengung wurde durch Geld belohnt. Sie nahm sich zusammen und schleppte sich jeden Morgen zur Arbeit.

Ihr Vater starb. Schlaganfall, wieder ein glücklicher Zufall. Das Blutgerinnsel war lähmend oder nicht, tödlich oder nicht, es kam darauf an, wo im Gehirn es zufällig steckenblieb. Es blieb an einer unguten Stelle stecken. Und damit war es aus und vorbei. Sie beobachtete ihre Mutter aufmerksam. Mum weinte, trauerte, erholte sich angemessen. Es war eine gute Ehe gewesen. Unter diesen Umständen, hieß es, könne man einen Todesfall leichter überstehen. Man hatte ein reines Gewissen. Wieder ein glücklicher Zufall. Wann man heiratete, wen man heiratete, ob man verheiratet blieb, alles nur glücklicher Zufall. Die Genetikberatungsstelle leugnete, daß es solche glücklichen Zufälle gab, und hielt sich an die Wahrscheinlichkeit, aber Alison wollte sich doch lieber ein Amulett um den Hals hängen.

Mum kam und war bei ihr, ehe die Zwillinge geboren wurden. Es war eine lange und schmerzhafte Prozedur, linderte aber wenigstens den Ischiasschmerz. Der erste Zwilling war ein Junge, der zweite ein Mädchen.

»Hoppla!« sagte das Krankenhaus.

»Sie haben zweimal denselben Zwilling getestet«, sagte Alison. »Hab ich's Ihnen nicht gesagt? Sehen Sie, zwei Einstiche. Einer am Kinn und einer am Ohr. Ein Glück, daß Sie nicht das Auge getroffen haben! Jetzt testen Sie mal das Mädchen auf Mongolismus, ja?« Dann schlief sie wieder ein. Sie sei undankbar und schwierig, hieß es von ihr. Das Mädchen hatte die richtige Anzahl Chromosomen, also war alles in Ordnung. (Hat mehr Glück, als sie verdient, murmelte der eine oder andere.) Gewiß, die Amniozentese steckte noch in den Kinderschuhen. Heute ist man darin raffinierter, Sie brauchen sich also keine Sorgen zu machen.

Also Zwillinge! Etwas an Alisons Einstellung regte William auf. Es war nicht so, daß sie keine Beziehung zu ihnen aufgenommen hätte. (»Wollen Sie wirklich beide haben?« hatte die Schwester Alison doch tatsächlich gefragt: »Beide Zwillinge? Sind Sie sicher?« »Ich bin ganz sicher, danke, Schwester«, sagte Alison energisch.) Sie verlangte danach, aufzustehen, tätig zu sein, nachdem nun das rein physische Gewicht der Schwangerschaft wegfiel, abgesehen von Schmerz und Angst, und William seine zwei gesunden Kinder hatte, das Taubenpärchen, und selbst Caroline das Vorhandensein der Zwillinge durchaus akzeptabel zu finden schien; ihr weißes Gesichtchen war wieder rosig geworden, und sie hatte eine ganze Woche mit Mum drunten in Exeter verbracht, ohne jammernd nach Hause zu wollen. Eigentlich war Alisons Stimmung brillant gewesen, seit sie aus der Welt der Glückssachen wieder in die von Ursache und Wirkung zurückgekehrt war – und die Zwillinge waren drei Jahre geworden, ehe die Ehe zerbrach. Alison wollte nicht daheimbleiben, das war das Problem, sie wollte wieder arbeiten. William empfand ihre Abwesenheit als Kränkung. Er hatte seine Stellung verloren (er arbeitete als Buchhalter in einer kleineren Firma, die unerwartet mit einer größeren fusionierte. »Pech«, rief William. »Nein«, sagte Alison, »Ursache und Wirkung. Du hättest es kommen sehen können. Wenn du genau hingeschaut hättest, was du aber nicht getan hast.«) und bemühte sich nicht einmal, eine andere zu suchen, weil er ohnehin von Zahlen genug hatte und Schriftsteller werden wollte, und Alison machte geltend, daß ja irgendwer das Geld verdienen müsse, er aber widersprach, es sei für sie alle besser, von der Fürsorge zu leben, und wie er denn Zwillinge versorgen *und* schreiben sollte und so weiter und so fort, und es endete wie beim Spiel »Reise nach Jerusalem«, er in dem einen Haushalt, manchmal mit, manchmal ohne die Zwillinge und Alison mit Caroline und einem Au-pair-Mädchen im anderen, und Alison ging arbeiten – unbefriedigend, sagte William, aber ich nehme an, es ist das, was Alison will, und was Alison will, das nimmt sie sich eben (hierin drückte sich eine Menge Aggression und Bitterkeit aus) – und irgendwie kam es binnen eines Monats so, daß William mit dieser Annabel lebte, von der Alison nie gehört hatte – aber das hätte wiederum sie vielleicht kommen sehen sollen –, die etwas eigenes Vermögen hatte und bei William zu Hause bleiben konnte, so daß er Zeit zum Schreiben fand –, und Alison, die gut verdiente, sah sich gesetzlich verpflichtet, beide Haushalte zu finanzieren. (Moralisch natürlich auch. War nicht ihr unvernünftiges Verhalten Anlaß zur Zerrüttung der Ehe gewesen?)

Natürlich grämte sich Alison um die abwesenden Zwillinge, aber schließlich mußte sie auch an ihre Gesundheit denken (etwa nicht?) und an Caroline schließlich auch, die nicht einmal Williams Kind war (wie er sowohl öffentlich wie auch privat immer betonte, wenn die Rede darauf kam), und auch noch beide Haushalte finanzieren, und zum Glück erwies sich Annabel als nett und außerdem tüchtig (obwohl in Finanzdingen mehr als gerissen), und die Zwillinge mochten sie und sie hatte ein Talent, Williams Mütterlichkeit irgendwie in Väterlichkeit zu verwandeln. Doch das war alles sowieso Schnee von gestern. Alison hatte Bobby kennengelernt und war glücklich, und die Zukunft lag in ihren Händen, was auch immer sie anfing, und als sie bemerkte, daß ihre Mutter wieder einen klaren Kopf hatte, überlegte sie, einfach so zu Bobby zu ziehen und ihn erst nach ein paar Monaten zu heiraten, wenn sie absolut sicher war, daß es gutgehen würde – das wäre verantwortungsbewußt gehandelt, ohne sich auf Glücksfälle zu verlassen –, und sie und ihre Mutter fuhren Erster Klasse nach London zurück.

»Ich wäre ebenso gern Zweiter gefahren«, sagte Mum. »Warum sparst du dein Geld nicht für Wichtigeres?« Nun, so war sie eben. Alison hatte das Gefühl der Geborgenheit. Nur daß sie sich unterwegs zweimal übergeben mußte.

»Schwanger«, sagte Mum.

»Reisekrank«, sagte Alison, doch sie tastete ihre Brüste ab, und die taten weh.

Sie fuhr auf ihre Konferenz, und es war wundervoll, zu Caroline und den Zwillingen heimzukehren, und daß Mum und Bobby zu Besuch kamen und Bobby Mum gefiel und sie ihm, und es war alles richtig gemütlich, und sie überlegte, warum sie noch immer zögerte und vergaß sich zu fragen, warum sie plötzlich weder Wein noch Kaffee mehr trank. Und als William aus dem Krankenhaus kam – er hatte sich die Krampfadern veröden lassen (»Ist er nicht reichlich jung für Krampfadern?« fragte Mum. »Aber ich glaube, er ist schon alt geboren, und da hat es bei ihm die Beine zuerst erwischt«) –, fuhren die Zwillinge mit Bedauern, aber trotzdem zufrieden in ihr neues Zuhause, und sie spürte, daß sie Annabel, die ihre Socken so tadellos sauber hielt, zwar mochten, jedoch sie, ihre wahre Mutter, liebten. Außerdem begann sie jetzt, wo es keine Babys mehr, sondern eher schon Menschen waren, eine Beziehung zu ihnen zu bekommen, das Trauma und die Ängste abzubauen, die sie sie gekostet hatten, abgesehen von den Monaten auf ihrem Ischiasnerv. Sie warf dem Krankenhaus vor, etwas Blindes, Instinktives irgendwie rational und zielbewußt zu machen, so daß der Verstand den Körper genau in dem Moment beobachtete, in dem er es nicht sollte. Also wirklich, dachte sie, bei diesem Standard der Gynäkologie sollten Menschen in Petri-Schalen gezüchtet und das Sperma dem Ei zugefügt werden, ohne an Liebe zwischen Mann und Frau zu denken und schon gar nicht an die zwischen Eltern und Kind, nachdem nun der früher im Dunkeln liegende, so geheimnisvolle Zeugungsakt so klinisch grell beleuchtet war.

»HabdichliebMammi«, sagte erst Wendy, später Wyndham.

»Ich hab euch auch lieb«, sagte Alison.

»Und ich auch«, sagte Caroline. »Und William ein bißchen. Aber Bobby noch lieber.«

»Ist das nicht alles nett«, sagte Mum, die sich an die moderne Art, Liebe durch Worte auszudrücken, mittlerweile gewöhnt hatte, sie war in ihrer Jugend und in den mittleren Jahren nie demonstrativ gewesen und sah jetzt ein, welches Vergnügen man dabei empfand.

»Nun kommt, ihr Kleinen«, sagte Annabel forsch. »Daddy wartet im Wagen mit Saul und Rachel und Dodie. Daddy muß jetzt einen Monat lang jeden Tag zwei Meilen zu Fuß gehen. Denkt dran!« Sie dachten daran.

»Ooh«, sagten sie. Und William, blaß und tapfer, vom Wagenfenster eingerahmt, unterhielt sich freundlich mit Caroline, die strahlte und aufblühte, ja sogar mit Alison. Es war also alles bestens, nur daß man nicht mehr leugnen konnte, daß Alison aus irgendeinem Grunde schwanger war. Sie machte einen Heimtest und sah, wie sich der kleine gelbrote Ring aus dem gelben Staub formte, und überlegte, ob das neue Baby das Gute in der Welt mehren oder aber im Gegenteil zerstören würde, was so schwer erkämpft worden war. In Bobbys Familie hatte es nie Zwillinge und schon gar nicht das Down-Syndrom gegeben (jedenfalls nicht, soweit sie wußte), und das war eine Hilfe. Aber einmal Zwillinge gehabt zu haben ließ die Möglichkeit einer weiteren Mehrfachschwangerschaft in die Höhe schnellen und halbierte dadurch die Aussichten auf ein normales Baby, und auch bei einem Einzelkind stieg natürlich die Möglichkeit, ein behindertes zu kriegen, wenn man schon einmal eins gehabt hatte – wie alt war sie jetzt – neununddreißig –, und es gab eine Art gestaffelten Zinseszins: eine seltsame Strafe fürs Glücklichsein.

»Was soll ich machen?« fragte sie ihre Mutter.

»Auf dein Glück vertrauen«, sagte Mum. Glück? Großer Gott! was hatte Glück ihr je genützt?

»Mach nur, was du willst«, sagte Bobby. »Obwohl ich mich natürlich freuen würde, wenn wir ein Kind hätten. Sogar sehr.« Und überhaupt konnte man das Baby jetzt mit zehn Wochen schon testen lassen, durch den Muttermund, das nahm wenigstens einen Teil der Sorgen und war ein kaum nennenswertes Risiko für das Baby, sollte die Schwangerschaft fortschreiten, und sie beschlossen, keine Abtreibung zu machen. Noch nicht. Sie verschoben das Jubeln bis nach dem Test. Das konnte man. Einigermaßen. Man tat weiter so, als sei die morgendliche Übelkeit die Folge einer Lebensmittelvergiftung, und sprach nicht weiter davon. Auch war das Baby noch kein Baby, sondern ein Gewächs, bis ärztliches Urteil es für vollwertig erklärte. Aber es war okay. Sie liebten einander, soviel war jetzt sicher. Nur daß nach acht Wochen eine Ultraschalluntersuchung Zwillinge zeigte. Zwei Fruchtsäcke. »Was soll ich bloß machen?« bettelte Alison. »Das schaff ich doch nicht. Ich schaff doch keine Zwillinge!«

»Ich kann es dir ebenso gut sagen«, meinte Mum, »wo du dich sowieso schon so aufregst: du warst ein Zwilling, Alison. Du hast eine Schwester gehabt. Sie ist bei der Geburt gestorben. Heutzutage hätte man sie natürlich retten können, aber Gott weiß, wie ich fertig geworden wäre. Dein Vater war mit einem Fernseher besser als mit einem Baby.«

»Aber warum hast du mir das nie erzählt?« Alison war ganz

erschrocken. »Du hast gewußt, daß das meine Chancen beeinflußt. Das mußt du doch gewußt haben.«

»Es ändert nichts, wenn man die Chancen kennt«, bemerkte Mum, »da du sowieso nur zufällig schwanger geworden bist. Wissen hat nie etwas anderes gebracht als noch mehr Sorgen. Jetzt weißt du, daß du zwei abtreibst, wenn du das vorhast, und es ist nicht *mehr* passiert, als daß dir die Entscheidung jetzt doppelt so schwer fällt. Kein Mensch schafft gern ein gesundes Baby ab. Es ist besser, man wartet, bis sie geboren sind, wenn du mich fragst, und schafft dann das weg, was nicht gelungen ist, wenn es so ist, und behält dasjenige, das in Ordnung ist.«

»Dafür kommt man ins Gefängnis, und so was könnte ich unmöglich tun. Ein Baby umbringen, wenn es erst geboren ist! Es sterben lassen – das ist etwas anderes. Das ist natürlich.«

»Jetzt kann ich's dir ja ruhig sagen«, meinte Mum, »dein Zwilling war nicht normal, ein Mongolchen, wie wir damals sagten, und die Hebamme hat ihn beseitigt. Dafür sind ja Hebammen da. Deswegen haben wir doch unsere Kinder immer zu Hause gekriegt. Riskanter, aber weniger Einmischung.«

»Eineiige Zwillinge können wir nicht gewesen sein«, sagte Alison, zu sehr in genetische Probleme verstrickt, um sich über Mums Hinterlist oder gar die wahren Obliegenheiten von Hebammen aufzuregen, »sonst hätte ich auch das Down-Syndrom gehabt.«

»Ach ja?« fragte Mum. »Mongoloid hin, mongoloid her, Baby bleibt Baby.«

»Wetten, daß du froh warst, als dein Mongoloides nicht am Leben geblieben ist?« Meine Schwester, dachte sie. Die Schwester, die ich nie hatte, von der ich immer glaubte, sie stünde mir zu, von meiner eigenen Mutter umgebracht.

»War ich auch«, sagte Mum. »Dein Vater hätte das nie mitgemacht.«

»Darin kannst du recht haben«, sagte Alison. Die Statistiken zeigten unmißverständlich, daß abnormale Babys Familien rascher auseinanderbrachten als alles andere. Behinderte endeten bei ihren Müttern, selten bei ihren Vätern, kaum je mit beiden. Und sie dachte traurig an William, dessen gute Meinung sie anscheinend noch immer nicht ganz entbehren konnte, und grämte sich um ihr armes Baby mit seinem zusätzlichen Chromosom und seinen heiklen Lungen, das sich so eifrig ans Leben geklammert hatte, und das so lange Zeit, nachdem andere aufgegeben und sich in einem Schwall von vorgeburtlichem Blut hätten wegspülen lassen. Doch das Gespräch, obwohl es die Chance verminderte, oder aber vermehrte, stärkte sie seelisch. Also Beendigung. Zwillinge auszutragen war absurd. Sie hatte nicht die körperliche Kraft dazu, weder vor noch nach deren Geburt. Hatte sie einfach nicht.

»Oh«, sagte der Spezialist, »wenn Sie wegen der Zwillinge besorgt sind: heutzutage kann man den einen terminieren und den anderen austragen.«

»Welchen?« fragte Alison.

»Den ersten, den wir erreichen«, sagte der Spezialist etwas gezwungen.

»Meinen Sie nicht, daß Sie beide testen und den mit Down entfernen können?«

»Noch nicht. Wir werden es sicherlich bald können. Und man muß natürlich auch die erfreuliche Seite der Sache sehen. Daß keiner das Down-Syndrom haben muß.«

»Ich finde nicht, daß das eine erfreuliche Seite ist«, sagte Alison. »Ich finde, ein normales Baby abzutreiben kann nie erfreulich sein.«

Sie war wieder einmal schwierig, nicht wahr? Wären Sie es vielleicht nicht?

»Ich würde in jedem Fall zu einem selektiven Abbruch raten. Möglicherweise sind Sie nicht in der Lage, zwei Kinder auszutragen. Das wird jetzt oft gemacht. Das Verfahren wurde angesichts der vielen Mehrlingsschwangerschaften, Ergebnis von Hormonbehandlungen, entwickelt.«

»Das hier ist etwas anderes«, sagte Alison. »Mein Baby – meine Babys – sind auf natürliche Weise entstanden, in Liebe und Leidenschaft empfangen, wenn auch möglicherweise zufällig. Wie kann ich bei einem von ihnen abbrechen lassen? Es könnte ja das verkehrte sein. Und wenn es okay wäre, wie soll ich dem, das am Leben bleibt, wenn es eines Tages zur genetischen Beratung dran ist, sagen, daß ich mir das andere habe nehmen lassen? Was würde es von mir denken?«

»Es würde wenigstens leben, um denken zu können. Bei einem der beiden könnte ich sofort abbrechen«, sagte der Spezialist freundlich, »und das andere in der sechzehnten Woche testen, obwohl dabei ein erhöhtes Risiko einer Fehlgeburt bestünde, und es für Sie beseitigen, falls es behindert ist.«

»Sechzehn Wochen! Nein, nein«, sagte Alison. »Nie. Keine Beratung und keinen Test. Ich kriege sie beide und verlaß mich auf mein Glück.« Schon jetzt begann ihr Ischiasnerv zu schmerzen, aber das war ihr gleichgültig. So etwas hatte sie noch nie empfunden oder geäußert. Es erschreckte sie beinahe, sich so laut und deutlich sprechen zu hören. Und die Glücksgötter schienen es gehört und auf sie herabgeblickt zu haben, oder sonst jemand oder etwas, jedenfalls fühlte sie beim Verlassen der Klinik das erste klebrige Blutgetröpfel, und das wurde stärker und stärker, so viel Blut, daß es kein Ende nehmen wollte, so viel Bedauern, so viel Erleichterung, und binnen vierundzwanzig Stunden, schmerzhaften, schmuddeligen Stunden, waren die mutmaßlichen Zwillinge dahin, männlich oder weiblich, gelungen oder mißlungen, eineiig oder zweieiig, das würde niemand mehr erfahren, endeten in einem solchen purpurnen Gewoge, daß sogar das Krankenhaus staunte.

»So viel Blut«, rief das Au-pair-Mädchen im Rettungswagen. »Schau nicht hin,« rief Alison, »sonst vergeht dir womöglich die Lust.«

Sie wollte es später, wenn sie sich stabiler fühlte, noch einmal versuchen und auf ihr Glück vertrauen, daß es keine Zwillinge würden. Caroline, Wendy und Wyndham waren doch alle bestens, oder?

»Auch gut«, sagte Mum, »aber ich glaube, das willst du jetzt nicht hören. Du hast, so wie die Dinge liegen, über genügend nachzudenken. Wie fühlt sich denn jetzt dein Kopf innen an?«

»Klarer«, sagte Alison. »Das macht der plötzliche Abfall von Östrogen.«

»Das erinnert mich an die Zeit, wo ich zum ersten Mal eine Zwillingsfehlgeburt hatte«, sagte Mum, bei der man immer auf Überraschungen gefaßt sein mußte. »Na ja, war auch gut so. Sie waren nicht von deinem Vater. Nun trink mal recht viel Wasser, um die verlorene Flüssigkeit zu ersetzen, und ich wünsch dir mehr Glück beim nächstenmal. So was kommt eben vor. Blut ist ein Opfer, das die Glücksgötter verlangen. Danach läuft dann alles besser. Schließlich hab ich dann ja dich gekriegt, nicht wahr?«

Anhang II

Jennifers Geschichte
Kommt schon, ihr alle!

So manches verwirrte Maureen Timson, als sie achtzehn war, aber nichts mehr als ihre Freundin Audrey Thomas. Wenn es überhaupt eine Freundin war. Beide waren sie im College und studierten Sprachen. Sie wohnten im gleichen Zimmer, weil sie im Alphabet gleich hintereinander kamen, eine Art schicksalhafter Nähe also. Maureen hatte alle Vorteile, Audrey (in Maureens Augen) sehr wenige. Und doch führte Audrey und Maureen folgte, und Maureen konnte es nicht begreifen und wurde aufgebracht und gereizt. Maureen ging den Dingen gern auf den Grund, löste sie gern voneinander wie verknotete Schnürsenkel, aber hier war etwas Abgründiges, Unlösbares. Und das war nicht fair.

Sie, Maureen, war hübsch. Um das zu wissen, brauchte sie nur in den Spiegel des gemeinsamen Zimmers zu schauen (Maureens Mutter hatte etwas gegen Spiegel, sie gehörte zu denen, die sagten, es käme auf den Charakter an und nicht auf das Aussehen, aber Spiegel sind eben überall, nicht wahr? Pfützen, Schaufenster tun es auch und die interessierten Augen anderer reflektieren zumindest eine Art Image.)

Audrey war überhaupt nicht hübsch. Sie hatte ein Gesicht wie – so hätte es Maureens Großtante Edith ausgedrückt – das Heck von einem Omnibus. (Maureens Mutter hatte acht Tanten, und Edith war diejenige, die sie am wenigsten leiden konnte, aber Maureens Mutter konnte fast niemanden leiden, verachtete die Schwachen, die Leichtsinnigen, die Faulen, die Weichlichen, und das bedeutete, fast die gesamte menschliche Rasse, und ließ Ausnahmen nur bei der Familie gelten. Maureen war das einzige Kind, weil ihre Mutter ihren Vater kurz nach Maureens Geburt durch Hohnreden aus dem Haus getrieben hatte. (Maureen sah ihn in dicken Stiefeln, nach Bier riechend, den feuchten Weg zwischen den trübseligen Rhododendronbüschen entlang trotten und für immer verschwinden, während ihr kindliches Geplärr aus dem Fenster rechts oben im ersten Stock schallte.) Maureen hatte eine schmale Taille, Audrey über und unter der Taille

Speckröllchen. So etwas bleibt nicht verborgen, wenn man im selben Zimmer wohnt. Maureen hatte vorher noch nie mit jemand das Zimmer geteilt. Sie wunderte sich, daß Audrey bei all ihren körperlichen Mängeln so unbekümmert nackt im Zimmer herumlaufen konnte. Es gefiel ihr nicht. Maureen war klug. Seit ihrem dreizehnten Lebensjahr hatte sie nie ein *Partizip Perfekt* benutzt, das nicht zum Verbum gehört hätte. Audrey konnte kaum einen *accent grave* von einem *accent aigu* unterscheiden. Weiß der Himmel, wie sie sich ins College hineingeschwindelt hatte. Maureen las Macchiavelli, Audrey las Frauenzeitschriften. Und doch besaß Audrey etwas, das Maureen fehlte. Audrey führte, Maureen folgte, halb dankbar, halb widerwillig. Maureen war einsam, Audrey nicht. Und Maureen haßte es, einsam zu sein.

»Du findest so leicht Anschluß«, sagte Maureen zu Audrey und schaffte es, daß es wie der Vorwurf angeborener Urteilslosigkeit klang. »Wie machst du das?«

Das wiederum schien Audrey zu verwirren, die sonst nicht leicht zu verwirren war.

»Man redet die Leute einfach an«, sagte sie.

»Was, jeden?« fragte Maureen peinlich berührt.

»Ja«, sagte Audrey. Manchmal blieb es nicht beim Anreden, da ging sie einfach mit jemand ins Bett und danach gleich wieder mit einem anderen, so daß der erste Jemand eingeschnappt abrauschte, und dann weinte Audrey bitterlich, doch wie Maureen sich ausdrückte – die ihre Jungfräulichkeit bis zum letztmöglichen Augenblick aufsparte und dann dem Schriftführer des Diskussionsclubs opferte, einem soliden, verläßlichen Jungen mit Auto –, was hätte Audrey denn *gedacht,* daß geschehen würde?

Audrey war beliebt bei den Jungen, aber Maureen suchte sich die besten heraus, daran lag es also nicht. Dennoch hatte sie den Eindruck, daß sie beim Blick in den Spiegel ihrer Augen weniger darin sah als Audrey. Wie kam sie denn darauf? Sie versuchte, mit Audrey darüber zu sprechen.

»Ja, aber was siehst du denn wirklich?« fragte Audrey. »Ich meine, außer der gewöhnlichen Begierde?«

»Mein eigenes Interesse«, sagte Maureen, ohne lange nachzudenken. Sie saßen miteinander nach dem Kino in einem chinesischen Restaurant. Audrey aß knusprige in Teig gebackene Bananen, die Maureen natürlich abgelehnt hatte.

»Oh«, sagte Audrey, »ich sehe nur, daß ich ihnen gefalle.«

In Maureen kam eine solche Wut hoch, daß sie sich an einem großen Schluck des zu heißen, kalorienfreien chinesischen Tees den Mund verbrannte; er war noch tagelang wund. Aber sie sagte nichts. Was hätte sie sagen sollen? Sie vergaß es.

Etwas anderes vergaß sie nicht: wie Audrey eines Tages im Frühling in einem einteiligen Badeanzug auf einer Sanddüne stand, mit im Wind fliegenden Haaren, sich zu der Gruppe umwandte, die ihr folgte, die ihr überallhin gefolgt wäre und dabei rief: »Kommt schon, ihr alle!« und alle folgten, Freunde, Bekannte, Einladungen. Zeiten voller Feste, mit vielen, mit zu vielen Menschen. Ach, die ganze menschliche Rasse quirlte um den freundlichen Mittelpunkt Audrey. »Kommt schon, ihr alle!« Und alle kamen sie, auch Maureen, widerwillig und doch freiwillig. Sie dachte an die stille, gedämpfte Regelmäßigkeit des Heims ihrer Kindheit, an die einzige Katze, die allabendlich hinausgelassen wurde, an das Frühstück zu zweit, für Mutter und Tochter, für das schon abends vor dem Zubettgehen der Tisch gedeckt wurde, und ein Teil von ihr wollte flüchten und ein anderer Teil noch dableiben: Irgendein Pesthauch war ihr schon zu tief in die Seele gedrungen. Sie rannte mit den anderen die Sanddüne hinauf, und Audrey war als erste im Meer. »Los, kommt alle rein, das Wasser ist wundervoll!« Aber das war es natürlich nicht, sie machte nur einen Witz, es war eisig, und alle kreischten, und Audrey spritzte sie an. Daß sie sich traute! Maureen war wütend. Aber alle amüsierten sich und sie selber auch. Audrey orchestrierte und webte jeden in das fröhliche Muster mit ein! Wie machte man das?

Später trennten sich natürlich ihre Wege. Audrey mit ihrer II 2 ging ab und wurstelte sich durch irgendeinen Kurs in Sozialwissenschaften. Maureen mit ihrer II 1 zog nach Brüssel, um bei der Europäischen Gemeinschaft zu arbeiten, was sie sich immer gewünscht hatte. Die Vorstellung von einem solchen Job in der Stadt war etwas so klar Umrissenes, Gesundes, Ordentliches: ein kleiner Wagen, eine kleine Wohnung. Die gab es dann auch. Dem Schriftführer des Diskussionsklubs mußte sie den Laufpaß geben, denn der trat eine

Stellung bei Marks & Spencer in Newcastle an, aber so enden Studentenliebschaften ja oft. Maureen war ganz fassungslos, als sie erfuhr, daß er binnen einem Jahr heiratete, eine zehn Jahre ältere Kollegin, und in diesem Sommer verbrachte sie ihren Jahresurlaub bei ihrer Mutter in Paignton, aber es war öde und langweilig, und sie beschloß, es nie wieder zu tun. Zwölf Jahre in Brüssel, und jetzt stieg sie allmählich auf in der Landwirtschaftsabteilung, war viel allein, fing etwas an mit einem verheirateten Mann (schließlich waren sie ja alle verheiratet, was sollte sie da machen?) und wurde noch einsamer mit all der Warterei auf Anrufe, mit der Geheimnistuerei, den unerfüllt bleibenden Versprechungen und der fehlenden Geselligkeit, brauchte aber trotzdem eine Ewigkeit, ehe sie Schluß machte (was war ihr da nur passiert?), und tat es schließlich doch, und genau in diesem Moment kam ein Brief von Audrey. Was denn aus ihr geworden sei? Ob sie sich nicht wiedersehen könnten! Das sah Audrey mal wieder ähnlich, dachte Maureen, warum sollte man Kontakt halten mit jemand, bloß weil man im gleichen College gewesen war und im Alphabet dicht aufeinander folgte. Aber sie antwortete. Audrey lud sie über Weihnachten ein. Natürlich war sie verheiratet, diese so gar nicht wählerische Person, und hatte drei Kinder: irgendwo auf dem Land, mit vielen Tieren. Das paßte zu Audrey, dachte Maureen, dieses »Kommt schon, ihr alle« und das an einen sicherlich muffigen, lehmigen, verkommenen, lärmenden Ort mit Katzendreck in den Ecken. Maureen fuhr aber doch hin, denn nach siebenmal Weihnachten mit einem verheirateten Mann hielt sie allmählich nicht mehr viel von diesem Fest.

Das Haus war ein Chaos. Natürlich war es das. Maureen zog Gummihandschuhe an und half aufräumen, den überladenen Christbaum festzurren, die Strümpfe mit den Geschenken herrichten, machte sich bei den Kindern dadurch beliebt, daß sie in diesem zuckerfreien Haushalt Marsriegel verteilte, und amüsierte zwischendurch Audreys Ehemann, während Audrey sich durch das Zu-Bett-bringen der Kinder kämpfte und viererlei Füllungen für zwei kleine Puter vorbereitete, weil das mehr Spaß machte, als *eine* Füllung und einen Apfel für einen großen.

»Aber es macht doch viel mehr Arbeit, Audrey.«

»Ich weiß, Maureen, aber wir sind es alle so gewöhnt. Familienleben besteht eben aus lauter Ritualen.«

Maureen bezweifelte, ob Rituale genügten. Alan war ein politischer Journalist mit Linkstendenzen, er mußte seine politische Einstellung mindestens dreimal im Jahr neu überdenken, und es kam Maureen so vor, als ob Audrey nicht viel von dem bemerkte, was im Kopf ihres Mannes vor sich ging. Sie zog es vor, ihm laufend Gefühlswärme zu demonstrieren, um ihn bei Laune zu halten.

»Liebling, was ist denn, was ist denn?« rief sie, warf ihm die Arme um den Hals und umklammerte ihn, wenn er auf die Stromrechnung starrte (bei zwei Putern kostete das Braten eben mehr als bei einem, wie Maureen bemerkte), bis er unwillkürlich lächelte. Dieses Unwillkürliche verstand Maureen sehr gut. Ja, sie meinte überhaupt, Alan sehr gut zu verstehen. Sie sah sich genauer an, was zu diesem Haushalt gehörte: die Kinder, die Wärme, die Tiere, den an den Schuhen herein- und hinausgetragenen Dreck, die Freunde, die da kamen und gingen – sie kamen von weit her –, und dachte, mit ein bißchen Umorganisation würde mir das sehr gut passen. Sie dachte, sie wollte das selber haben.

Sie mußte vier Jahre darauf warten. Während dieser Zeit war sie ein häufiger Gast im Hause. Dann fing Audrey, wie Maureen es erwartet hatte, ein Verhältnis mit einem verheirateten Mann an, und Maureen wußte sehr genau, wie das nun ablaufen würde.

»Es ist mir so schrecklich«, klagte Audrey und hackte Nüsse für eine der Puterfüllungen, »ich liebe Alan, aber ich kann einfach nicht anders.«

»Ich glaube, was du brauchst, ist nur die Aufmerksamkeit und die Komplimente und das Wissen, geliebt zu werden«, sagte Maureen vorsichtig. Sie hatte inzwischen – o ja, seit ihrer Collegezeit – genügend Frauenzeitschriften gelesen. »Und darin ist Alan nicht gut. Zu schade, daß es ihm so wenig gegeben ist, seine Gefühle zu zeigen. Dann brauchtest du nicht außerhalb deiner Ehe nach Liebe zu suchen.«

Audreys Tränen fielen in den Kuskus mit Zitronenschale und machten ihn etwas matschiger, als er hätte sein sollen. »Wenn ich es Alan doch nur sagen könnte. Wenn ich doch nur mit ihm darüber reden könnte, mir wäre so viel wohler.«

»Du solltest es vielleicht«, sagte Maureen, die ihr Glück

kaum glauben konnte. »Ihr seid eine so starke Gemeinschaft. Wenn Alan wüßte, wozu er dich getrieben hat, wäre er entsetzt. Er würde bestimmt daran arbeiten, eure Ehe zu retten. Damit so etwas nie wieder passiert.«

»Beichten, meinst du?« fragte Audrey und ließ die flinken Hände ruhen, sekundenlang erhellte ein Fünkchen gesunden Menschenverstands die finsteren Winkel ihres liebeskranken Hirns, aber nur sekundenlang. Selbstverständlich war auch ihr Liebhaber verheiratet und saß düster in einem anderen Haushalt über seinem Heiligabend-Whisky, während der Feiertage für sie verloren.

»Ein Beichten ist es wohl kaum«, sagte Maureen. »Nur Ehrlichsein. Wie kann eine so enge Gemeinschaft wie die von dir und Alan funktionieren, wenn ihr nicht ehrlich miteinander seid? Ich finde, du schuldest es ihm und deiner Ehe, ihm alles zu sagen.« Dann ging Maureen mit den Kindern auf einen Waldspaziergang über die nebelnassen Blätter und probierte das »Kommt schon, ihr alle!«, indem sie Marsriegel aus der Handtasche zog. Wie sie angestürzt kamen!

Als sie miteinander die Weihnachtsstrümpfe füllten, erzählte Audrey Alan von ihrer Affäre, von ihrer heimlichen Liebschaft, von Verabredungen auf den Rücksitzen in Autos, in Büros und hinter Hecken – die Geschichte lief seit dem Sommer – und sagte, daß sie Alan wahrhaft liebe, und wenn er nur ein bißchen netter und lieber zu ihr gewesen wäre, das Ganze nie passiert wäre, daß er jedoch alles habe schal werden lassen, und wie hoch sie ihre Ehe bewerte.

»Red nicht daher wie die letzten Seiten einer Frauenzeitschrift«, war alles, was Alan sagte, ehe er sie bis zum anderen Ende des Zimmers ohrfeigte, und als der zweite Weihnachtsfeiertag herankam, hatte sie ihre Koffer gepackt und war fort; gezwungenermaßen, schreiend, hysterisch, verließ sie ihre Kinder und ihr eheliches Heim und all das, was ihr bei der Scheidung nicht gerade von Nutzen war. (Ihr Liebhaber beschloß, seiner Frau treu zu bleiben). Es traf sich günstig, daß Maureen da war, um der Familie durch die Rituale dieses schrecklichen Weihnachtsfestes durchzuhelfen – weil sie, wie Alans Mutter sagte, den Haushalt so genau kannte. Und das folgende Weihnachten war Maureen nicht nur im Haus installiert, sondern auch noch schwanger mit ihrem ersten

Kind und rief vor den Mahlzeiten: »Kommt schon, ihr alle!« so gut wie jede andere, obwohl sie nicht oft selber kochte, weil sie eine Haushaltshilfe hatte und eine sehr gute Stellung (wenn man die lokale Lohnstruktur bedenkt) als Leiterin der Zweigstelle des Bauernverbandes.

»Sag das nicht«, bat Alan manchmal. »Sag nicht: Kommt schon, ihr alle!«

»Warum nicht?«

»Es irritiert mich irgendwie. Ich weiß auch nicht, warum.«

»Das ist ganz unvernünftig von dir«, sagte Maureen energisch und tat es weiter. Eine Weile erzielte sie mit ihrem »Kommt schon, ihr alle« keine so große Gefolgschaft, wie Audrey sie gehabt hatte, aber mit der Zeit kehrten die Bekannten wieder, und alles war einfach großartig, und die feuchten, hängenden Rhododendronblätter, die in ihrer Vergangenheit, in ihren Träumen raschelten, richteten sich auf und standen stramm und glänzend in einem imaginären Sonnenschein.

Anhang III

Judes Geschichte
G. U. P. oder Liebe in Helsinki

Sie werden nie erraten, was mir in Helsinki passiert ist! Wie mein Leben sich veränderte, als ich vorigen Oktober dort war. Lassen Sie es mich Ihnen erzählen. Die Bäume in diesem insel- und waldreichen nördlichen Land – so viele Inseln und so viele Wälder haben Sie noch nie gesehen, und die Herbstsonne so tiefstehend und neblig und riesig – waren gerade am Verfärben, das eher langweilige eintönige Grün gab auf und flammte plötzlich in Rot-, Gelb- und Brauntönen. »Ruska«, nennen die Finnen diesen alljährlichen Sieg der Vielfalt über die Eintönigkeit, etwas so Dramatisches, daß sie sogar einen besonderen Namen dafür haben. Ich glaube, es ist die letzte Aufwallung des Sommers: als ob eine Fünfzigjährige alle schwarzen Schuhe, die sie ihr Leben lang getragen hat, wegwirft und sich grün und rosa beschuht, in dem Bestreben, noch herauszuholen, was nur möglich ist. Nicht daß ich fünfzig bin, falls Sie das annehmen, nein, ich bin neunundzwanzig, aber auch mit neunundzwanzig kommt man sich manchmal schon sehr alt vor. Älter, glaube ich, als mit fünfzig, weil die biologische Uhr einer Frau manchmal sehr laut tickt.

Meine Mutter wünschte, daß ich daheimblieb, heiratete und Kinder kriegte.

»Komm zur Ruhe, Jude«, bettelte sie oft, »das wünsche ich mir für dich.«

»Ich versteh nicht, wieso«, sagte ich. »Hast du doch auch nie getan.«

»Das ist was anderes«, sagte sie dann, goß sich einen weiteren Whisky ein und zündete ihre Zigarre an. Meine Mutter ist von Beruf Golflehrerin und das schon, seit mein Vater sie vor fünfundzwanzig Jahren verließ. Schließlich mußte sie ja ihren Unterhalt verdienen. Sie ist eine gesunde, sportliche Frau, obwohl sie schon über sechzig sein muß, und immer noch klopfen dauernd Männer bei ihr an, die sie allerdings nicht oft hereinläßt. Das Whisky-und-Zigarre-Syndrom ist kein Problem (oder nur für meine Schwester Chris), wohl aber die eher altmodische Art, in der meine Mutter einen

Mann wissen läßt: »Ich bin genausoviel wert wie du. Wozu also brauch ich dich?«

»Mein Gott«, sagte ich zu meiner Schwester, »sie schüttet doch genügend Wasser in den Whisky. Und die Zigarre geht nach ein paar Sekunden aus. Worüber also regst du dich auf?« Aber sie ist Krankenschwester. Schlimmer, sie ist die Sorte Krankenschwester, die hinter jeder Ecke Katastrophen sieht. Für ihre Patienten kann das kein Vergnügen sein. Sie war sieben, als mein Vater uns verließ.

Da ist nun meine Mutter, die sich nie gebunden hat, wild darauf, daß ich es tue. Wieder einmal ein Beispiel für G. U. P. oder das Große Universale Paradox, das unser aller Leben regiert. Am deutlichsten an der Arbeit sieht man G. U. P. auf Entbindungsstationen, am Anbeginn aller Dinge, was durchaus angemessen ist. Da findet man eine Frau, die ein Kind will, das aber tot geboren wurde, und eine andere, die soeben ein lebendes geboren hat, das sie aber nicht will, und wieder eine andere, die eingeliefert ist, um sich sterilisieren zu lassen, und noch eine, die abtreiben läßt, und wieder eine andere mit drohender Fehlgeburt und noch eine, die man ruhigstellen muß vor einer Sechslingsgeburt, weil sie zu viel Fruchtbarkeitshormone genommen hat – und weinen tun sie alle. Alle wünschen sich etwas glühend, und die Natur kümmert sich keinen Deut darum, was sie sich wünschen, rumpelt einfach weiter wie irre und verbessert die Rasse.

Was man will, kriegt man nicht, und was man hat, will man nicht. Das ist G. U. P.

Als ich nach Helsinki reiste, war ich in Andreas Anders verliebt, der mich nicht liebte. Mich liebte Tony Schuster, den ich nicht liebte. Daß ich Andreas Anders liebte, nahm schon seit sieben Jahren einen gewichtigen Platz in meinem Leben ein. Daß mich Tony Schuster seit vollen sieben Tagen liebte, bedeutete mir so gut wie nichts, so läuft das eben bei G. U. P. Außerdem kam ich mir dadurch, daß mich Andreas Anders nicht liebte, fett und dämlich vor. Wenn also Tony Schuster jemand so Dummes und Fettes wie mich lieben konnte, was war Tony Schuster dann? Eine Art Niete. Oder mit anderen berühmten Worten, die Marx äußerte (nicht Karl Marx, einer von den Marx Brothers), als er die langersehnte Einladung zum Beitritt zerriß: »Wer will schon zu einem Club gehören, bei dem ich Mitglied bin?« G. U. P.!

A propos Marx: Finnland ist durch so gut wie nichts von der Sowjetunion getrennt, obwohl die Regierung einigermaßen anders ist und in Finnland die Frauen alles zu regieren scheinen und in Rußland die Männer. Das macht schon etwas aus. Kleine finnische Kinder sehen immer so gesund und helläugig aus, haben ordentliche Wollfäustlinge an und sind richtig ernährt, um der Kälte zu trotzen. Ja, ja, ich weiß, ich bin brütig. G. U. P.! Bunte, bunte Sachen haben sie alle an in Helsinki. Toll modisch. Und viel Wildleder, das so weich ist, daß es aussieht und sich anfühlt wie Leinen.

Und nun stellen Sie sich mich dort vor, vorigen September, wie ich in die Stadt sause, um mir dies und jenes zu kaufen, worum meine Schwester Chris mich beneidet. Ich verdiene zehnmal so viel wie sie, kann man sagen. Sie ist fünf Zentimeter kleiner als ich, und ich bin einsachtundsiebzig, aber sie wiegt fünfzehn Pfund mehr. Sie würde reichlich sonderbar aussehen in einem lila geriffelten Lederrock, wie ich ihn mir kaufte. Hier ist kein G. U. P.-Faktor im Spiel. Tatsachen sind Tatsachen. Chris behauptet, es liegt an der Krankenhauskantine. Ich behaupte: »Es liegt an deiner Art, dich nicht mit Männern einzulassen.«

»Du hast ja so recht,« sagt sie dann und mampft einen weiteren Schokoladenriegel, »sieh dir doch nur an, was passiert, wenn man es tut. Sieh dich an! Sieh Janice an!«

»Dieser Zucker ist schädlicher für dich als Tabak und Alkohol«, sagte ich und denke dabei an die Zigarren und den Whisky von Janice (das ist unsere Mutter).

»Ist er nicht«, sagt sie. »Nicht entfernt. Und ich muß es wissen, ich bin Krankenschwester.«

Ich liebe meine Schwester Chris, ich wünschte, sie würde mit einer Diät anfangen, einen Mann kennenlernen und sich zur Ruhe setzen. G. U. P.!

Also jedenfalls waren wir nun in Helsinki und drehten einen sechsteiligen Thriller mit dem Titel ›Lenin verliebt‹ für das BBC-Fernsehen. Der Große Platz in Helsinki ist aus der gleichen Zeit und hat die gleichen Proportionen und die gleiche Größe wie der Rote Platz in Moskau, darum benutzen Filmgesellschaften ihn häufig. Auf dem Roten Platz selbst zu drehen ist immer ein Riesentheater, es lungern eine Masse Sicherheitsbeamte dort herum, wollen das Drehbuch lesen und erheben Einspruch, wenn darin irgend etwas Abträgliches über ihr Land vorkommt, und das ist oft der Fall, nicht wahr? Ich meine, das ist überhaupt der ganze Pfiff bei Thrillern. Und die Warteschlange vor dem Lenin-Mausoleum kommt andauernd ins Bild, und man kann die Leute schlecht bitten, wegzugehen, wo sie doch per Bahn bis aus Taschkent oder sonstwo gekommen sind, um hier anzustehen. Also reist alles nach Helsinki, um die Szenen zu drehen, die in Moskau spielen. Selbst ›Doktor Schiwago‹ ist dort entstanden.

Andreas Anders ist der Regisseur von ›Lenin verliebt‹. Tony Schuster ist der Kameramann. Ich bin Regieassistentin. Man sollte meinen, daß ein kluges Kind wie ich (ich habe in Politik und Wirtschaftswissenschaften promoviert und bin vor fünf Jahren vom Recherchieren zur Produktion übergewechselt in der richtigen Annahme, auf diese Weise hätte ich größere Chancen, Andreas Anders nahe zu sein) an anderes zu denken hätte als an die Liebe, aber mit neunundzwanzig erwischt es einen, oh, es erwischt einen ganz gewaltig! Neunundzwanzig und keine Kinder, keinen Liebhaber, der bei einem wohnt und schon gar keinen Ehemann. Nicht daß ich das alles gewollt hätte. G.U.P.! In der Film- und Fernsehwelt gibt es nicht viel Zusammenleben, man muß einfach die Koffer packen und abreisen, wenn der Ruf kommt, auch wenn man gerade die Rühreier für sein Frühstück in der Pfanne hat. Oder er die für dich. Heutzutage übernehmen die Männer gern das Kochen in den Kreisen, in denen ich lebe. Sagen wir nicht »lebe«, sagen wir lieber »verkehre«.

Ich war Rechercheur für Andreas Anders' ersten Film. Damals war ich dreiundzwanzig, frisch aus dem College. Es war ein Teledrama mit dem Titel ›Marys Sohn‹, und es ging darin um die Fruchtbarkeitsprobleme dieser Frau. Während der ersten Drehwoche – er nahm mich mit, sagte, er brauche den Rechercheur am Drehort, obwohl er mich in Wirklichkeit ins Bett haben wollte – entwickelte ich nicht nur meine Theorie über G.U.P., sondern verliebte mich auch noch in ihn. Am Ende der zweiten Drehwoche verliebte er sich in seinen Star, Caroline Christopherson, das Mädchen, das die Mary spielte. Und ich wurde gewissermaßen höflich aus seinem Bett entlassen. Ein Alptraum. Meine ganzen Collegejahre hatte ich hinter mich gebracht, ohne Untermieter zuzulassen, wenn Sie wissen, was ich meine. Aber Andreas Anders! Verstehen Sie: er hat so ein blasses, leidendes Gesicht und große, freundliche, weit auseinanderstehende graue Augen, und er ist hochgewachsen und breitschultrig und hat lange, schöne Hände, und was sollte ich machen? Ich liebe ihn. Daß er mich auch nur anschaute, mich armseliges kleines Würstchen! Mich auszeichnete, mich begehrte. Auch nur für eine Minute und sogar für eine Woche, sogar für vierzehn Tage, ehe er sich in Caroline Christopherson verliebte. Und er hat sie geheiratet. Und jetzt ist sie weltberühmt, spielt die Hauptrollen in Filmen mit riesigen Produktionskosten und ist ein Kassenmagnet, und das paßt ihm überhaupt nicht – er ist schließlich derjenige mit dem Talent, der kreative, der mit dem Köpfchen –, sie ist nur der Star. Und wenn es für ihn gar zu schlimm wird, ja, dann bin ich wieder mit ihm im Bett, und er erzählt mir alles. Sie haben ein Kind, Phoebe, das immer mit Kindermädchen zurückgelassen wird. Auch das paßt Andreas nicht. Ich sage nicht: »Aber du bist doch derjenige, der auch wegreist«, weil ich zu ihm nie sage, was ich wirklich denke. So ist es, wenn man einseitig liebt. Man wird zum Trottel.

Wie kann ich mit C.C., wie er sie nennt, konkurrieren? Diese Art von Filmstar hat etwas Magnetisches, in der Art, wie sie sich bewegt, ein Handgriff, ein Wimpernschlag – und zieht damit alle Augen auf sich. Ich sehe nicht übel aus, sage ich mir, obwohl ich vermutlich mager erscheine, wo C.C. schlank wirkt. Sie und ich haben beide stark gekraustes Haar, aber ihres glänzt, obwohl es kraus ist. Wie man diesen Effekt erzielt? Wenn ich es wüßte, Freunde, würde ich es euch sagen. Ich sehe intelligenter aus als sie, aber darauf kommt es nicht an. Im Gegenteil. »Urteilsfähig« sähe ich aus, meinte Andreas Anders einmal. Das war damals, als wir oben in Pebble Mill den Fernsehfilm ›Licht aus dem Schlafzimmer‹ drehten. Mein erster Job als Regieassistentin. C.C. brachte eben in Paris die kleine Phoebe zur Welt, während wir in Birmingham aufnahmen. Andreas konnte die Schau nicht verlassen, ist ja klar. Wir wohnten im Holiday Inn. Er ist ein toller Liebhaber.

Ich lasse es mir nicht anmerken, wie viel es mir bedeutet. Ich tue so, als sei es mir egal. Wenn er dächte, es täte mir weh, würde er sich von mir fernhalten. Er will nicht unfreundlich sein. Ich spiele die leichtfertige, die weltkluge Person. Ich will ihn nicht aus dem Konzept bringen. Das täten Sie doch auch nicht, oder? Wieder mal echt G.U.P. Liebst du sie, laß sie es nicht wissen. »Ich liebe dich« ist das sicherste Abschreckungsmittel für einen ungebundenen Mann.

Und nun sagt Tony Schuster zu mir »Ich liebe dich« und lehnt sich auf dem Großen Platz in Helsinki von seinem Kamerakran herunter, während er in der dunstigen Luft hin- und hergleitet. Der Dunst treibt den Beleuchter zum Wahnsinn. Die Szenen sollen traumhaft und neblig sein, doch alle ziehen den Nebel von Menschenhand dem von Gotteshand vor. Er ist leichter zu kontrollieren.

»Komm, wir verlassen den Betrieb hier«, sagt Tony. »Wir gehen miteinander durch, fliehen auf eine einsame Insel.«

»Du meinst wie in ›Castaway‹?« frage ich. Ich kenne die Filmleute. Bei ihnen besteht alles aus Zelluloid.

»Woher wußtest du?« Er sieht verblüfft aus. So intelligent ist er nicht. Vielleicht bin ich für andere ungemütlich intelligent. Jedenfalls kann ich Tony – trotz all seinem Hin- und Hergerutsche hinter der großen, neuen, schwarzen macho-elektronischen Kamera mit ihrer Citroën-artigen Aufhängung (»Diese Kamera kostet 250000 Pfund«, faucht er, wenn jemand das glänzende Riesending auch nur anrührt.) – einfach nicht ernst nehmen. Er hat ein nettes Durchschnittsgesicht, ist neununddreißig und hat viele drahtige schwarze Haare. Andreas hat blonde, feine Haare. »Ich liebe dich«, brüllt Tony, so daß jeder es hört. »Geh mit mir durch, bitte!«

Ich glaube, daß Tony mich so öffentlich liebt, ärgert Andreas, aber zeigen tut er es nicht. Tony ist einer der besten verfügbaren Kameraleute, die dürfen temperamentvoll sein, da fällt es dem Regisseur nicht schwer, sich zurückzuhalten, wenn es nicht um wirklich Wichtiges geht – eine sanfte Fünfzigsekunden-Kamerafahrt zum Beispiel –, aber nicht etwa um Liebe oder Begierde, wo doch jeder weiß, daß sie nur eine Art Nebenprodukt all der schöpferischen Energie ist, wie sie einen Drehort umschwebt.

»Ich liebe dich« ist ein sicheres Abschreckungsmittel für eine anderweitig gebundene Frau. G.U.P.!

Trotzdem willige ich manchmal ein, mit Tony noch einen trinken zu gehen, wenn die Tagesarbeit erledigt ist und wir alle in die Bar des Hesperia wanken. Außer Andreas, der wohnt im Helsinki Inter-Continental. Als ich hörte, C.C. käme ihren Mann besuchen und wollte während des ganzen Drehmonats seine Hand halten, logierte ich die beiden in einem anderen Hotel ein. (Das Quartiermachen ist meine Sache, inter alia.) Ich glaubte, ich würde es nicht aushalten. Wir fahren sowieso bald nach Rom, und dorthin wird sie uns nicht folgen. Sie reist nicht etwa zurück zu Phoebe, nein, nein, nach Hollywood fährt sie, um eine Serie zu drehen, irgendeinen kitschigen Knüller.

»So etwas von altem Hut«, stöhnt Tony manchmal. »Regieassistentin verliebt in den Regisseur. Das ist doch unter deiner Würde!« Unter meiner Würde, in Andreas verliebt zu sein? Wie wäre so etwas möglich?

Tony war neununddreißig. Seine Frau hatte ihn soeben verlassen und die Kinder mitgenommen. Er war schlicht einmal zu oft verreist gewesen. Wenn sie ihn brauchte, wo war er dann? Auf dem Himalaya beim Drehen von ›Schneeland‹ oder auf dem Grunde des Atlantik bei ›Sphärenklänge‹ oder auf den Philippinen bei ›Süße Früchte‹ (er brauchte das Geld). Als er auch ›Lenin verliebt‹ nicht ablehnte, weil er die Chance nicht auslassen wollte, mit Andreas Anders, dem großen Regisseur zu arbeiten (es war der rechte Moment, dachte er, aus dem Werbefilm auszusteigen, zur Kunst überzuwechseln und dabei ein paar Video-Erfahrungen zu sammeln), wartete Sarah ab, bis er auf den Anruf seines Agenten ja gesagt hatte, und das tat er natürlich, obwohl er behauptete, abgelehnt zu haben, und packte dann ihre Koffer.

»Du liebst den Film mehr als mich«, sagte sie. Und so war es auch. Und jetzt glaubte er mich zu lieben. Ich wußte, was los war. Sie war fort, er war traurig und sorgenvoll, und Liebe am Drehort ist eine angenehme Abwechslung. Im allgemeinen dauert sie so lang wie das Projekt und keinen Moment länger. Nur manchmal hält sie an – sehen Sie nur Andreas und C.C. – mich und Andreas –, aber meist handelt es sich dabei, wie gesagt, nur um überschüssige Energie in sexuell/romantischer Form. Ich weiß so viel und zugleich so wenig. G.U.P.!

»Dir fehlt eben das Vorbild für ein glückliches Eheleben«, klagt meine Mutter. »Das ist allein meine Schuld.«

»Ich will gar nicht heiraten«, sage ich. Wenn ich verheiratet wäre, wie könnte ich Andreas um die ganze Welt folgen? Aber das sage ich ihr nicht. Ich bin seine liebste Assistentin. Ich bin gut in meinem Job. Bei Gott, ich bin gut. An mir wird er nichts auszusetzen finden.

»Ohne dich«, hat er einmal gesagt (das war bei ›Liebe in einem heißen Klima‹) in einem stinkfeudalen Zimmer im Meriden in Lissabon, C.C. war in Sydney, und Andreas glaubte, sie hätte ein Verhältnis mit dem Hauptdarsteller, dessen Name mir entfallen ist, obwohl jeder, der ihn hört, die Luft einzieht – und er fand Trost bei der Arbeit und mir, »ohne dich, Jude, wäre ich nicht entfernt der Regisseur, der ich bin.« Eine echte Arbeitspartnerschaft haben wir, o gewiß. Er fährt mir mit den Fingern durchs Haar, wenn sonst nichts zu tun ist, und in Hotelzimmern in fremden Städten ist man einsam, nicht wahr?

Ehe ich nach Helsinki abreiste, sagte meine Mutter etwas Merkwürdiges. »Dein Vater ist mit einem finnischen Mädel durchgebrannt«, sagte sie. »Unserem Au-pair-Mädchen. Sorg dafür, daß du wiederkommst.«

Meine Mutter sprach überhaupt nie über meinen Vater, wenn es sich vermeiden ließ. Und Chris und ich fragten nicht nach ihm. Fragen nach unserem Vater regten sie auf. Und es ist riskant, eine Frau aufzuregen, die Golfprofi ist. Es verdirbt ihren Schlag, und wenn sie ihren Job verliert, wovon lebt man dann? Unser Haus gehörte mit zum Job. Es lag am Rande des Golfplatzes. Pock! Schiij! und gedämpfte Rufe – das waren die Laute meiner Kindheit.

Ich nehme an, wenn Ihnen der Mann mit einem finnischen Au-pair-Mädchen wegliefe, würden Sie auch nicht gern darauf herumharfen. Es war daher das erste Mal, daß ich davon hörte. Chris und ich hatten versucht, ihn aufzufinden, als sie zwanzig und ich achtzehn war, aber sehr weit kamen wir damit nie. Ich kann auch nicht behaupten, wir hätten uns große Mühe gegeben. Wer will schon mit einem Vater in

Verbindung treten, der keine Verbindung mit einem haben will? Außer daß es Spaß machte, glaube ich. Und auch Chris war sonderbar besorgt wegen Helsinki gewesen.

»Du und dein Lebensstil«, sagte sie, als ich sie im Schwesternheim anrief, um ihr zu sagen, ich führe jetzt zur Arbeit an ›Lenin verliebt‹. Sie war eben Nachtschwester in der Männerorthopädie geworden. Es sei eine recht fröhliche Station, sagte sie. Die wurden wenigstens meistens wieder gesund. »Kannst du denn nie an ein- und derselben Stelle bleiben? Du wirst noch Aids kriegen, wenn du nicht aufpaßt. Ihr Filmleute! (Lieber Leser, sie hatte das mit dem Lebensstil total falsch verstanden. Es hatte außer ein paar nebensächlichen Nümmerchen immer nur Andreas Anders gegeben, und das auch nur hin und wieder eine Woche lang im Lauf von sieben Jahren. Eigentlich war es kläglich. Irgendwie spüren die Männer, ob man emotionell anderweitig gebunden ist. Man sendet dann Signale des »Ich gehöre jemand Bedeutenderem als dir« aus, ob man nun unglücklich verliebt oder glücklich verheiratet ist.)

Jedenfalls hatten Janice und Chris recht, sich Sorgen zu machen, denn zufällig hatte ich in Helsinki diese sonderbare Begegnung. Ich war mit Tony zusammen, der vermutlich zu begriffsstutzig war, um Signale aufzufangen, und beharrlich blieb, obwohl ich ihm erklärte, warum ich nicht mit ihm ins Bett wollte und was an seiner Psyche verkehrt sei, und er schaute bleich und jämmerlich, wie alle Männer in solchen Situationen. Wir gingen durch das Freiluftmuseum bäuerlichen Lebens, einem ganzen Park, der den landwirtschaftlichen Geräten aus Finnlands Vergangenheit gewidmet war. Es war Sonntag. Da gab es formschöne hölzerne Kirchenboote, die hundert Personen aufnehmen und in denen ein ganzes Dorf, wenn es wollte, zur Kirche rudern konnte; alte Gehöfte, die man Brett für Brett aus fernen Ortschaften hierher versetzt hatte, aber was meine Aufmerksamkeit erregte, war eine der für mich gewohnten Gruppen mit Kameras und Tonaufnahmeausrüstung. Dieser Haufen drängte sich filmend um einen der riesigen orangefarbenen Pilze mit gelben Flecken, die in der dortigen Gegend wachsen. Richtig altmodische, ungenießbare Pilze. Und der Ton-Mensch legte sein Gerät ab – er nahm sowieso nur ein Rauschen auf, wie ich annahm, denn ein Pilz, auch wenn er möglicherweise sehr schnell wächst, macht fast keinen Lärm – und trat an mich heran. Er war nicht mehr jung. Sechzig ungefähr, würde ich schätzen. Schon etwas stark um die Taille, von angenehmem Äußern, intelligent, trug eine Brille.

»Hallo«, sagte er auf englisch.

»Hallo«, sagte ich und dachte, wo habe ich dieses Gesicht schon einmal gesehen. Dann fiel es mir ein, natürlich, jedesmal wenn ich in den Spiegel schaue oder Chris ansehe. Mehr letzteres, weil er und Chris übergewichtig sind. Bei ihr sieht es weniger gut aus. Er war eigentlich sehr attraktiv.

»Sie sind bei dem englichen Filmteam, nicht wahr?« fragte er. »Ich habe Sie gestern auf dem Platz gesehen. Sie müssen es sein, Jude Iscarry.«

»Oder auch Judas Ischariot, oder Judas der Geheimnisvolle«, sagte ich, um Zeit zu gewinnen, denn mein Herz hämmerte. »Das können Sie sich aussuchen.«

»Deine Mutter hat gesagt, daß du zum Film gegangen bist«, sagte er. »Der Apfel fällt nicht weit vom Stamm.«

»Du bist mein Vater«, sagte ich.

»Ich fürchte, ja«, antwortete er.

»Ich hab nicht gewußt, daß sie mit dir Verbindung hält«, sagte ich. Es war alles, was mir einfiel. Tony war stehengeblieben und schaute zu. Solche Momente gibt es im Leben eines Menschen!

»Vor fünf Jahren war ich mal auf der Durchreise da«, sagte mein Vater, »aber sie hat mir dringend geraten, wegzubleiben, und das tat ich dann auch. Obwohl ich gern geblieben wäre. Einen mächtigen Schlag hat sie, deine Mutter.«

»Den hat sie sich antrainieren müssen«, sagte ich.

»Hm«, machte er. »Unabhängig war sie immer schon, wollte beides sein, Vater und Mutter.«

»Das ist keine Entschuldigung«, sagte ich.

Tony verließ uns, und er, mein Vater, der Saul Iscarry hieß, lud mich zum Mittagessen ein. Wir aßen Pfannkuchen mit Kaviar und saurer Sahne und spülten mit Wodka nach. Es war das beste Essen der Welt. Die Finnen haben die meisten Herzkrankheiten auf der Welt. Das hatte Chris mir versichert, ehe ich abreiste.

Mein Vater hatte Vieno, das Au-pair-Mädchen meiner Mutter, geheiratet und war sogar in Moskau auf die Filmhochschule gegangen, und jetzt war er einer der besten Tontechniker der Welt (sagte er) und hatte die finnische Staatsangehörigkeit, lebte aber in Leningrad, und Vieno war Ärztin, und sie hatten drei Kinder, und wegen der Schwierigkeiten mit den Visa und der ständigen Arbeit und alledem hätte es wenig Sinn gehabt, Kontakt zu halten, ganz zu schweigen von der fehlenden Zeit. (Der Rubel ist eine der Währungen, die es einem Vater erschweren, seine verlassenen Kinder zu unterstützen.) Aber gedacht hatte er oft an Chris und mich.

Was das schon ist, dachte ich, aber ich sagte nichts. Was hätte es für einen Zweck gehabt?

Jetzt, wo wir uns begegnet sind, müßten wir in Verbindung bleiben, sagte er. Es freute ihn, daß ich beim Film war. Der schönste Beruf der Welt, wenn man das richtige Temperament hatte. Aber wieso ich nur Regieassistentin sei? Wieso ich nicht mindestens Produzentin sei? Aha. Soso. Er sagte, er würde Chris gern sehen. Wie es ihr denn ginge? Prima, sagte ich. Sie müsse einmal kommen, ihn besuchen, weil für ihn die Visumgeschichte so kompliziert sei. Wenn Sie mich fragen, sind Visa nur so kompliziert, wie man sie macht, doch auch das sagte ich nicht.

Ich sagte, daß Chris ihn nächste Ostern besuchen würde. Da hatte sie noch sechs Monate, um zwanzig Kilo abzunehmen. Das würde sie schaffen. Jedes Mädchen möchte doch gern besonders gut aussehen, wenn sie ihren alten Vater trifft.

»Du bist ein tüchtiges, schönes Mädchen geworden, Jude«, sagte er. »Ich bin stolz auf dich.« Und wissen Sie, was? Es ging mir glatt hinunter. Glatter als nötig. Wenn jemand Ehre dafür gebührte, wie ich geworden war, dann meiner Mutter. O Großes Universales Paradox, das unser aller Leben regiert: Was uns gefallen soll, gefällt uns nicht, was uns gefällt, soll uns nicht gefallen.

Er müsse jetzt wieder an die Arbeit, sagte er. Der große Giftpilz rief. Man dürfe das Team nicht länger warten lassen. Wo, in welchem Land, in welcher Sprache der Welt durfte man das? Wir tauschten unsere Adressen aus. Er ging.

Ich betrat die kleine griechisch-orthodoxe Kirche, die hinter dem Großen Platz versteckt lag, und setzte mich. Ich brauchte Stille, um aufzunehmen, was da geschehen war. Ich kniete nicht nieder. Ich bin nicht besonders religiös. Ich saß nur da und dachte und ruhte mich aus. Das Unerwartete ist anstrengend.

Es ist ein kleines, altes Bauwerk, mehr eine Kapelle als eine Kirche, aber im Innern glüht sie von üppigen, goldenen Ikonen und rotem Samt; alles funkelt, es kann gar nicht anders sein, denn ringsum müssen mindestens tausend Kerzen brennen, die von Gläubigen auf ihre Kosten angezündet wurden. Ein sinnlicher, gewissermaßen mediterraner Ort, der zufällig in diesem kalten nördlichen Land liegt. Die Luft war schwer von Weihrauch, der einem zusammen mit dem Kerzenqualm in die Augen biß. Oder weinte ich etwa? In die Ohren drang mir das leise Gemurmel der Andächtigen und das Klicken ihrer Rosenkranzperlen. Doch, ich weinte. Wohl nicht, weil ich unglücklich war, sondern vor Erleichterung, fast vor Glück über etwas, das sich vollendet hatte. Mein Vater war nicht länger ein Phantasiegebilde, sondern nur noch ein Mensch.

Und dort vor mir, ein paar Reihen näher am glitzernden Altar, saß Andreas Anders. Er sah sich um und erkannte mich. Ich wollte, er hätte es nicht getan. Ich wollte nur immer weiter dasitzen, allein, und nachdenken. Aber er stand auf, kam zu mir und setzte sich neben mich. Wie schön er war. Seine leuchtenden Augen glänzten im Kerzenlicht.

»Du, sie kommt nun doch nicht nach Helsinki«, sagte er. »Hast du es schon gehört?«

Mit »sie« meinte er immer Caroline Christopherson. »Ich glaube«, sagte er, »ich werde sie besser endgültig aufgeben, was meinst du? Scheidung oder eine andere drastische Maßnahme. Ich halte diesen Streß nicht durch.«

»Gehen wir hinaus«, sagte ich. »Das hier ist nicht der Ort für eine solche Unterhaltung.« War es auch nicht. Ich habe, wie gesagt, mit Religion nicht viel im Sinn, aber an diesem Ort war irgendeine Gottheit, wenn auch möglicherweise tief verhüllt, die all den kitschigen Gefühlsmischmasch nicht hören wollte.

Wir gingen also hinaus, Andreas und ich. Er hakte sich bei mir ein und fragte: »Wollen wir nicht wieder ins Intercontinental gehen, du und ich?« Ich entzog ihm meinen Arm und sagte: »Nein, das mach ich nicht. Was bist du nur für ein Ungeheuer!«, hörte es mich sagen und wußte, daß ich es auch so meinte und daß ich nicht mehr in ihn verliebt war. Einfach so. »Ein Ungeheuer?« fragte er gekränkt und verwirrt. Aber ich wollte nicht einmal mit ihm darüber reden. Es lohnte sich nicht. Ich würde ›Lenin verliebt‹ noch zu Ende bringen, klar, weil ich ein Profi war, aber das war auch alles. Dieser Mensch war ein zwanghafter Egozentriker.

Ich ließ ihn stehen, wie er mir nachstarrte, dem Würmchen, das ihm plötzlich die Zähne zeigte, und fuhr ins Hotel Hesperia und fand Tony in meinem Schlafzimmer und sagte ihm, er solle aufhören, sich herumzutreiben und um Himmelswillen versuchen, irgendwie Frau und Kinder wiederzugewinnen. Wenn er schon aus dem Rummel aussteigen wolle, dann bitte mit dem richtigen Menschen neben sich.

»Also so was kann ein verlorengeglaubter Vater anrichten«, sagte er beim Gehen. »Und ich hatte so gehofft ...«

Und auch ich kann nur annehmen, daß es das war. Das und Finnland.

Früher war Finnland immer erobert oder annektiert oder von Fremden regiert worden – diese weite, ebene Fläche hoch oben in der Welt der Inseln und Wälder –, aber jetzt hat es seine Identität gefunden, seinen besonderen Stolz: Es blickt nicht mehr auf seine einstigen Herren, Schweden und Rußland, nur noch auf sich. Sonderbar, sich so mit einer Nation zu identifizieren. Vielleicht ist es ererbt, in den Genen enthalten, wie die Tatsache, daß man schließlich beim Film endet. Mein Vater ist mit einer Finnin durchgebrannt, das darf man nicht vergessen. Vielleicht hatte auch er irgendeine Bindung dorthin, und man kann ihm verzeihen.

Das war das Sonderbare, was mir in Helsinki zugestoßen ist, vorigen Oktober, und mein Leben änderte. Ich habe diese Geschichte ›Liebe in Helsinki‹ genannt und nicht etwa ›Entliebt‹, denn obwohl es stimmt, daß ich mir Andreas aus dem Kopf schlug und auch die Liebe selbst (was wirklich schmerzhaft ist), so habe ich mich doch irgendwie in das Leben verliebt oder in Gott, nennen Sie es, wie sie wollen, was dort in der Kapelle geschah. Jedenfalls genügend in die schiere Würde der Schöpfung verliebt, um zu merken, daß ich mir nicht mehr leisten kann, sie wie bisher zu beleidigen. Ich glaube, jetzt wird alles in Ordnung kommen. Ich werde es schaffen. Möglicherweise gebe ich den Filmberuf überhaupt auf. Nicht, um gleich ins Kloster zu gehen, nichts so Drastisches. Aber ich könnte es ja mal mit der Politik versuchen. Schließlich bin ich dafür ausgebildet.

Was G.U.P. betrifft, das Große Universale Paradox, so ist es etwas durchaus Reales. Worüber ich mich jetzt noch wundere, ist nur, daß so viele von uns es trotzdem fertig bringen, so glücklich zu sein.